KB060031

북중
ㄱㅎ

SOUMISSION
by Michel Houellebecq

이 도서의 국립중앙도서관 출판예정도서목록(CIP)은
서지정보유통지원시스템 홈페이지(http://seoji.nl.go.kr)와
국가자료종합목록 구축시스템(http://kolis-net.nl.go.kr)에서 이용하실 수 있습니다.
(CIP제어번호: CIP2015016328)

Soumission

미셸 우엘벡 장편소설

장소미 옮김

문학동네

차례

1부 … 7

2부 … 53

3부 … 149

4부 … 209

5부 … 269

감사의 말 … 365

옮긴이의 말 … 367

1부

"사람들의 웅성거리는 소리가 그를 생 쉴피스 성당으로 이끌었다. 성가대 단장이 떠났고, 성당도 문을 닫으려 했다. 그는 생각했다. 적어도 기도하려는 시도는 해야 하지 않았을까. 이렇게 의자에 앉아 멀거니 몽상을 하는 것보다 나았으리라. 그런데 기도라고? 나는 그럴 마음이 없다. 나는 그저 밀랍과 향 냄새에 취해 가톨릭에 경도된 것일 뿐. 그저 기도 소리에 눈물이 핑 돌고 성경 송독과 찬송 소리에 골수까지 짓눌려 가톨릭 언저리를 어슬렁거린 것뿐이다. 내 삶이 혐오스럽고 나 자신에게 염증이 느껴지지만, 그렇다고 이제부터 또다른 삶을 이끌어나간다는 것도 너무 먼 이야기이리라! 그리고…… 그리고…… 혹여 예배당에서는 혼란스러웠더라도 나는, 이곳에서 나가는 즉시, 도로 마음이 닫히고 무감해질 것이다. 그는 자리에서 일어나, 문지기가 가리키는 출구로 향하는 사람들을 뒤따르며 생각한다. 결국, 결국 나는 예배를 보고서도 경직되고 암울한 마음을 버리지 못했구나. 나는 아무짝에도 쓸모가 없구나."

조리스카를 위스망스, 「출행」

슬펐던 나의 젊은 시절 내내, 위스망스는 내 삶의 동반자이자 충실한 친구였다. 이것에 대해 나는 어떤 의문도 품어본 적이 없으며, 그를 포기한다거나 다른 작가로 전공을 바꾼다는 것은 생각조차 해본 적이 없다. 2007년 6월의 어느 날 오후, 나는 오랫동안 기다린 끝에, 버티고 버티다가 심지어 허용된 기간을 조금 넘긴 끝에, 파리-소르본 대학(파리4대학)의 심사위원들 앞에서 내 박사논문 「조리스카를 위스망스, 혹은 터널의 출구」를 발표했다. 그리고 바로 다음날 아침(어쩌면 그날 저녁부터였는지도 모른다. 논문을 발표한 날 저녁 나는 고독했고, 따라서 만취상태였기에 정확히 기억나지 않는다), 내 삶의 일부가 끝났다는 것을, 아마 내 인생의 정점이었을 시절이 끝났다는 것을 깨달았다.

우리의 여전한 서구식 사회민주주의 체제에서 학업을 마친 모든 이들의 경우가 나와 같겠지만, 대부분은 그렇게 느끼지 못하거나 그 즉시는 깨닫지 못한다. 금전 욕구 혹은 특정 상품에 중독 수준으로 강력하게 길들여진 극히 원초적인 사람들의 경우에는 소비 욕구(이들은 소수일 뿐이고, 보다 신중하고 분별 있는 대부분의 사람들은 돈이라는 그 '지칠 줄 모르는 프로테우스'를 향한 단순한 매혹을 키워나간다)에 마춰되어, 나아가 능력을 입증하려는 욕구, 그들이 경쟁사회라고 생각하고 그러기를 바라는 이 세상에서 남들이 부러워하는 사회적 지위를 쟁취하려는 욕구(이 욕구는 스포츠 스타, 시대를 선도하거나 인터넷 포털 사이트를 장식하는 인물들, 모델, 배우 등 다양한 아이콘들을 향한 선망에 의해 자극받는다)에 마춰되어.

나는 분석할 능력도 의지도 없는 여러 심리적 요인 때문에 이러한 도식에서 한참 비켜나 있었다. 1866년 4월 1일, 당시 열여덟 살이었던 조리스카를 위스망스는 문화내무부에서 6급 공무원으로 경력을 시작한다. 1874년, 그는 작가로서 첫 산문시집 『당과糖菓 항아리』를 발표했으나 테오도르 드 방빌*이 쓴 극도로 우호적인 칼럼을 제외하고는 언론의 관심을 거의 받지 못했다. 이

---

* 19세기 프랑스 시인, 극작가, 희곡평론가.

렇듯 작가로서 그의 데뷔는 전혀 선풍적이지 못했다.

행정 관료로서의 그의 삶, 더 넓은 의미로는 그냥 그의 삶이 흘러간다. 1893년 9월 3일, 그에게 공무원으로서의 공적을 인정하는 레지옹 도뇌르 훈장이 수여된다. 1898년, 그는 삼십 년 남짓의 정규 공직생활—개인 사정으로 휴직한 것을 포함하여—을 마치고 은퇴한다. 그리고 이 기간 동안 나로 하여금 한 세기의 간격에도 불구하고 그를 친구로 간주하게 만든 다양한 작품들을 집필했다. 문학에 대해서라면 많은 것이, 어쩌면 너무 많은 것이 쓰였다. (나는 대학에 몸담고 있는 이 분야 전공자로서 누구보다도 이에 대해 말할 자격이 있다고 생각한다.) 그렇지만 우리 눈에 수명을 다한 듯 보이는 서구의 '주요 예술'인 문학의 특수성을 정의하기란 별반 어려운 일이 아니다. 음악도 문학만큼이나 마음의 혼란, 급격한 감정 변화, 슬픔, 또는 절대적 환희를 끌어낼 수 있다. 회화도 문학만큼이나 세상의 아름다움에 경탄하게 하고 세상에 대한 새로운 시각을 생성할 수 있다. 하지만 다른 사람의 영혼과, 그 영혼의 총체를 만난다는 기분, 그 영혼의 나약함과 위대함, 한계, 비루함, 편견, 믿음, 요컨대 그 영혼을 감동시키고, 그 영혼의 관심을 끌며, 그 영혼을 흥분시키고, 그 영혼에게 혐오감을 불러일으키는 모든 것과 만난다는 그 기분은 오직 문학만이 줄 수 있다. 오직 문학만이 친구와의 대화로도 가능하지 않을, 보다 직접적이고 보다 완벽하며 보다 심도 깊은 방식으로, 망자의 영혼과 만나게 할 수 있다. 우정이 깊고 끈끈한 친구와 대화할 때조차 백지 앞에서 익명의 누군가를 상대로 이야기할 때처럼 허심탄회해지지 않는다. 물론 문학의 경우 문체의 아름다움이나 문장의 리듬이 중요하다. 작가의 성찰의 깊이와 사상의 독창성도 간과할 수 없다. 하지만 작가는 무엇보다 자신의 작품 속에 존재하는 하나의 인간존재다. 요컨대 글을 아주 잘 쓰건 아주 못 쓰건 이것은 나중 문제이고, 중요한 것은 그가 글을 쓰고 그럼으로써 자신의 작품 속에 실제로 존재한다는 것이다. (이토록 단순한 사실을 다양한 유파의 철학자들이 그리 드물게 탐사했다는 것은 기이한 일이다. 언뜻 보아서는 잘 식별되지 않지만, 실제로 너무나 자명한 사실이어서 용이하게 관찰되기 때문이다. 질적으로 따지지 않는다면 인간존재는 양적으로는 원칙적으로 똑같다. 인간은 원칙적으로 거의 동등하게 '존재'한다. 그럼에도 그렇게 느껴지지 않는 것이 몇 세기의 간격을 두고 보면, 작가들은 대개 한 올 한 올 풀려 흩어져버리기 때문이다. 페이지가 거듭될수록 우리는 고유한 개인의 이야기라기보다는 시대정신을 읽는 듯한 인상을 받으며, 작가는 모호한 존재, 점점 유령 같고 아무 특징 없는 존재가 되어버리기 일쑤다.) 마찬가지로 우리가 좋아하는 책은, 무엇보다 우리가 좋아하는 작가의 책, 우리가 만나고 싶고 함께 시간을 보내고 싶은 작가의 책이다. 논문을 집필했던 칠 년이라는 세월 동안 나는 위스망스와 함께 살았으며 그와 거의 떨어져본 적이 없었다. 파리 6구의 쉬제르 가에서 태어나 파리 6구의 세브르 가와 므시외 가에서 살다가 파리 6구의 생 플라시드 가에서 생을 마감한 위스망스는 역시 파리 6구의 몽파르나스 묘지에 묻혔다. 요컨대 그는 전 생애에 걸쳐 파리 6구 언저리를 거의 벗어나지 못했다. 삼십 년간의 직장생활 동안 문화내무부 사무실을 벗어나지 못했던 것처럼. 당시 나 역시 파리 6구의 춥고 눅눅한 방에 살았다. 이 방은 무엇보다 어두웠는데 창문이 거의 우물이라고 불러야 할 정도로 좁디좁은 안마당으로 나 있어서, 오전부터 불을 켜야 할 지경이었다. 나는 궁핍에 허덕였다. 만일 내가 '젊은 세대 동향'을 정기적으로 파악하는 설문조사들 중 하나에 응답해야 했더라면 틀림없이 내 상황을 '꽤 안 좋음'이라고 정의했을 것이다. 그럼에도 논문을 발표한 다음날 아침(어쩌면 당일 저녁)에, 처음으로 든 생각은 내가 엄청난 무언가, 결코 되찾지 못할 무언가를 잃어버렸다는 것이었다. 그것은 자유였다. 지난 몇 해 동안 나는 죽어가는 사회민주주의의 마지막 잔재(장학제도, 광범위한 사회적 혜택 및 할인 시스템, 보잘것없지만 저렴한 대학식당의 음식) 덕분에 내가 선택한 일, 즉 친구와의 자유로운 지적 교감에 몰두하며 세월을 보낼 수 있었다. 앙드레 브르통이 적확하게 지적했듯, 위스망스의 유머는 보편적인 유머에서 벗어난 독특한 사례로, 독자에게 미리 선수를 쳐, 독자가 먼저 작가와 작가의 청승맞고 지긋지긋하고 우스꽝스러운 묘사의 남용을 비웃도록 유도한다. 나는 뷜리에 대학식당*에서 불운한 식당 이용자들(다른 모든 대학식당들에서 거부당했으나 학생증만은 갖고 있는, 갈 데가 없는 것이 분명한 사람들. 그들에게서 그것을 빼앗을 수는 없다)을 위한 병원용 철제 식판에 으깬 대굿살이나 레뮬라드 소스를 친 셀러리를 배식받으며, 이 관대한 유머를 누구보다 온전하게 누렸다. 나는 위스망스의 형용사들을 떠올리며, '개탄스러운' 치즈라든가 '가공할' 가자미와 같이, 그것들을 알지 못하는 위스망스를 대신해 이 감옥 같은 철제 칸막이 식판에서 그가 떠올렸을 법한 수식어들을 갖다붙임으로써, 뷜리에 대학식당에서 조금은 덜 불행하고, 조금은 덜 외로울 수 있었다.

하지만 그 모든 것이 끝이었다. 더 넓게는 내 청춘이 끝이었다. 머지않아(틀림없이 이제 곧) 나는 직업을 통한 사회 편입 절차에 뛰어들어야만 할 터였다. 그것은 전혀 신나지 않았다.

---

* 파리의 다른 대학식당의 경우 사립학교나 사설 학원 학생들 또는 박사과정 학생들의 출입을 제한하는 반면, 이곳은 학생증만 있으면 출입이 가능하다.

16

대학에서의 문학 공부는 주지의 사실처럼 사회에서는 거의 아무짝에도 쓸모없고, 다만 그중에서 뛰어난 학생들이 대학의 문학 분야에서 교육자로서 경력을 쌓을 뿐이다. 요컨대 95퍼센트 이상의 손실률을 수반하는, 자체적인 재생산 외에 다른 목적이 없는 다소 우스꽝스러운 시스템이 성립되는 것이다. 하지만 문학 공부는 해롭지 않고, 심지어 가외의 유용함을 발휘하기도 한다. 셀린느나 에르메스에 판매원으로 지원하려는 젊은 여성은 당연히 최우선적으로 용모를 가꾸어야 하겠지만, 현대문학 학사나 석사 학위증이 있다면, 다른 유용한 능력이 결여되었더라도 발전 가능성을 예측하게 하는 일정 수준의 지적 능력을 인정받을 수 있다. 즉 문학 학위증이 취업을 보장하는 부차적인 수단이 될 수 있다. 문학은 오래전부터 사치품 산업에서는 늘 긍정적인 의미로 작용해왔으니까.

나는 내가 극소수의 '뛰어난 학생들'에 속한다는 것을 인식했다. 내가 쓴 논문은 훌륭했고, 나는 이 사실을 알았으며, 좋은 결과를 예상하고 있었다. 그럼에도 '심사위원 만장일치의 축하'를 받았을 때, 특히 열광적 찬사에 가까운 평가를 발견했을 때는 기분 좋게 얼떨떨했다. 나는 원한다면 바로 조교수가 될 수 있는 행운을 얻었다. 요컨대 내 삶은 한 세기 반 전에 위스망스가 그러했듯, 예상 가능한 단조로움과 진부함 속에서 계속될 수 있을 터였다. 나는 성인이 되고 나서 초기 몇 해를 대학에서 보냈고 아마 말년까지도 그럴 공산이 컸다. 그것도 어쩌면 똑같은 대학에서(실제는 이와 조금 달랐다. 나는 파리4대학에서 학위를 수여받았으나 파리3대학 교수로 임명되었다. 파리3대학은 파리4대학의 명망에는 조금 못 미치나, 파리4대학에서 몇백 미터 거리의 같은 파리 5구에 위치해 있었다).

나는 교육에 대한 소명 따위는 결코 가져본 적이 없다. 그리고 십오 년 뒤, 나의 이력은 이 애초의 소명의식 결여를 입증하는 것이나 다름없었다. 삶의 질을 개선하려는 희망에서 몇 차례 개인교습을 해본 이후로 나는 지식의 전수란 대부분의 경우 불가능하다는 것을 일찌감치 깨달았다. 지능의 개인차는 실로 극단적이었고, 이 근원적인 불평등은 어떤 수단으로도 지우거나 경감할 수 있는 것이 아니었다. 그리고 어쩌면 이것이 더욱 심각한 요인일지도 모르는데, 나는 젊은이들을 좋아하지 않았다. 심지어 내 처지가 그들과 같다고 간주될 수 있는 시절에조차 그들을 좋아해본 적이 없었다. 내게 젊음은 교체를 요구받은 세대에 대한 어렴풋한 우월감이 수반된, 삶에 대한 어떤 열정, 혹은 어떤 반항을 내포하는 것으로 보였고, 나는 그와 비슷한 감정을 단 한 번도 느껴본 적이 없었다. 그렇지만 젊은 날의 내게도 친구가 몇몇은 있었다. 더 정확히는 혐오감을 느끼지 않고서 공강 시간에 함께 커피나 맥주를 마시러 갈 것을 고려해볼 수 있는 같은 과 학생 몇몇이라고 할까. 무엇보다 내게는 애인들이 있었다. 아니 보다 정확하게 말해서 당시에 부르던 대로(어쩌면 아직까지도 이렇게 부르는지 모르겠다) '여친들'이 있었다. 여자는 거의 일 년에 한 번꼴로 바뀌었던 것 같은데, 이들과의 관계는 비교적 변함없는 도식에 따라 진행되었다. 우선 학기초에 연구 과제라든가 수업 필기노트 교환이라든가 대학생의 삶에서 빈번하게 맞이하는 저 다양한 사회화의 기회(직장생활이 시작되면 이런 기회는 줄줄이 사라지고, 이것은 대부분의 인간들을 갑작스러운 만큼 경악스러운 고독 속에 빠뜨린다)를 통해 애정관계가 싹튼다. 그 관계는 한 학기 내내 이어지며, 밤에는 내 집 혹은 여자의 집에서(실은 여자의 집인 경우가 대부분이다. 내 방의 음울하고 나아가 비위생적이기까지 한 분위기는 어쨌든 '사랑의 밀회'에 부적합하기 때문이다) 성행위가 (바라건대 상호적 만족감 속에서) 이루어진다. 그러다 여름방학이 끝날 무렵, 즉 9월 새 학기 초에 거의 매번 여자들이 먼저 의사표시를 함으로써 관계가 끝이 난다. 여름 동안, '뭔가를 겪었다'는 것이 여자들이 하는 이별의 변이었는데, 대개는 더 자세한 설명 없이 그것으로 끝이었다. 나를 배려하는 것에 크게 신경쓰지 않는 몇몇 여자들은 '누군가를 만났'고 명확하게 밝혔다. 그렇다 치자, 그게 어쨌다는 것인가? 나 역시 '누군가'였다. 한발 물러나 생각하니 사실에 의거한 이 해명들이 내게는 불충분하게 여겨졌다. 그녀들은 실제로 '누군가를 만났'고, 나도 이 사실을 부인하지 않는다. 하지만 그녀들이 그 만남에 우리의 관계를 정리하고 새로운 관계를 시작할 만큼의 무게감을 부여한 것은, 단지 강력하지만 암묵적인 사랑의 행동양식을 적용했기 때문이었고, 이 사랑의 행동양식은 암묵적인 만큼 더더욱 강력했다.

나의 청춘 시절에는 당시 중시되었던 사랑의 행동양식에 따라 (사실 이후로도 뚜렷하게 달라진 건 없어 보이지만), 젊은이들이 사춘기 직전 시기에 부합하는 짧은 성적 방랑기를 거친 뒤 엄격한 일부일처제에 수반되는 독점적인 연애관계에 돌입했고, 이 연애관계는 비단 성적 영역뿐만 아니라 사회적 영역(데이트, 주말, 휴가 여행)에도 영향을 끼쳤다. 그럼에도 이 관계는 하등 확정적이지 않았고, 다만 일종의 '연수'(직업세계에서 보편화된 것으로 첫 실무에 앞서 실시된다)처럼 수습 연애로 간주되었다. 이렇듯 다양한 기간(내가 견지한 일 년 정도의 기간을 적절한 것으로 간주할 수 있다)과 다양한 횟수(평균 열 번에서 스무 번 정도가 합리적으로 보인다)의 연애 경험이 이어진 뒤 피날레와 같은 최종관계에 도달하는데, 이번에는 확정적이며 결혼의 속성을 지니는바, 출산을 통한 가족 구성으로 연결된다.

나는 훨씬 나중이 되어서야, 실은 꽤 최근에서야 이 도식의 철저한 공허함을 깨닫게 되었다. 몇 주 간격으로 우연히 오렐리에 이어 상드라를 만난 경험이 그 계기였다. 확신컨대 클로에나 비올렌을 만났더라도 내 결론에는 변함이 없었을 터였다. 나는 오렐리와 저녁식사를 하기로 한 바스크* 식당에 들어선 순간 즉시 내가 음울한 저녁시간을 보내게 되리라는 것을 직감했다. 이룰레기 화이트와인 두 병을 거의 혼자 비웠음에도 불구하고 적정선의 정감 어린 대화를 유지하는 것이 점점 어려워졌고 오래지 않아 분위기는 극복 불가능한 수준으로 치달았다. 도저히 설

---

* 피레네산맥 서부에 있는 지방으로, 스페인과 프랑스에 걸쳐 있다.

명할 길은 없지만 우리가 함께했던 기억을 떠올리는 것은 무례하고 있을 수 없는 일로 여겨졌다. 현재에 대해 얘기하자면 오렐리가 부부의 연을 맺는 데 한 번도 성공하지 못했음이 자명했고, 스치는 만남들은 그녀에게 남자들에 대한 커져가는 혐오감만을 불러일으켰다. 요컨대 그녀의 애정생활은 치유 불가능하고 총체적인 재앙으로 마무리되었다. 그럼에도 나는 여러 가지 단서로 그녀가 적어도 한 번은 동거나 결혼생활 비슷한 것을 시도해보았고, 그 경험의 실패에서 회복하지 못했음을 짐작할 수 있었다. 그녀가 남성 동료들(부득이하게 그녀의 직장생활이 화제에 올랐다. 그녀는 보르도 와인 사업자 조합에서 홍보를 담당하고 있었으며 따라서 보르도 지방의 명품 와인들을 홍보하기 위해 여행을, 특히 아시아 지역을 많이 다녔다)을 거론하며 내비치는 쓸쓸함이라든가 신랄함에서 그간 그녀가 '적잖이 당했다'는 사실이 잔인하리만치 명백해졌다. 놀랍게도 그녀는 택시에서 내리기 직전, "마지막으로 한잔 더 하자"며 나를 집으로 초대했다. '이 여자 정말 갈 데까지 갔구나'라는 생각이 들었다. 우리가 탄 엘리베이터의 문이 닫히자마자 나는 이미 아무 일도 일어나지 않으리라는 것을 알았다. 그녀의 벗은 몸조차 보고 싶지 않았으니까. 그렇게 되는 것만은 되도록 피하고 싶었건만 우려는 현실이 되었고, 그것은 내가 이미 예감했던 것을 확인시켜줄 뿐이었다. 그녀는 애정적인 측면으로만 '당했'던 것이 아니라 육체에도 복구 불가능한 손상을 입었다. 비쩍 말라 졸아든 엉덩이와 젖가슴은 몸에 매달려 흐늘거리는 살가죽 그 이상도 이하도 아니었다. 그녀는 이제 더는 욕망의 대상이 아니었고 앞으로도 절대 그럴 일이 없을 터였다.

상드라와의 식사 자리도 거기서 거기인 개인차(시푸드 레스토랑, 다국적 제약회사 경영진의 비서라는 직업)를 제외하고는 거의 같은 도식에 따라 흘러갔고, 끝마무리도 대략 비슷했다. 다만 상드라가 오렐리보다 좀더 살집이 좋고 명랑했던바, 내게 뼛속 깊은 쓸쓸함을 덜 남겼다는 것이 달랐을 뿐. 상드라의 슬픔은 극심했고 치유 불가능했다. 나는 이 슬픔이 그녀의 모든 것을 잠식하고 말리라는 것을 알았다. 그녀도 실은 오렐리와 마찬가지로 '기름에 오염된 새'와 다름없었다. 하지만 이런 표현이 가능하다면 아직 날개를 파닥거릴 힘은 남아 있었다고 할까. 일이 년 후가 되면 그녀는 결혼에 대한 일체의 야망을 마음 한구석에 고이 접어둘 것이고, 완전히 꺼지지 않은 육체가 젊은 남자들을 찾아다니게 만들 것인바, 나의 젊은 시절에 그런 여자들을 두고 일컫던 대로 '퓨마'가 될 것이며, 몇 년간, 최대한 길게 잡아 약 십 년간 이 생활을 계속하다가 육체가 복구 불가능할 정도로 쇠락하면 영원한 고독에 이를 터였다.

어떤 구실로라도, 심지어 때로는 아무 이유 없이도 발기할 수 있었고, 어떤 의미로는 '허공'에 대고도 발기할 수 있었던 스무 살 시절이었다면, 나도 개인교습보다 더 만족스럽고 소득이 높았을 이런 종류의 관계를 고려해볼 수 있었으리라. 당시엔 문제없이 '감당'했을 터였다. 물론 이제는 어림없는 일이 되었다. 더욱 드물어지고 불확실해진 나의 발기에는 탄탄하고 유연하며 흠잡을 데 없는 육체가 요구되었다.

나의 성생활에 대해 말하자면, 누벨 소르본 대학(파리3대학)의 조교수로 임명되고 난 처음 몇 해 동안에도 학창 시절과 비교하여 이렇다 할 발전이 없었다. 나는 해마다 상대를 바꿔가며 학부 여학생들과 잠자리를 했다. 이제는 그들에게 있어 내가 선생이라는 위치에 있다는 사실로도 크게 달라지는 건 없었다. 나와 학생들 간의 나이 차는 초기에는 미미했고, 차츰 세월이 흐르면서야 비로소 우리의 관계가 사회적 통념에 위배되는 듯한 양상을 보였는데, 그것도 나의 실제 노화 혹은 외형적 노화보다는 높아진 나의 학내 위상과 관련해서였다. 요컨대 나는 노화가 여성의 성적 매력을 불과 몇 년 새, 더러는 몇 달 새에 충격적일 만큼 무참하게 말살시키는 반면, 남성의 성적 매력은 매우 더디게 변질시키는 이 근본적인 불평등을 모자람 없이 누렸다. 내가 학생이었던 시절과 비교하여 유일하게 달라진 점이라면, 이제는 학기초가 되면 대개 내 쪽에서 먼저 관계에 종지부를 찍는다는 것이었다. 이것은 바람둥이 기질이나 과열된 방종 욕구와는 하등 상관이 없었다. 1학년과 2학년의 19세기 문학 수업을 나와 공동으로 담당했던 학교 동료 스티브와 달리, 나는 새 학기 첫날부터 1학년 '신상' 여학생들(스웨터에 컨버스 운동화를 신은 그들의 모호한 캘리포니아풍 차림을 볼 때마다 나는 영화 〈선탠하는 사람들〉에서 그주의 피서객들이 휴양지에 도착하는 것을 보기 위해 방갈로에서 나오곤 했던 티에리 레르미트를 떠올렸다)을 구경하기 위해 게걸스레 달려들지 않았다. 내가 이 젊은 여학생들과의 관계를 끝낸 것은 무엇보다 낙담이나 권태 때문이었다. 실제로 나는 계속해서 애정관계를 이어갈 의지를 상실했으며 실망감이나 환멸을 일절 피하고 싶은 기분에 빠져들었다. 그러다 학기가 시작됨에 따라 아주 사소한 외부 요인, 대개는 미니스커트에 의해 생각이 바뀌곤 했다.

그런데 이것마저 끝이었다. 나는 학기초인 작년 9월, 미리암에게 이별을 고했고, 이미 4월에 접어들어 학기말이 다가오고 있는데도 여전히 미리암의 빈자리를 채우지 않고 있었다. 나는 정교수가 되었고 나의 학계 경력은 이제 어느 정도 정점에 이르렀지만, 도무지 누군가에게 진정으로 정착할 수 있을 것 같지 않았다. 내가 오렐리에 이어 상드라를 만난 것은 미리암과 이별하고 나서 얼마 지나지 않았을 때였고, 이때 나는 충격적이며 불쾌하고 불편한 어떤 연관성을 깨달았다. 그녀들과의 만남을 하루하루 곱씹다보니 이 사실을 발견하지 않을 수 없었는데, 바로 우리, 나의 '전 애인들'과 내가 생각보다 훨씬 비슷하다는 것이었다. 지속적인 관계에 대한 기대 없이 맺었던 일시적인 성관계가 우리에게 엇비슷한 환멸감을 불어넣기에 이른 것이었다. 다만 그녀들과 달리 나는 누구에게도 이런 속내를 내보이지 않았다. 왜냐하면 사생활은 남자들의 세계에서 용인될 수 있는 대화 주제가 아니었기 때문이다. 남자들은 천성에 따라 정치, 문학, 경제, 혹은 스포츠에 관해 이야기할 뿐 애정생활에 대해서는 침묵을 지키고, 이와 같은 태도를 그들이 마지막 숨을 거둘 때까지 견지해나간다.

혹시 노화로 인해 일종의 남성 갱년기를 겪는 것일까? 충분히 가능한 이야기였다. 나는 확인을 위해, 해를 거듭하며 대표적 포르노 사이트로 성장한 '유폰'을 보면서 밤을 보내기로 마음먹었다. 대번에 안도할 만한 결과가 나왔다. '유폰'은 지구상에 고루 분포된 정상적인 남성의 판타지에 부응했고, 나는 채 몇 분이 지나지 않아 완전히 정상임을 확인받았다. 그렇지만 석연치 않은 기분이 들기도 했다. 그도 그럴 것이 흔히 '퇴폐적'이라고 간주되고, 따라서 성적으로도 그리 명확하지 않은 작가 연구에 삶의 많은 부분을 바친 내가 아니었던가. 어쨌든 나는 완전히 평온해진 마음으로 실험을 마칠 수 있었다. 간혹 훌륭하고(조명, 촬영, 편집 등 각 분야 전문가들로 구성된 로스앤젤레스의 스태프들이 촬영), 때때로 형편없으나 '빈티지'한(독일 아마추어들이 촬영) 이 포르노 영상들의 시나리오는 대동소이했고 유쾌했다. 그중 가장 널리 알려진 것 중 하나는 이렇다. 한 남자(젊은이? 노인? 두 가지 버전이 존재했다)가 어리석게 사각팬티 혹은 반바지 속에 자신의 페니스를 감추려 한다. 이 엉뚱한 행동을 발견한, 인종이 각기 다른 젊은 여자 두 명이 이때부터 그의 신체 기관을 일시적 은신처에서 해방시키기 위해 고군분투한다. 두 여자는 엄청난 애교와 교태로 그를 현혹시키는데, 이 모든 것이 두 여자의 우정과 긴밀한 협력 속에 이루어진다. 페니스가 이 여자의 입에서 저 여자의 입으로 옮겨가고, 혀들이 공중에서 맞부닥뜨린다. 마치 겨울철 이동을 위해 유럽을 떠날 채비를 마친 제비들이 파리 근교의 센 에 마른 남쪽의 어두운 하늘을 다소 불안하게 스치며 비행하듯. 이 승천에 기진한 남자는 그저 나약한 말만을 뇌까릴 뿐이다. 프랑스인들은 끔찍하게 나약한 말("오, 씨발!" "오, 씨발, 나 쌌어!" 과연 왕을 죽인 국민들한테서 기대할 법한 말이지 않은가)을, 미국인들은 보다 아름답고 강렬한 말("오 마이 갓!" "오 지저스 크라이스트!")을 뇌까린다. 이 엄격한 체험자들의 말은 신의 선물(오럴섹스, 통닭구이)을 우습게 보지 말라는 명령처럼 들린다. 어쨌거나 나의 아이맥 27인치 모니터 앞에서 나 역시 발기했고, 따라서 모든 것이 순조로웠다.

정교수가 된 이후로 강의시간이 줄어든 덕택에, 나는 대학에서의 모든 업무를 수요일 하루로 몰 수 있게 되었다. 첫 강의는 오전 여덟시에 시작되어 열시에 끝나며 2학년들을 대상으로 한 19세기 문학 수업이었다(같은 시간, 바로 옆 계단식 강의실에서는 스티브가 1학년 학생들에게 비슷한 내용을 가르쳤다). 오전 열한시에서 오후 한시까지는 석사과정 학생들에게 데카당스 문학과 상징주의 문학에 대해 강의했고, 이어 오후 세시와 여섯시 사이에는 내가 주도하는 세미나에서 박사과정 학생들의 질문에 응답했다.

나는 오전 일곱시가 조금 지난 시각에 지하철 타기를 즐겼다. 나도 노동자와 수공업 상인들의 프랑스, '일찍 일어나는 프랑스'

의 일원이 된 듯한 어렴풋한 환상을 가질 수 있었기 때문이다. 하지만 이런 생각은 나 혼자만의 것이었는지, 오전 여덟시 수업은 거의 텅 빈 강의실에서 이루어졌다. 다른 학생들에게는 절대 말을 붙이는 법이 없고 자기들끼리도 극도로 말을 아끼는 경직되고 진지한 소규모의 중국인 여학생 그룹을 제외한다면 말이다. 중국인 여학생들은 강의실에 도착하는 즉시 내 수업을 통째로 녹음하기 위해 스마트폰을 켰고, 그것도 모자라 21×29.7센티미터 크기의 커다란 스프링 노트에 강의 내용을 필기했다. 그들은 절대 내 말을 중단시키는 법이 없었고, 어떠한 질문도 하지 않았다. 나로서는 본격적으로 강의가 시작되었다는 인상을 받지 못한 채 두 시간이 지나갔다. 나는 강의실을 나서며 스티브와 마주쳤다. 그도 나 못지않게 뜨문뜨문 자리를 채운 학생들을 상대로 강의를 마치고 난 참이었다. 다른 점이 있다면 그의 경우 중국인 여학생 그룹이 베일을 두른 마그레브* 여학생 그룹으로 대체되었다는 것인데, 이들 역시 진지하고 불가해하기는 마찬가지였다. 스티브는 거의 늘 한잔하러 가자고, 대개는 학교에서 얼마 떨어지지 않은 길가에 있는 파리 이슬람사원 카페에 가서 박하차를 마시자고 제안했다. 나는 박하차도 파리 이슬람사원 카페

---

* 알제리, 튀니지, 모로코, 리비아를 포함하는 아프리카 북서부 지역.

도 좋아하지 않았고 스티브 또한 썩 좋아하지 않았으나, 그의 제
안을 받아들였다. 그는 나의 수락을 고마워하는 눈치였다. 동료
들로부터 그리 존중받지 못하는 처지였으니 그럴 만도 했다. 사
실 학내에서는 중요한 문예지 또는 그보다 처지는 잡지에조차
연구논문 한 편 실린 적 없는 그가 어떻게 조교수 자리에 오를
수 있었는지 의아해하는 분위기였다. 그가 쓴 것이라고는 랭보
에 관한 모호한 논문 한 편이 전부였는데, 나의 다른 동료 중 하
나인 마리프랑수아즈 타뇌르에 따르면 이 또한 전형적인 '깡통
주제'였다. 발자크 전문가로 정평이 난 그녀가 설명하기를, 랭보
에 대해서는 프랑스를 비롯한 프랑스 언어권 나라들의 모든 대
학, 나아가 그 외 지역의 대학들에서 수천 편의 논문이 쓰였고,
랭보는 아마 플로베르를 제외하면 세계적으로 가장 많이 되풀
이된 논문 주제인바, 지방대학 아무데나 가서 옛날 논문 두세 편
을 찾아 살짝 변형하기만 해도 아무도 확인할 실질적 방법이 없
으며, 방법이 있다손 치더라도 이 '견자'*에 대해 개성 없는 학생
들이 지치지도 않고 주절주절 늘어놓은 기십만 페이지의 논문
에 뛰어들 여력이나 의지가 있는 사람 또한 전무하리라는 것이

---

* 랭보는 폴 드므니에게 보내는 편지에서 '모든 감각을 오랫동안, 엄청나게, 이성
적으로 타락'시킴으로써 사물의 상태를 새롭게 바라보는 견자가 되겠다는 의지
를 밝혔고, 여기서 연유하여 '견자 랭보'로 불리게 되었다.

었다. 스티브가 영광이 넘쳐 과분한 대학교수 자리를 따낸 것은, 여전히 마리프랑수아즈에 따르면, "들루즈 여왕마마의 새끼고양이*를 뜯어먹었"기 때문이었다. 있을 수 있는 일이었지만, 어쨌든 놀라웠다. 파리3대학의 총장인 샹탈 들루즈는 각진 어깨와 스포츠형으로 짧게 깎은 잿빛 머리칼의 외모에 전공 분야도 쌀쌀맞기 이를 데 없는 '젠더학學'인지라, 나는 뼛속까지 100퍼센트 레즈비언이리라 짐작하던 터였다. 내가 틀릴 수도 있었고, 어쩌면 남자들에게 원한이 많은 그녀가 예쁘장하고 선하게 생긴 얼굴에 가늘고 고불거리는 단발머리의 고분고분한 스티브를 자신의 다부진 허벅지 사이에 무릎 꿇림으로써 지배자의 판타지를 표출하고 새로운 형태의 황홀경을 맛보는 것인지도 몰랐다. 사실이건 아니건, 나는 오늘 아침 파리 이슬람사원 카페의 포석을 깐 안뜰에 앉아 사과 향이 가미된 역겨운 물담배를 빨아대는 스티브를 바라보며 마리프랑수아즈의 말을 떠올리지 않을 수 없었다.

스티브는 언제나처럼 신입교수 임명이나 학내의 인사이동을 화제에 올렸다. 아마 그의 주도로 다른 주제에 접근하는 일은 결코 없을 터였다. 오늘 아침 그의 관심사는 레옹 블루아**에 관한

---

* 프랑스에서 '고양이'는 여성의 성기를 가리키는 은어이다.
** 19세기 프랑스 소설가, 문필가. 환상 단편소설의 시조로 알려져 있다.

논문의 저자이자 스물다섯 살에 조교수로 임명된 신입교수였다. 스티브에 따르면 그자는 "'정체성 운동'*과 관계가 있었"다. 나는 이 모든 것이 대체 그와 무슨 상관인지 자문하면서 시간을 벌기 위해 담배에 불을 붙였다. 문득 그의 안에 잠자던 '좌파적 인간'이 깨어난 것은 아닐까 하는 생각이 뇌리를 스쳤으나, 나는 분별을 되찾았다. 좌파적 인간은 스티브 안에 곤히 잠들어 있었고, 프랑스 대학 운영진의 정치적 입장 변화와 같은 중대 사건 외에는 다른 어떤 사건으로도 그를 잠 속에서 끌어내지 못할 터였다. 그는 계속해서 20세기 초의 반유대주의 작가들에 관한 연구로 알려진 아마르 레즈키가 정교수로 임명된 것도 어쩌면 어떤 신호일는지 모른다고 말했다. 그리고 주장하기를, 최근에 프랑스 대학 총장단이 애초 영국 교수단에 의해 촉발된 이스라엘 연구자들과의 교류 거부 운동에 동참했다는 것이었다.

나는 그가 잘 빨려나오지 않는 물담배에 몰두한 틈을 타서 손목시계를 슬며시 확인했다. 아직 오전 열시 반이었다. 이래서야 다음 수업시간이 임박했다는 핑계를 둘러대고 빠져나가기도 어려웠다. 마침 큰 위험부담 없이 대화를 재개할 화젯거리가 떠올

---

* 20세기 후반에 유럽에 확산된 정치적 흐름으로 이민자들을 반대하는 보수주의에서 출발해 여러 갈래로 뻗어나갔다. 프랑스의 경우, 극우파와 연관이 있다.

랐다. 실은 몇 주 전부터 적어도 사오 년은 묵은 오래된 프로젝트가 다시 거론되고 있었다. 두바이(아니면 바레인? 카타르? 나는 이들을 혼동했다) 소르본 분교 설립이 그것인데, 옥스퍼드 대학도 비슷한 프로젝트를 연구중이었다. 우리 두 대학의 고풍스러운 면모가, 어디 있는지 확실치 않은 이 석유 왕국에 매력적으로 비쳐진 듯했다. 이 프로젝트가 실현만 된다면 젊은 조교수에게는 틀림없이 실질적 재정지원을 받을 수 있는 좋은 기회였다. 나는 그에게 이 기회를 쟁취하기 위해 반유대 민족주의자의 입장을 옹호하는 사람들의 대열에 설 것인지, 나 역시 똑같은 행동을 취하는 것이 유리하리라고 생각하는지 물었다.

나는 스티브에게 대답을 재촉하는 눈빛을 던졌다. 그리 명석한 편이 아닌 그는 불안에 빠뜨리기 쉬운 상대였다. 나의 시선이 즉각적인 효과를 발휘했다. 그가 우물거렸다. "자넨 레옹 블루아 전문가이니만큼…… 반유대주의며 민족주의의 흐름에 대해 어느 정도 알 것 아닌가……" 나는 한숨을 내쉬었다. 맥이 빠졌다. 블루아는 반유대주의자가 아니었으며, 나는 블루아 전문가가 전혀 아니었다. 물론 출간된 나의 유일한 저작물인 『현기증나는 신조어들』—어쨌든 잡지 『시학』과 『낭만주의』에서 뛰어난 평가를 얻은, 아마 내가 정교수로 임명받는 데에도 일정한 역할을 했을 나의 지적 노력의 최고봉—에서 위스망스에 대한 연구를 하며 블루아를 끌어들여 이 두 작가의 언어 사용법을 비교한 적은 있었다. 사실 위스망스의 작품에서 찾아볼 수 있는 낯선 어휘들은 대부분 신조어가 아니라 일부 장인 조합의 전문용어 또는 특정 지역의 사투리에서 차용한, 보기 드문 단어들이었다. 나의 논문 주제이기도 한 위스망스는 끝까지 진짜 민중의 언어를 작품 속에 병합시키기 위해 노력한 자연주의자로 남았다. 어쩌면 어떤 의미에서 그는 젊은 시절에 졸라가 주도한 『메당의 야회』*에 참여했던 사회주의자로 남았고, 점점 커져가던 좌파에 대한 경멸감도 자본주의나 돈 같은 부르주아의 가치와 관계있는 모든 것에 대한 그의 당초의 혐오감을 지우지는 못했다. 요컨대 위스망스가 '기독교적 자연주의자'의 유례없는 표본이었던 반면, 상업적이고 세속적인 성공을 끊임없이 갈구했던 블루아는 무궁무진한 신조어를 통해 오직 기발해 보이는 것에만 치중했으며, 세상에 닿을 수 없는 박해받는 정신의 상징으로서 자리매김하고자 했다. 블루아는 당대의 문학계에서 신비주의적 엘리트주의자라

---

* 1880년에 출간된 단편집. 자연주의 작가들인 위스망스, 졸라, 모파상, 세아르, 에니크, 알렉시스의 단편 여섯 편이 실렸다. 파리 근교 메당에 있는 졸라의 저택에 모여 정기적으로 저녁모임을 갖던 이 여섯 명의 작가가 어느 날 의기투합하여 각자의 단편 한 편씩을 모은 단편집을 출간하게 되었으며, 이 때문에 이들은 한 때 '메당파'로 불렸다.

는 위치를 선택했고, 이후로 자신의 실패와, 자신의 저주가 (당연하게도) 아무런 파장도 불러일으키지 못하는 것에 번번이 놀람을 금치 못했다. 위스망스는 블루아를 두고 "정녕 악마적인 교만과 측량할 길 없는 증오심에 휩싸인 불행한 사람"이라고 썼다. 아닌 게 아니라 내게도 처음부터 블루아는 상대를 죄인으로 간주할 때에만 신앙심과 열광에 들뜨는 '그릇된 가톨릭교도'의 전형처럼 보였다. 그럼에도 나는 논문을 준비하던 시절에 블루아와 조르주 베르나노스를 신격화했던 다양한 좌파 성향의 가톨릭 왕당파 그룹과 접촉했다. 그들은 이런저런 육필 서신들에 대해 내게 넌지시 귀띔했지만, 나는 그들이 아무것도 가진 게 없다는 것을, 내게 제공할 자료가 전혀 없다는 것을 깨달았다. 일반인 열람이 개방된 대학 도서관의 자료실에도 내가 손쉽게 찾아낼 수 있는 자료는 아무것도 없었다.

"자네도 분명히 뭔가를 연구중일 텐데…… 에두아르 드뤼몽*을 다시 읽어보게." 그저 스티브를 기쁘게 해주려는 의도에서 내가 이렇게 말하자, 그가 기회주의적인 어린아이 같은 순진하고 고분고분한 시선을 내게 얹었다. 수업을 하기 위해 강의실로 가

---

* 19세기 프랑스 작가, 기자, 정치가. 강경한 반유대주의 성향의 국수적 신문 〈라 리브르 파롤〉을 창간했으며, 프랑스 반유대주의 국민동맹을 창설했다.

니—이날은 장 로랭*에 대해 이야기할 예정이었다—스무 살가량
으로 보이는 청년 셋이 문 앞에서 입구를 가로막고 있었다. 두 명
은 아랍인, 한 명은 흑인이었다. 오늘은 무장을 하지 않았고 표정
도 온화한 편이었다. 태도에서 어떤 위협도 느껴지지 않았지만
어쨌든 강의실을 점령하고 있었다. 내가 나서야 했다. 나는 그들
앞에 버티고 섰다. 그들도 분명 도발을 피하고 대학교 선생들을
존중하라는 지시를 받았으리라. 아무튼 나는 그러하기를 바랐다.

"나는 이 대학 교수고, 지금은 내 수업시간이네." 내가 그들
무리에게 굳은 어조로 말하자, 흑인이 환하게 웃으며 대답했다.
"전혀 문제될 게 없습니다. 교수님. 우리는 단지 여동생들을 만
나러 온 것뿐이에요." 그가 느슨한 손길로 계단식 강의실을 가리
켰다. 아닌 게 아니라 마그레브 출신 여학생 두 명이 강의실 위
층 왼쪽에 나란히 앉아 있는 것이 보였다. 검은 부르카**를 입고
서 시야 확보를 위해 사각으로 뚫어놓은 눈 부위도 망사로 가리
고 있었다. 내 눈에는 대략 흠잡을 데 없어 보였다. "자, 그럼 봤
으니 용건이 끝났군. 이제 그만 가보는 게 좋겠네만." 나는 선
선히 결론 내린 뒤 떠날 것을 종용했다. "알겠습니다. 교수님."

---

* 19세기 프랑스 작가. 고답파 경향과 세기말 분위기가 짙게 풍기는 작품들을 썼다.
** 머리부터 발목까지 뒤집어쓰는 이슬람 여성들의 전통 복장.

흑인이 다시 한번 활짝 웃으며 대답하더니 발길을 돌렸다. 그때까지 아무 말이 없던 나머지 두 명도 그의 뒤를 따랐다. 세 걸음쯤 멀어졌을 때 흑인이 나를 돌아보더니 고개를 살짝 숙이며 말했다. "교수님께 평화가 깃들기를." 나는 강의실 문을 닫으며 뇌까렸다. "잘 넘겼군. 이번엔 잘 넘겼어." 내가 정확히 무얼 두려워한 것인지는 모르겠다. 밀루즈, 스트라스부르, 엑스 마르세유, 생 드니 등 프랑스 전역에서 교육자들이 잇따라 폭행을 당했다는 소문이 떠돌았지만, 나는 실제로 폭행을 당한 동료를 결코 만나보지 못했으며 내심으로는 이 소문을 믿지 않았다. 스티브에 따르면 젊은 살라피스트* 세력과 대학 당국 간에 협약이 이루어졌다고 한다. 그는 이 년 전부터 대학 주변에서 부랑자들과 마약상들이 완전히 사라진 것을 그 증거로 들었다. 혹시 이 협약에 유대인 조직의 대학교 접근 금지 조항도 포함된 것일까? 이것 역시 확인할 길이 묘연한 소문에 불과했지만, 지난 학기부터 파리 부근의 어떤 대학 캠퍼스에서도 프랑스 유대인대학생연합을 더는 볼 수 없게 되었다. 반면, 계속해서 지부를 늘려나가는 이슬람박애당 청년단은 도처에서 볼 수 있었다.

---

* 살라피즘 추종자들. 살라피즘은 코란과 전통 이슬람 규범인 순나에 기초하여 초기 이슬람으로 돌아가자는 이슬람 복고주의다.

수업이 끝났다(부르카를 두른 두 숫처녀가 대체 어떻게 스스로를 '앙필랑트로프'*라고 주장하는 이 혐오스러운 호모 장 로랭에게 관심을 가질 수 있겠는가? 이 아이들의 아버지는 딸들이 학교에서 정확히 어떤 내용을 배우는지 알까? 문학은 실로 좋은 구실이 아닐 수 없다). 나는 강의실에서 나오며 마리프랑수아즈와 마주쳤다. 그녀가 함께 점심식사를 하자는 뜻을 내비쳤다. 오늘은 정말이지 사교의 날이 될 모양이었다.

나는 늘 과격한 험담에 목말라하는 이 재미있는 늙은 독사가

---

* enfilanthrope. 프랑스어로 '삽입하다'를 의미하는 enfiler와 '박애주의자'를 의미하는 philanthrope를 합성했다. 장 로랭은 동성애자인 자신을 이렇게 지칭했다.

싫지 않았다. 그녀의 오랜 교수 경력과 몇몇 자문위원회에서의 위치로 보건대, 하잘것없는 스티브의 귀까지 흘러들어갈 수 있는 소문보다는 그녀의 험담이 훨씬 무게감 있고 신뢰할 만했다. 그녀는 몽주 가에 있는 모로코 식당을 선택했다. 오늘은 할랄 음식*의 날도 될 모양이었다.

마리프랑수아즈는 종업원이 음식을 내려놓기 무섭게, 공격을 시작했다. 바로 들루즈 여왕마마의 지위가 위태롭다는 것이었다. 6월 초에 열릴 전국대학위원회에서 로베르 르디제를 들루즈의 후임으로 임명할 가능성이 농후했다.

나는 양고기 아티초크 타진**을 힐끗 보고 나서, 만일에 대비하여 놀란 듯 눈썹을 치켜세웠다. 마리프랑수아즈가 말했다. "그래요, 놀라운 소식이죠. 말도 안 된다고 생각하겠지만 이건 단순한 풍문 그 이상이에요. 내용이 여간 구체적이지 않거든요."

나는 양해를 구한 뒤 화장실로 가서 스마트폰으로 슬쩍 검색을 해보았다. 오늘날은 인터넷에서 무엇이든 찾을 수 있다. 인터넷을 검색한 지 채 이 분도 되지 않아 로베르 르디제가 팔레스타인에 우호적인 입장으로 유명하며, 이스라엘 대학교수들과의 교

---

* 이슬람 율법에 따라 가공되어 무슬림이 먹을 수 있도록 허용된 음식.

** 모로코 대표 요리로 채소와 고기를 각종 향신료와 함께 익힌 일종의 스튜. 오목한 접시 모양에 원뿔형 뚜껑이 있는 타진 전용 그릇에 담긴다.

류를 거부한 주요 인사 중 하나라는 것을 알게 되었다. 나는 세심하게 손을 씻고는 동료에게 되돌아갔다.

타진이 그새 얼마간 식어 있었다. 애석했다. "선거 때까지 기다리지 않고 갈아치운대요?" 나는 첫입을 맛본 뒤 물었다. 꽤 괜찮은 질문을 한 기분이었다.

"선거요? 선거를 뭐하러 기다려요? 그래서 뭐가 달라진다고." 내 질문이 그리 괜찮지 않았던 것이 분명했다.

"글쎄요, 잘은 모르겠지만, 어쨌든 삼 주 뒤에 대선이 있으니……"

"대선이야 보나마나라는 걸 당신도 잘 알잖아요. 2017년이랑 똑같겠죠. 극우당인 국민전선이 우파를 제치고 결선투표*에 올라 좌파와 맞붙을 것이고, 좌파가 다시 선출되겠죠. 내 생각엔 전국대학위원회에서 지루하게 굳이 선거를 기다릴 이유가 없어 보이는군요."

"어쨌거나 이슬람박애당이 새롭게 선전하고 있잖습니까. 만일 이슬람박애당이 상징적 한계선인 20퍼센트 이상의 지지율을 획득한다면 알력관계에 영향을 미치게 될 겁니다." 이 단언은 물론

---

* 프랑스의 대선은 대개 두 차례에 걸쳐 치러진다. 1차 투표에서 과반 득표 후보가 나오지 않을 경우, 이 주 뒤에 1차 투표에서 1위와 2위를 한 두 후보를 놓고 결선투표를 치른다.

헛소리다. 이슬람박애당 지지자들의 99퍼센트는 사회당에 투표할 것이고, 어떤 경우가 닥친다 해도 이 결과는 변함이 없을 터였다. 하지만 '알력관계'라는 단어는 대화에서 언제나 힘을 발휘한다. 카를 폰 클라우제비츠의 『전쟁론』이나 『손자병법』이라도 읽어준 것 같다고 할까. 또한 내 맘에는 '상징적 한계선'이라는 단어도 꽤나 흡족했다. 여하튼 마리프랑수아즈가 내가 그럴듯한 말을 했다는 듯 고개를 주억거렸다. 그녀는 이슬람박애당이 혹여 내각을 구성하게 될 경우 각 대학들의 운영진이 어떻게 바뀔지 가늠하는 데 오랜 시간을 들였다. 조합을 담당하는 그녀의 두뇌 영역이 가동되었다. 나는 이제 더는 그녀의 말을 듣는 것이 아니라 그녀의 나이들고 예리한 얼굴을 관찰하며 그 속을 스치는 가정들을 유추했다. 인생에선 무언가에 관심을 가져야만 한다는 생각이 들었다. 그렇다면 애정생활도 끝난 처지인 나는 무엇에 관심을 가질 수 있을 것인가? 혹시 와인 수업을 듣거나, 모형 비행기라도 수집해야 할 것인가?

오후의 세미나 수업은 진이 빠졌다. 박사과정 학생들 전체가 나를 진 빠지게 만들었다. 그들에게는 중요한 안건이 생겨난 듯했지만, 내겐 전혀 그렇지 않았다. 내게 중요한 건 저녁때 집에서 공영방송 프랑스2의 정치 토론을 시청하면서 전자레인지에 데워먹을 인도 음식(치킨 비리아니? 치킨 티카 마살라? 치킨 로 간 조쉬?)을 선택하는 일이었다.

오늘밤에는 극우당의 여성 후보자가 출연하여 자신의 프랑스에 대한 사랑을 피력했다("대체 어떤 프랑스 말입니까?" 중도좌파 출연자가 별반 통찰력이 돋보이지 않는 질문으로 반박했다). 나는 나의 애정생활이 정말 끝난 것인지 자문했다. 실은 확신이 서지 않았다. 나는 미리암에게 전화를 걸어볼까 망설이며 저녁 시간의 상당 부분을 보냈다. 나는 그녀가 아직 나를 갈아치우지는 않았다고 생각했다. 그녀와 나는 학교에서 수차례 마주쳤고 그때마다 그녀가 내게 강렬하다고 할 수 있는 눈빛을 던졌다. 그런데 사실 그녀의 눈빛은 늘 강렬했다. 심지어 린스를 고를 때조차. 그러니 괜히 헛물켜지 말아야 했다. 어쩌면 정치판에 뛰어들어야 했던 것은 아닐까. 나는 이렇게 시름시름 꺼져가는데, 각 정당의 운동원들은 이 선거철을 맞아 삶의 강렬한 순간을 보내고 있지 않은가. 거기에는 이론의 여지가 없었다.

"삶이 충족된 사람들, 삶을 즐기는 사람들, 삶에 만족하는 사람들은 행복하다." 모파상은 일간지 〈질 블라스〉에 기고한, 위스망스의 소설 『거꾸로』에 대한 칼럼을 이와 같은 문장으로 열었다. 문학사는 대개 자연주의 학파에게 엄격했고, 위스망스는 이러한 굴레에서 벗어났다는 점에서 추앙받았다. 모파상의 칼럼은 같은 시기에 블루아가 주간지 〈검은 고양이〉에 쓴 글보다 더 심오하고 감성적이었다. 블루아의 격찬은 심지어 졸라의 비판 글과 비교해도 외려 설득력이 떨어져 보인다. 졸라의 지적대로 『거꾸로』를 이끌어가는 인물 데 제생트는 소설의 첫 페이지에서부터 마지막 페이지까지 심리 변화를 겪지 않는다. 이 소설에서는 아무 일도 일어나지 않으며 일어날 수도 없고, 줄거리가 있긴 하지만 어느 면으로는 아무 의미도 없다. 위스망스가 『거꾸로』이후 한동안 도저히 글을 쓸 수 없었다는 사실은 이 걸작이 막다른 골목이었음을 방증하는 것이다. 하지만 모든 걸작의 경우가 이러하지 않겠는가? 이와 같은 책을 쓰고 난 뒤에 위스망스는 더는 자연주의자일 수 없었고, 졸라는 특히 이 점에 주목했다. 졸라보다 더 예술가적 기질이 강한 모파상은 대번에 이 작품을 걸작으로 평가했다. 나는 『19세기 문학저널』에 이러한 의견을 담은 짤막한 칼럼을 기고했고, 이 칼럼을 준비하느라 며칠간 지루함을 덜 수 있었다. 선거전을 관전하는 것보다 더 효과적인 소일거리였지만, 미리암에 대한 생각이 가시게 하는 데는 하등 도움이 되지 않았다.

그녀는 청소년이었던 먼 옛날에 아마 매력적인 고스족이었으리라. 지금은 검은색 단발머리에 새하얀 피부와 어두운 시선의 기품 있는 아가씨가 되었다. 기품 있으면서도 절제된 섹시미를 갖추었다고 할까. 특히 그녀의 은근한 관능성은 기대를 충족시키고도 남았다. 남자에게 있어 사랑이란 선물받은 쾌락에 대한 감사와 다름없다면, 이제껏 내게 미리암보다 더 큰 쾌락을 안겨준 여자는 없었다. 그녀는 성기를 자유자재로 수축시킬 수 있었다(때로는 참을 수 없이 느릿느릿 조이면서 부드럽게, 때로는 힘차고 짧은 단속적인 조임으로 강력하게). 그녀는 무한히 우아한 몸놀림으로 작은 엉덩이를 흔들다가 나머지를 내게 맡겼다. 그녀의 오럴섹스에 대해 말하자면, 나는 이에 필적할 만한 것을 결코 알지 못했다. 그녀는 매 오럴섹스에 인생의 처음이자 마지막인 것처럼 임했다. 그녀의 오럴섹스는 매회 어김없이 남자의 삶을 정당화하기에 충분했다.

나는 며칠을 더 우물쭈물하다가 급기야 미리암에게 전화를 걸었고, 우리는 바로 그날 저녁 약속을 잡았다.

우리는 관례상, '옛 여친들'에게 이전과 다름없이 반말을 하지만, 키스는 '비즈'*로 대체된다. 미리암은 검정색 미니스커트에 역시 검정색 스타킹을 신고 있었다. 나는 그녀를 집으로 초대했다. 식당에 가고 싶은 마음이 별반 들지 않았기 때문이다. 그녀는 호기심 어린 눈초리로 방안을 둘러본 뒤, 소파 깊숙이 몸을 묻었다. 치마가 정말 짧았고, 얼굴에는 화장을 했다. 뭘 좀 마시겠느냐고 묻자 그녀가 혹시 있으면 버번위스키를 달라고 했다.

"뭔가 변했어⋯⋯" 그녀는 알코올을 한 모금 삼켰다. "뭔지는 몰라도."

---

* 친근한 사이에 서로 볼을 맞대며 나누는 인사.

"커튼." 나는 주황색과 황갈색이 섞인 에스닉풍 문양의 이중 커튼을 달았다. 문양과 색깔이 똑같은 천을 한 장 구입하여 소파에도 씌웠다.

미리암이 뒤돌아 소파 위에 무릎을 꿇고는 커튼을 관찰했다. "예쁜걸." 그녀가 한참 만에 결론지었다. "심지어 아주 예뻐. 하기야 당신은 늘 감각이 있었으니까. 마초치고는 말이야." 그녀가 감정을 억누르며 소파에 다시 앉더니 나를 똑바로 바라보았다.

"내가 당신더러 마초라고 하는 거 괜찮아?"

"글쎄, 아마 맞는 말일 거야. 내가 마초에 가까운 인간인 것 같기는 해. 난 여자한테 투표권을 주고, 남자와 똑같은 교육을 받게 하고, 똑같은 직업을 갖게 하는 것 따위가 좋은 생각이라고 여겨본 적이 단 한 번도 없으니까. 익숙해져서 그렇지 과연 그게 정말 좋은 생각일까?"

그녀가 놀라 눈을 깜빡거렸다. 몇 초 동안 그녀가 나의 질문에 대해 진지하게 고민하고 있는 듯한 인상을 받았다. 문득 나 역시 덩달아 이 문제를 진지하게 고민하게 되었지만, 이내 이 질문에는 답이 없으며 다른 어떤 질문에 대해서도 마찬가지라는 생각이 들었다.

"그러니까 당신은 가부장제로 돌아가는 것에 찬성한다는 거야?"

"난 어느 것에도 '찬성' 따위 하지 않아, 그건 당신도 잘 알잖

아. 하지만 가부장제는 적어도 존재할 가치가 있다는 생각은 들어. 그러니까 내 말은 가부장제가 사회시스템으로서 끈질기게 존속할 거란 얘기야. 아이들이 생겨나면서 가정이 형성되고 그 아이들이 또 가정을 형성하고, 대략 같은 도식이 재생산되니까 시스템이 돌아가잖아. 그런데 이제 아이들이 충분치 않게 되었으니 시스템도 가동을 멈추겠지."

"응, 이론적으로는 당신이 마초라는 것에 의심의 여지가 없어. 하지만 당신의 문학적 취향은 세련됐단 말이지. 말라르메니 위스망스니, 틀림없이 이런 취향이 당신이 완전한 마초가 되는 걸 막아주는 걸 거야. 여기에 커튼 취향까지. 아, 비정상적인 여성적 감수성도 보태야겠는걸. 그런데 옷은 어쩜 그렇게 노상 촌뜨기처럼 입는 건지 알 수가 없네. 하다못해 그런지* 스타일의 마초라면 조금은 설득력이 있을 텐데, 당신은 지지 톱**을 좋아하지도 않잖아, 그보다는 늘 닉 드레이크***를 선호했지. 결론적으로 당신은 모순덩어리 인간이야."

나는 대답하기 전 내 잔에 버번위스키를 다시 채웠다. 공격은

---

* 1980년대 중반부터 1990년대 초까지 유행한 어둡고 음울한 록 음악 형식을 일컫다가 같은 분위기의 패션 쪽으로 용어가 확장되었다.

** 미국 텍사스 출신의 블루스 록 밴드.

*** 영국 모던포크의 상징과도 같은 가수.

대개 유혹의 욕망을 숨기고 있는 법이라는 것을 보리스 시뤼니크*의 저서에서 읽은 적이 있다. 보리스 시뤼니크는 부담스러운 타입의 절대 호락호락하지 않은 인간으로 대단히 영리한 심리학자이다. 인간들을 연구한 콘라트 로렌츠**라고 할까.

"거기엔 어떤 모순도 없어, 당신은 그저 소비자들의 유형 분류일 뿐인 여성 잡지의 심리 분석을 적용한 거니까. 책임감 있는 환경주의자 보보스족, 과시욕 강한 부르주아, 게이에게 우호적인 클럽족, 악마적 컴퓨터광, 테크노 젠 등등 매주 새로운 유형들이 쏟아져나오지. 난 다만 그들이 분류해놓은 소비자 유형 중 언뜻 보기에 들어맞는 것이 없을 뿐이야."

"우리 오랜만에 다시 만났는데…… 좀더 다정한 대화를 해보려고 노력하는 건 어떨까, 당신 생각은 어때?" 그녀가 이번에는 나를 약하게 만드는 갈라지는 목소리를 냈다. "시장해?" 나는 거북함을 무마하기 위해 물었다. 아니, 그녀는 시장하지 않았다. 하지만 우리는 결국 늘 무언가를 먹게 되어 있다. "스시 괜찮아?" 물론 미리암은 수락했다. 스시 제안은 언제든 퇴짜 맞지 않는다. 몸매에 극도로 신경을 쓰는 여자들이든 가장 까다로운 미

---

* 프랑스의 신경정신의학자, 비교행동학자.
** 오스트리아의 동물학자. 1973년 동물비교행동학으로 노벨생리의학상을 받았다.

식가들이든, 날생선과 흰쌀밥의 이 개성 없는 조합에 대해서는
일종의 보편적인 합의가 성립되었다고 할까. 나는 배달용으로
나온 접이식 스시 메뉴판을 펼쳤다. 메뉴판을 쓱 한번 훑는 것만
으로도 벌써 피로감이 몰려왔다. 와사비 마키니 연어롤이니 하
는 것들을 나는 전혀 이해할 수 없었고, 무엇이 됐건 이해하고
싶지도 않았다. 나는 무작정 세트 메뉴 B3을 선택한 뒤 전화를
걸어 음식을 주문했다. 어쩌면 결과적으로 식당에 가는 것이 나
았을지도 몰랐다. 나는 전화를 끊은 뒤 닉 드레이크의 음반을 오
디오에 얹었다. 긴 침묵이 이어졌다. 나는 그녀에게 수업은 어떠
냐고 물음으로써 적잖이 어리석은 방식으로 침묵을 깼다. 그녀
는 나무라는 눈빛으로 나를 바라보다가 괜찮다고, 출판학 석사
과정에 등록할까 고려중이라고 대답했다. 안도한 나는 보다 일
반적인 방향으로, 게다가 그녀의 진로와 연결하여 대화를 가지
쳐나갈 수 있었다. 프랑스 경제가 전 분야에 걸쳐 끊임없이 붕괴
되고 있는 와중에도 출판업만은 계속해서 수익을 올리며 꿋꿋이
버티는 실정이었다. 절망 속에서도 사람들이 포기하지 않는 한
가지가 독서라니, 놀랍기 그지없었다.

　"당신도 썩 잘 지내는 것 같지 않아. 하긴 솔직히 말하면 당신
은 늘 내게 그런 인상이긴 했어." 그녀가 적의가 섞이지 않은 어
조로, 외려 슬프게 말했다. 여기에 내가 무슨 대답을 할 수 있겠

는가. 이의를 제기하기 어려웠다.

"내가 그렇게 기운 없어 보여?" 새로운 침묵이 흐른 뒤 내가 물었다.

"아니, 기운 없어 보이는 건 아니야, 어떤 의미로는 그보다 더 못하지만. 당신은 늘 비정상적일 만큼 솔직해. 요컨대 사람들을 살아가게 해주는 그런 타협이 당신하고는 도저히 불가능하다고 할까. 예컨대 그 가부장제 말이야, 당신 말대로 가부장제가 실현 가능한 유일한 가족제도라고 치자. 그래도 난 어쩔 수 없이 공부를 했고, 날 남자와 동등한 사고와 의사결정이 가능한 독립된 인격체로 간주하는 데 익숙해졌어. 그러니 이제 와서 어쩌겠느냐고. 이런 날 갖다 버려야 마땅할까?"

올바른 답은 아마 '그렇다'일 것이다. 하지만 나는 침묵을 지켰다. 어쩌면 나도 결국 그렇게까지 정직하지 않은 건지도 몰랐다. 스시는 여전히 도착하지 않았다. 나는 빈 잔에 버번위스키를 다시 채웠다. 벌써 세 잔째였다. 닉 드레이크가 순수한 젊은 여인들과 고대 공주들을 계속해서 불러내고 있었다. 나는 여전히 미리암과 아이를 가질 생각이 없었고, 그녀와 함께 아기띠를 사러 가거나 가사를 분담하고 싶지도 않았다. 심지어 그녀와 섹스하고 싶은 마음도 들지 않았다. 아니, 섹스하고 싶은 마음이 조금은 들었으나 동시에 죽고 싶은 마음도 조금 들었다. 요컨대 뭐가 뭔지 잘 알 수가 없는 기분이었다. 희미한 욕지기가 스멀스멀 올라왔다. 대체 이 빌어먹을 '라피드 스시'는 무얼 하는 것일까? 미리암에게 내 걸 빨아달라고 할 수도 있었으리라. 그랬다면 정확히 그 순간 우리에게 두번째 기회가 생겼을지도 몰랐다. 하지만 나는 우리 사이에 시시각각 커져가는 거북함이 자리잡게 내버려두었다.

"난 그만 가보는 게 좋을 것 같아……"

적어도 삼 분의 침묵이 흐른 뒤 미리암이 말했다. 닉 드레이크가 한탄을 끝내고 너바나가 고함을 내지를 차례였다. 나는 오디오를 끄고서 대답했다. "좋을 대로……"

"당신을 어찌해야 좋을지, 미안해, 정말 미안해, 프랑수아." 그녀가 문가에서 말했다. 이미 외투를 걸치고 있었다. "뭔가를 하고 싶었지만 나도 뭘 어떻게 해야 할지 모르겠어. 당신이 나한테 전혀 기회를 주지 않아." 우리는 다시 비즈를 나눴다. 우리가 이 관계를 넘어설 수 있으리라는 생각은 들지 않았다.

그녀가 떠나고 몇 분 뒤 스시가 도착했다. 양이 너무 많았다.

2부

미리암이 떠난 이후 나는 일주일이 넘도록 혼자 지냈다. 정교수로 임명된 이래 처음으로 수요일 수업조차 감당할 수 없을 것 같은 기분이었다. 내 인생의 학문적 정점은 논문을 준비하고 책을 출간하던 시절이었다. 그 모든 것이 이미 십 년도 더 전의 일이었다. 학문적 정점? 혹시 그냥 정점이 아닐까? 어쨌든 당시엔 내 존재의 '정당성'을 의심하지 않았다. 이후로 내가 집필한 것이라고는 『19세기 문학저널』이나 간혹 더 드물게는 내 전공 분야와 관련된 시사가 있을 때 『마가진 리테레르』에 기고한 짤막한 칼럼들이 전부였다. 나의 칼럼들은 명료하고 예리하고 재기가 넘치는데다 마감 기일을 절대 어기지 않았던 만큼, 대체로 좋은 평가를 받았다. 하지만 이것이 과연 한 인생을 정당화하기에 충분한 것일까? 하기는 무엇 때문에 한 인생이 정당화되어야만 한 단 말인가? 동물들 전부가, 그리고 압도적인 대다수의 사람들이 정당화의 필요성을 조금도 느끼지 못한 채 살아간다. 그들은 단지 사니까 사는 것이다. 그뿐이다. 이것이 그들의 논리다. 그들은 아마 죽으니까 죽을 것이다. 그것으로 고민 끝이다. 나는 위스망스 전공자로서 적어도 이들보다는 조금 나아야 할 것 같은 의무감을 느꼈다.

논문 주제로 선택한 작가의 작품들을 어떤 순서로 접근하면 좋을지 묻는 박사과정 학생들에게 나는 번번이 우선 연대순으로 접근하라고 답한다. 작가의 삶이 실제로 중요해서가 아니다. 그보다는 연대순으로 이어지는 작품들이 작가의 일종의 지적 생애의 궤적을 그리게 되고, 이것이 고유의 논리를 형성하기 때문이다. 조리스카를 위스망스의 경우, 당연히 『거꾸로』의 걸출한 우수성이 문제가 되었다. 그토록 강렬하고 독창적이며 문학사에 전대미문의 성취로 기록될 작품을 쓰고 난 뒤에, 어떻게 계속해서 글을 쓸 수 있단 말인가?

언뜻 머릿속을 스치는 생각은 물론 극도로 어려우리라는 것이고, 실제로 위스망스의 경우에서 이를 목도할 수 있다. 『거꾸로』에 이어 출간된 『좌초된』은 실망스러운 작품이며, 위스망스로서도 달리 방법이 없었을 것이다. 혹여 이 작품에서 느껴지는 부정적 인상이나 정체감, 또는 점진적인 쇠락의 기운이 독서의 즐거움을 완전히 해치지 않는다면, 작가의 탁월한 아이디어가 효과를 발휘했기 때문이다. 바로 실망스러울 운명에 처한 책에서 실망감에 대해 이야기하기가 그것이다. 요컨대 주제와 형식의 긴밀성이 미적 응집력을 획득한 덕분에 다소 지루함을 느낄지언정 끝까지 읽을 수는 있는 것이다. 더불어 곤혹스러운 시골 체류 경험을 묘사한 이 작품에서 '좌초된' 것은 등장인물들뿐만이 아니라 위스망스 자신이기도 하다는 사실을 확연히 깨닫게 된다. 만일 이야기의 흐름을 중단시키며 끼어드는 몽상적인 일화들, 이 작품의 완성도를 결정적으로 떨어뜨리고 분류할 수 없게 만드는 이 일화들이 없었더라면, 우리는 그가 자연주의(파리 사람들보다 더 비열하고 탐욕스러운 것으로 드러난 농부들이 사는 시골 마을의 비루함을 묘사하는 것에서 드러나는 자연주의)로 회귀하려 한다는 인상마저 받았을 것이다.

후속작이 나오고부터 위스망스를 궁지에서 구출한 것은 결국 단순하고도 검증된 형식, 즉 우리가 이어지는 여러 작품들을 통해 진화과정을 지켜보게 될 중심인물을 작가의 대변인으로 삼는, 바로 그 방식이다. 나는 이 모든 것을 박사논문에서 명료하게 설명했다. 나의 곤경은 이후부터 시작되었는데, 첫 페이지에서부터 자연주의에 이별을 선언한 『저 아래로』를 기점으로 『출행』과 『대성당』을 거쳐 『제삼회인第三會人*』에 이르기까지, 중심인물 뒤르탈(과 위스망스 본인)의 진화의 핵심이 가톨릭으로의 개종이었기 때문이다.**

　중심 주제가 개종인 일련의 책들에 대해 이야기하는 것은 무신론자에게는 당연히 쉽지 않은 노릇이다. 한 번도 사랑에 빠져보지 않았고 이런 감정이 더없이 낯선 누군가가 온통 이와 같은 열정만을 다룬 소설에 흥미를 갖기 어려운 것과 같은 이치이다. 진정한 공감이 결여된 채, 뒤르탈의 영적 탐구와 위스망스의 후기 소설 세 편의 골조를 이루는 신에 대한 의심과 확신의 교차 반복에 직면한 무신론자가 점차로 빠져든 감정은 불행히도 권태였다.

　이 상념의 순간에(나는 잠에서 막 깨어나 커피를 마시며 날이 밝기를 기다리고 있었다) 극도로 불쾌한 생각이 불쑥 고개를 쳐들었다. 바로 『거꾸로』가 위스망스 문학 인생의 정점이었던 것과 마찬가지로, 미리암이 내 연애사의 정점이었으리라는 것이었다.

---

* 세속에 살면서, 특정 수도회에 소속되어 그 수도회의 정신을 실천하는 단체에 속한 자를 뜻한다.

** 『출행』 『대성당』 『제삼회인』은 위스망스의 이른바 개종 삼부작으로, 세 작품 모두 위스망스의 노골적인 분신인 뒤르탈이 주인공이다. 뒤르탈은 『저 아래로』에 처음 등장한 이후, 위스망스의 개종 3부작에도 연달아 등장하며 이야기를 이끌어나간다.

이제 나는 실연을 어떻게 극복할 것인가? 대답은 필시 극복하지 못하리라는 것이었다.

죽음을 기다리는 동안, 내게는 『19세기 문학저널』이 남았고, 다음 모임은 일주일이 채 안 되어 열릴 터였다. 선거도 있었다. 상당수 사람들이 정치와 전쟁에 열을 올리지만 나는 이런 오락거리를 별반 좋아하지 않았다. 나의 정치성은 세수수건에나 비견되는 것이었고, 이것은 분명 애석한 일이었다. 사실 내가 어렸을 때는 선거가 더할 수 없이 재미없었다. '정치적 선택'의 빈약함이란 가히 경악스러운 수준이었다. 우선 중도좌파의 후보가 선출되어 개인적 카리스마에 따라 한 번, 혹은 두 번의 임기를 마친다. 세번째 임기는 모호한 이유들로 차단된다. 국민들은 이 후보에게, 더 넓게는 중도좌파에게 염증을 느끼고, 우리는 '민주적 정권 교체' 현상을 목도하게 된다. 그렇게 유권자들은 중도우파의 후보에게 권력을 안겨주고, 그 역시 개인적 능력에 따라 한 번, 혹은 두 번의 임기를 마친다. 희한하게도 서구 국가들은 두 라이벌 정당 간의 권력 배분이나 다름없는 이 선거제도를 대단히 자랑스러워했다. 심지어 그들과 함께 열광하지 않는 국가들에게 그들의 열광을 강요하기 위해 때때로 전쟁까지 불사할 정도였다.

이후로 극우파의 득세가 잊혔던 파시즘의 공포를 정치 토론에 흘려넣으면서, 선거 양상을 다소 흥미롭게 만드는 데 일조했다. 하지만 상황이 정말로 움직이기 시작한 것은 2017년 대선에서 결선투표를 치렀을 때였다. 세계 각국의 언론들이 점점 노골적으로 우경화되어가는 국가에서 좌파 대통령의 재선이라는 수치스럽지만 산술적으로 불가피한 그 구경거리를 놀란 눈으로 지켜보았다. 결선투표를 앞둔 몇 주 동안 질식할 것 같은 묘한 분위기가 프랑스 전역으로 번졌다. 여기저기서 비치는 반란의 섬광이 차단되기는 했지만, 급진적이고 숨막히는 절망의 기운이었다고 할까. 자진해서 나라를 뜨는 사람들이 부지기수였다. 결선투표 결과가 나오고 한 달 뒤, 모하메드 벤 아베스는 이슬람박애당 창당을 선언했다. 프랑스에서 이슬람의 첫 정치적 시도였던 프랑스 이슬람당은 심지어 극우파와도 손을 잡았던 당대표의 난처한 반유대주의로 인해 일찌감치 해산되었다. 이 실패를 교훈삼아 이슬람박애당은 중도적 입장을 견지하는 데 각고의 노력을 기울였다. 팔레스타인을 지지할 때도 온건한 태도를 취했으며 유대교 지도층들과도 우호적인 관계를 유지했다. 또한 아랍권 국가들의 이슬람 정당들이 활용한 방식, 게다가 프랑스에서도 예전에 공산당이 이용한 방식을 채택했다. 즉 엄밀한 의미에서의 정치 활동이 청년운동, 문화센터, 자선단체의 촘촘한 조직

망으로 이어졌다. 해를 거듭하며 집단적 빈곤이 불가피하게 확산되는 나라에서, 이 그물망 정치가 결실을 거두며 엄격한 종교적 한계를 뛰어넘어 이슬람박애당의 지지층을 확장시켰다. 창당된 지 불과 오 년인 이 당은 최근에 실시된 여론조사에서 21퍼센트의 지지율을 획득함으로써 23퍼센트인 사회당을 바짝 추격했다. 한편 정통 우파는 14퍼센트를 얻었고, 극우파인 국민전선이 32퍼센트를 획득함으로써 단연 프랑스의 제1당 자리를 지켰다.

이십 년이 넘도록 공영방송 프랑스2의 〈8시 뉴스〉 앵커 자리를 지켜온 다비드 퓌자다스는 몇 년 전부터 아예 선거의 아이콘이 되었다. 그는 방송 역사상 1차 투표와 결선투표 사이의 기간에 벌어지는 두 결선 후보 간의 대담을 중재할 역량이 충분하다고 평가받는 '극히 제한된 정치기자 클럽(미셸 코타, 장피에르 엘카바슈, 알랭 뒤아멜 등)'에 들어갔을 뿐만 아니라, 정중함을 띤 단호함과 침착성, 무엇보다 모욕을 무시할 수 있는 능력, 그리고 궤도를 이탈한 후보자들 간의 설전을 제자리에 돌려놓으며 그들에게 민주적이고 품위 있는 대립의 외관을 되찾아주는 자질까지 모든 전임자들보다 월등히 뛰어났다. 국민전선의 여성 후보와 이슬람박애당의 남성 후보 모두 다비드 퓌자다스가 그들의 대담을 진행하는 데 동의했다. 틀림없이 1차 투표에 앞서 열리는 후보자들 간의 토론중에 단연 이목이 집중된 토론이리라.

왜냐하면 선거전에 돌입한 이후 여론조사에서 지속적인 상승세를 보이고 있는 이슬람박애당의 후보가 사회당의 후보를 누르기라도 한다면, 프랑스는 결과가 매우 불투명한 사상 초유의 결선투표에 직면하게 될 것이었기 때문이다. 좌파 지지자들은 좌파 성향의 주간지들이며 일간지들이 점점 위협적인 어조로 되풀이해가며 호소함에도 불구하고 이슬람 후보자에게 표를 몰아주기를 주저할 것이며, 점점 증가 추세인 우파 지지자들은 그들 리더의 단호한 이슬람박애당 후보 지지 선언에도 불구하고 경계를 넘어 결선투표에서 '국민(전선)'의 후보에게 투표할 것으로 예측되었다. 따라서 국민전선의 후보에게는 매우 큰 도박이, 틀림없이 일생일대의 도박이 될 터였다.

대담은 수요일에 열렸다. 상황이 나를 따라주지 않았다고 할까. 나는 전날 전자레인지에 데워먹을 수 있는 즉석 인도 요리 콤보 세트와 평범한 레드와인 세 병을 샀다. 영국제도에 집중된 저기압이 남진하는 것을 방해하면서 고기압 기단이 헝가리에서 폴란드까지 장기적으로 머물렀고, 그 바람에 유럽 대륙 전체에 춥고 건조한 이상기후가 계속되었다. 낮에는 박사과정 학생들이 쓸데없는 질문으로 나를 적잖이 곤란하게 만들었다. 이를테면 덜 중요한 시인들(장 모레아스, 트리스탕 코르비에르 등)은

왜 덜 중요한 시인으로 간주되었고, 대체 무엇이 부족해서 중요한 시인(누구나 아는 보들레르, 랭보, 말라르메를 거쳐 브르통으로 건너뛴다)으로 간주되지 못했느냐는 것이었다. 여위고 날이 선 박사과정 학생 두 명이었는데, 그들의 질문에 전혀 사심이 들어 있지 않다고 말할 수는 없었다. 한 명은 샤를 크로스에 대해 다른 한 명은 코르비에르에 대해 논문을 쓰고 싶었으나 그렇다고 불이익을 당하고 싶지는 않았던 것이고, 그 속셈이 내 눈에는 역력히 보였다. 그들은 학교의 대변자로서 나의 대답을 기다렸고, 나는 중간 정도 위치에 있는 쥘 라포르그를 추천함으로써 껄끄러운 대화를 피했다.

심지어 토론이 방영될 때에도 나는 곤란을 겪었다. 특히 전자레인지가 말썽이었다. 전자레인지가 이제껏 본 적이 없는 새로운 기능(아음속의 소리를 내면서 전속력으로 돌았지만 음식을 그만큼 데우지는 못했다)을 발휘하는 바람에, 결국 인도 음식을 프라이팬에 전부 부어서 데워야 했고, 그 바람에 두 후보 사이에 오간 설전의 많은 부분을 놓쳐버렸다. 내가 시청할 수 있었던 부분에 의지하여 말하자면, 토론 분위기는 거의 과하다 싶게 모범적이었다. 행정부 수반 자리를 노리는 두 후보가 서로에 대한 경의를 남발하더니 나중에는 프랑스에 대한 측량할 길 없는 자신들의 사랑을 차례로 드러내면서 점차 거의 모든 문제에 대해 동의하는 듯한 인상을 주었다. 하지만 같은 시각, 파리 근교의 몽페르메유에서는 극우파 운동원들과 정치적으로 어디에도 소속되지 않았다고 주장하는 아프리카 청년 무리 사이에 유혈 충돌이 발생했다. 지난주 이슬람사원이 신성모독을 당한 이래로 파리 근교에서 산발적 사건들이 우후죽순으로 생겨나던 터였다. 다음날, 정체성 운동과 관련된 한 인터넷 사이트에서 어젯밤의 대치가 매우 폭력적이었으며 여러 명의 사망자를 냈다고 주장했으나, 내무부에서는 이를 즉각 부인했다. 국민전선의 대표와 이슬람박애당의 대표는 사건이 발생할 때마다 늘 그래왔듯, 저마다 이와 같은 범죄행위들과는 단호하게 선을 그을 것이라는 내용의 성명을 발표했다. 이 년 전, 처음으로 무장 대치가 발생했을 때 몇몇 충격적인 르포들이 보도되었으나, 지금은 그것에 대해 말하는 경우가 줄어들었고 이 모든 것이 예사가 된 듯했다. 수년, 나아가 수십 년의 세월 동안, 〈르 몽드〉를 위시한 모든 중도좌파 신문들과 훨씬 보편적인 신문들, 다시 말하면 사실상 모든 신문들이 이슬람 이민자들과 서구 유럽 출신들 간의 내전을 예언하는 '카산드라들'을 정기적으로 비판해왔다. 그리스 문학을 가르치는 내 동료 한 명이 설명한 것처럼 사실 이 카산드라 신화의 쓰임에 희한한 구석이 있긴 했다. 그리스신화에서 카산드라는 우선 매우 아름다운 여인으로 등장한다. 호메로스가 『일리아스』에 '황금으로 만든 아프로디테와 닮았다'고 쓸 정도였으니 말이다. 그녀에게 한눈에 반한 아폴론이 그녀의 사랑을 얻는 대가로 그녀에게 예지력을 부여한다. 카산드라는 예지력은 받아들이지만 신은 거절하고, 이에 분노한 아폴론이 그녀의 입에 침을 뱉어 그녀가 하는 말을 아무도 이해하지도 믿지도 못하게 만든다. 그녀는 파리스의 헬레네 납치와 트로이전쟁 발발을 차례로 예언하고 나서 동족인 트로이인들에게 그리스인들의 술책(그 유명한 '트로이의 목마')에 대해 경고하지만, 그녀의 충고를 무시한 트로이인들은 그리스인들에게 도시를 점령당하고 만다. 그녀는 결국 아가멤논의 부인 클리타임네스트라에게 암살당하는데, 이 역시 아가멤논의 죽음과 함께 그녀가 예언했던 바였으나 아가멤논은 그녀의 말을 믿지 않았다. 요컨대 카산드라는 끊임없이 실현되는 암울한 예언들의 상징과도 같은 존재였고, 현재 벌어지는 일들로 보아 중도좌파 언론의 기자들도 트로이인들의 맹목을 되풀이하는 듯했다. 이러한 맹목은 역사적으로 어제오늘의 일이 아니었다. 히틀러가 '결국 이성을 찾을 것'이라고 만장일치로 믿었던 1930년대의 지성인들이며 정치가들이며 기자들에게서 동일한 예를 찾아볼 수 있다. 이미 정립된 사회시스템 속에서 번영을 누리며 살아가는 사람들이, 이 시스템에서 아무것도 기대하지 않으며 별다른 두려움 없이 그것을 파괴하려 하는 사람들의 관점에서 생각하기란 아마 불가능할 것이다.

하지만 사실을 말하자면 이미 몇 달 전부터 중도좌파 언론의 태도가 변했다. 그들은 파리 변두리의 폭력이나 민족 간의 분쟁에 대해 더는 아무 말도 하지 않았다. 여러 가지 사건들이 침묵 속에서 지나갔다. 심지어 '카산드라들'을 비판하는 것도 멈추었고, 그들은 그들대로 침묵하기에 이르렀다. 이제는 대부분이 이 문제에 관한 이야기를 피로해하는 듯했고, 내가 교류하는 세계에서는 이 피로감이 다른 어느 곳보다 두드러졌다. '일어나게 될 일'은 일어날 것이다. 프랑스 사회 전반에 깔린 정서를 요약하자면 이러했다. 다음날 저녁에 열린 『19세기 문학저널』의 삼 분기 칵테일파티에 참석하러 가면서 나는 몽페르메유에서 일어났던 무력 충돌이 거의 화제에 오르지 않으리라는 것을 이미 알고 있었다. 1차 투표에 앞서 마지막으로 열린 후보자들의 토론도 사정이 더 낫지 않을 것이며, 최근의 대학 총장 임명 건도 마찬가지일 터였다. 파티는 이 행사를 위해 대여한 샵탈 가의 낭만주의 박물관에서 열렸다.

나는 예전부터 생 조르주 광장을 좋아했다. 벨 에포크*풍의 그 매력적인 외관을. 나는 광장에 세워진 19세기 화가 가바르니의 흉상 앞에 얼마간 서 있다가 노트르담 드 로레트 가를 거슬러올라갔다. 그리고 샵탈 가 16번지에 이르러 나무들로 둘러싸이고 포석이 깔린 짧은 골목길을 통과했다. 낭만주의 박물관이 모습을 드러냈다.

날씨는 온화했고 정원으로 난 이중문은 활짝 열려 있었다. 나는 샴페인을 집어들고서 보리수 사이를 어슬렁거렸다. 알리스가 곧장 눈에 들어왔다. 그녀는 리옹3대학의 조교수로 제라르 드

---

* 19세기 말부터 20세기 초까지 파리가 번성했던 황금 시절.

네르발을 전공했고, 선명한 꽃무늬가 그려진 하늘하늘한 옷감의 원피스를 입고 있었다. 사람들이 칵테일드레스라고 부르는 옷이 틀림없었다. 솔직히 말하자면 내 눈에는 칵테일드레스나 이브닝드레스나 별반 차이가 없었지만, 모든 정황으로 보아 알리스가 상황에 맞는 드레스를 입었으리라는 것에는 의심의 여지가 없었다. 드레스뿐만 아니라 그녀의 태도나 행동은 늘 상황에 맞았고, 그녀와 함께 있으면 편안했다. 따라서 나는 그녀가 각진 얼굴에 피부가 매우 하얀 젊은 남자와 이야기를 하고 있었음에도 선뜻 다가가 인사를 건넸다. 남자는 파리 생 제르맹 축구팀 티셔츠에 파란색 블레이저 재킷을 걸치고 강렬한 빨간색 운동화를 신고 있었는데, 묘하게도 전체적으로 멋스러워 보였다. 그는 고드프루아 랑프뢰르라는 이름으로 자신을 소개했다.

"저도 이번에 선생님의 학교 동료가 되었습니다. 얼마 전에 파리3대학 교수로 임명되었죠." 그가 내 쪽을 돌아보며 말했다. 나는 그가 스트레이트 위스키를 집어드는 것을 지켜보았다.

"네, 얘기 들었습니다. 레옹 블루아를 전공하셨죠?"

"프랑수아는 블루아를 좋아해본 적이 없어요. 물론 위스망스 전공자로서 반대편에 있다는 얘기지만요."* 알리스가 슬쩍 끼어

---

* 위스망스가 『저 아래로』에서 블루아를 희화화한 뒤로 두 사람의 관계에 균열이

들었다.

랑프뢰르가 나를 돌아보며 놀라우리만치 다정한 미소를 짓더니 재빨리 말했다. "저도 당연히 선생님을 알지요…… 선생님의 위스망스 연구에 대해 깊은 존경심을 갖고 있습니다." 그가 잠시 말을 멈추었다. 할말을 찾는지 나를 뚫어져라 바라보았는데 그 시선이 하도 강렬하여 혹시 화장을 한 것이 아닌지 궁금할 정도였다. 적어도 마스카라로 속눈썹 정도는 강조한 듯했다. 그 순간 나는 그가 내게 무언가 중요한 얘기를 하려 한다는 인상을 받았다. 알리스는 다정한 동시에, 남자들 사이의 대화를 지켜보는 여자들이 흔히 그러하듯 살짝 비웃는 시선으로 우리를 바라보았다. 동성애 관계도 연적 관계도 아닌 어정쩡하고 이상야릇한 무엇을 구경하는 시선이었다. 우리의 머리 위로 산들바람이 훅 불어왔다. 보리수의 잔가지가 흔들리며 잎들이 나부꼈다. 그때, 폭발음 비슷한 둔탁한 소리가 아주 멀리서 매우 희미하게 들렸다.

마침내 랑프뢰르가 입을 열었다. "참 희한하죠, 우리가 인생의 초기에 헌신했던 작가들을 계속해서 가깝게 느끼는 걸 보면 말입니다. 우리는 이 작가들이 한두 세기 전의 인물들인 만큼 감정이입은 하지 않은 채 어디까지나 학자로서 일종의 문학적 객관

일었고, 위스망스의 개종을 계기로 서로 완전히 등을 돌리게 되었다.

성을 가지고 학문적으로 접근한다고 생각하지만, 실은 전혀 그렇지 않죠. 위스망스며 졸라며 바르베며 블루아며 이 모든 작가들이 서로 알고 지냈어요. 친구이건 증오하는 관계건, 사이가 좋건 틀어졌건 간에 말입니다. 이들의 관계도가 곧 프랑스 문학사이기도 하죠. 그런데 우리 연구자들이 한 세기도 더 뒤에 똑같은 관계를 되풀이하고 있잖습니까. 우리는 각자의 영웅에 대한 충성심을 변함없이 간직한 채, 이들을 위해서라면 언제든 칼럼을 통해 우리끼리 돈독해지거나 등지거나 논쟁을 벌일 태세가 돼 있으니 말입니다."

"옳은 말씀이에요. 그리고 바람직한 일이죠. 적어도 문학이 진지한 것이라는 증거니까요."

"불쌍한 네르발과 의가 상했던 작가는 단 한 명도 없었죠." 알리스가 끼어들었으나, 랑프뢰르는 귓등으로도 안 듣고서(그런 것 같았다) 자신의 장광설에 함몰된 듯 강렬한 눈빛으로 여전히 나를 바라보았다. 그가 말을 이었다.

"선생님은 늘 진지한 분이셨죠. 『19세기 문학저널』에 실린 선생님의 칼럼을 빠짐없이 읽었습니다. 저는 스무 살 때 블루아에게 매혹당했어요. 그의 비타협성과 폭력성, 그리고 남을 경멸하고 모욕하는 천재적인 재능에. 하지만 실은 당시 블루아가 유행이었던 점도 한몫했습니다. 블루아는 어리석은 참여 정신과 썩

어빠진 인도주의로 얼룩진 남루한 20세기에 대항하는 절대적 무기였지요. 사르트르니 카뮈니 하는 참여문학의 그 모든 꼭두각시들과, 역시 역겹기는 매한가지인 모든 형식주의자들, 누보로망*, 밑도 끝도 없는 그 모든 부조리 문학들에 대항하는 무기요. 자, 그런데 이제 저는 스물다섯 살이 되었고 여전히 사르트르며 카뮈며 누보로망과 비슷한 그 무엇도 좋아하지 않지만, 블루아의 기교는 참을 수 없어졌습니다. 그가 제멋에 겨워 주워섬기는 영적이고 성스러운 차원에 이제 더는 아무 감흥이 없어요. 이젠 모파상이나 플로베르, 심지어 졸라를 다시 읽으며 즐거움을 느끼죠. 졸라의 경우는 몇 페이지에 한해서이긴 하지만요. 그리고 물론 무척 호기심을 끄는 위스망스가⋯⋯"

나는 그에게서 제법 매력적인 '우파 지식인'의 특징이 보인다고 느꼈다. 이 특징이 그를 대학에서 약간은 독보적인 존재로 만들어줄 터였다. 대화를 할 때 상대를 꽤 오랫동안 혼자 말하게 내버려둘 수 있다. 사람들은 늘 자기들의 말에 재미있어하며 빠져드니까. 하지만 어쨌든 가끔씩은 반응을 해야 한다, 최소한은. 나는 별 기대 없이 알리스를 힐끔 쳐다보았다. 그녀가 이 시기에

---

* 전통적인 소설의 관습을 파괴하고 새로운 형식을 모색한 문학 운동. 프랑스어로 '새로운 소설'이라는 뜻이다.

는 전혀 흥미를 보이지 않으리라는 것을 알고 있었다. 그녀는 극단적인 '프뤼로만티크'*파였다. 나는 랑프뢰르에게 이렇게 물어볼 뻔했다. "선생은 가톨릭이오, 파쇼요, 아니면 그 둘의 혼합이오?" 하지만 자제했다. 우파 지식인들과의 교류가 완전히 끊긴 탓에 그들을 어떻게 대해야 할지 더는 전혀 감이 잡히지 않았다. 돌연 멀리서 폭발음 비슷한 소리가 이어졌다. 알리스가 물었다. "이게 무슨 소리죠?" 그녀가 주저하는 어조로 덧붙였다. "총소리 같은데……" 우리는 즉시 침묵했다. 나는 정원 안의 모든 대화가 중단되었다는 것을 깨달았다. 나뭇잎들이 미풍에 나부끼는 소리와 자갈길 위를 걷는 조심스러운 발소리가 다시 들려왔다. 칵테일파티가 열리던 홀 안의 손님들이 정원으로 나와 무슨 일인지 살펴보기 위해 나무들 사이로 조심조심 전진하고 있었다. 몽펠리에 대학 교수 두 명이 내 옆을 지나며 스마트폰을 켜더니 이상한 방식으로 전화기를 쳐들었다. 마치 마술봉이라도 되는 듯 수직으로 높이. "아무 언급도 없어……" 둘 중 하나가 걱정스럽게 한숨을 내쉬며 말했다. "여전히 G20 정상회의 타령이야." 나는 생각했다. 언론에서 이 사건을 다루리라고 기대하다니 단

---

*독일 전기 낭만주의. 19세기 초중반에 유행했으며, 제라르 드 네르발이 많은 영향을 받았다.

단히 착각들 하고 있군. 오늘 일도 어제 몽페르메유에서 일어난 사건과 다르지 않아. 언론이 완전히 입을 닫았다고.

"파리에서 발포되기는 처음이군요." 랑프뢰르가 차분한 어조로 지적했다. 그 순간 또다시 총소리가 들렸다. 이번엔 가까이에서 벌어진 일처럼 매우 선명했다. 이어 훨씬 강한 폭발음이 들렸다. 손님들이 일제히 소리가 난 방향으로 고개를 돌렸다. 건물 위 하늘로 연기 기둥이 치솟고 있었다. 몇 블록 옆의 클리시 광장이 진원지인 듯했다.

"아무래도 우리의 소소한 '무도회'가 조기에 막을 내릴 것 같군요……" 알리스가 가볍게 말했다. 아닌 게 아니라 대다수의 손님들이 전화를 걸고 있었다. 그중 몇몇은 출구 쪽으로 걸음을 옮겼다. 하지만 느릿느릿 한 걸음 한 걸음 뜸을 들이는 걸음걸이였다. 스스로를 제어할 수 있다는 듯이, 혼란스러운 상황에 전혀 동요하지 않았다는 듯이. 랑프뢰르가 제안했다.

"괜찮으시면 저희 집으로 자리를 옮겨서 대화를 계속하시겠어요? 저는 카르디날 메르시에가에 살아요, 여기서 불과 몇 분 거리죠."

알리스가 말했다. "내일 리옹에서 수업이 있어요. 새벽 여섯시에 테제베 열차를 타야 하죠. 난 이만 돌아가봐야 할 것 같아요."

"괜찮겠어요?"

"네, 희한하죠, 전혀 두렵지 않으니." 나는 그녀를 바라보며 말려야 할지 말지 고민했으나, 희한하게도 나 역시 전혀 두렵지 않았다. 왠지 잘은 몰라도 대립이 클리시 광장 부근에서 멈추리라는 확신이 들었다.

알리스의 트윙고는 블랑슈 가 모퉁이에 주차돼 있었다. 나는 그녀에게 비즈를 한 뒤 말했다. "지금 움직이는 게 신중한 처사인지 확신이 서지 않는군. 어쨌든 도착하면 전화해요." 그녀가 그러겠다고 대답한 뒤 시동을 걸었다. 랑프뢰르가 말했다. "대단한 여자예요……" 나는 동의하면서도, 사실 속으로는 내가 알리스에 대해 아는 것이 별로 없다고 생각했다. 가벼운 성적 농담은 명예 훈장이나 직위 승진과 함께 동료들 사이의 유일한 대화거리였다. 그런데 알리스에 대해서는 어떤 농담도 들어본 바가 없었다. 그녀는 똑똑했고 예뻤고 우아했으며—몇 살 정도나 되었을까? 아마 거의 내 또래로 마흔에서 마흔다섯 살 사이일 것이다—보이는 모든 것으로 미루어 독신이었다. 어쨌든 아직은 그녀에게 접근할 때가 아니라고 판단하며 나는 전날 밤에도 같은 생각을 했던 것을 떠올렸다. "대단하고말고요!" 나는 다시 한번 강조하며 상념을 떨치려고 애썼다.

총격이 멈추었다. 이 무렵 우리는 황량한 발뤼 가로 들어서며 정확히 우리가 좋아하는 작가들의 시대로 돌아갔다. 나는 이 사실을 랑프뢰르에게 알렸다. 놀라우리만치 보존이 잘된 건물들의 연조는 거의 죄다 프랑스 제2제정*, 혹은 제3공화국** 초기로 거슬러올라간다. 랑프뢰르가 대답했다. "정말 그렇군요. 그러고 보니 화요일마다 예술가들 모임이 열렸던 말라르메의 집도 여기서 멀지 않은걸요. 롬 가에 있잖아요. 선생님은 어디에 계십니까?"

"슈아지 대로요. 그보다는 1970년대에 있다고 할까요. 물론 문학사적으로 그리 뛰어나지 못한 시대죠."

"'차이나타운'이라고 부르는 곳 말씀입니까?"

"그렇습니다. 전 차이나타운 한가운데서 삽니다."

"그게 현명한 선택일 수도 있습니다." 그가 장고 끝에 생각에 잠긴 듯 말했다. 같은 시각 우리는 클리시 가 모퉁이에 당도했다. 나는 얼어붙은 듯 그 자리에서 걸음을 멈추었다. 북쪽으로 100미터 남짓 떨어진 클리시 광장 전체가 불길에 휩싸여 있었다. 불에 탄 자동차들과 버스의 잔해들이 보였다. 위압적이고 시커먼 몽세 장군의 동상만이 불길 한가운데서 건재했다. 사람이라고는 눈을 씻고 봐도 보이지 않았다. 정적이 광경을 뒤덮었다.

---

* 1852~1870년.
** 1870~1940년.

오직 반복되는 사이렌의 울부짖음만이 이 정적을 뒤흔들 뿐.

"몽세 장군의 전력에 대해 아십니까?"

"전혀요."

"나폴레옹 휘하의 장수였지요. 1814년에 러시아 군대의 침입에 대항하여 클리시를 지키면서 이름이 알려졌습니다." 랑프뢰르가 일관된 어조로 말을 이었다. "만일 종족 간의 분쟁이 파리 시내로 확대된다면, 차이나타운만이 파리에서 완벽하게 안전한 장소가 될 겁니다."

"그럴 가능성이 있다고 보십니까?"

그는 대답 없이 어깨만 으쓱 추어올렸다. 그 순간 나는 방탄 기능이 있는 케블라 섬유 군복 차림에, 어깨에는 경기관총을 둘러멘 공화국 보안기동대원 두 명이 생 라자르 역 방향을 향해 클리시 가를 조용히 걸어내려가는 것을 보면서 경악을 금치 못했다.

"저들은 마치……" 나는 아연실색한 나머지 다음 말을 떠듬거렸다. "아무 일도 없었다는 듯한 태도로군요."

"네……"

랑프뢰르도 걸음을 멈추고는 생각에 잠겨 턱을 문질렀다. "거 보십시오, 요즘은 대체 어떤 일이 가능하고 불가능한지를 말하기가 여간 어렵지 않다니까요. 만일 누군가 그 반대라고 말한다면 얼간이거나 거짓말쟁이일 겁니다. 제 생각에 당장 다음주에 무슨 일이 일어날지 안다고 큰소리칠 수 있는 사람은 아무도 없습니다." 그가 다시 장고하더니 입을 뗐다. "자, 이제 저희 집에 거의 다 왔습니다. 선생님의 대단한 친구분께 별일은 없어야 할 텐데요."

조용하고 한적한 카르디날 메르시에 가의 끝자락은 주랑들로 둘러싸인 분수대로 막혀 있었다. 분수대 양쪽으로 설치된 거대한 아치형 대문들에는 감시카메라들이 높이 솟아 있었고, 안쪽으로 나무들이 늘어선 뜰이 보였다. 랑프뢰르가 지문인식 기능이 장착된 듯한 작은 알루미늄판에 검지를 갖다대자 바로 철문이 열렸다. 안뜰로 걸어들어가니 플라타너스 나무에 반쯤 가려진 작은 저택이 보였다. 전형적인 제2제정시대 건물로 호화롭고 우아했다. 나는 자문했다. 신입 조교수 봉급으로 이런 저택에 사는 것은 당연히 아닐 테고, 그렇다면 무슨 수로?

내가 왜 나의 젊은 동료가 하얀색이 지배적인, 간소하고 간결한 멋이 있는 곳에서 살 거라고 상상했는지 모르겠다. 그와 반대로 집안의 가구들은 건물의 양식과 완벽하게 일치했다. 바닥에는 비단과 벨벳 카펫이 깔렸고, 거실은 자개와 금은으로 상감세공된 원형 탁자들과 안락한 의자들로 넘쳐났다. 과장된 기법의 엄청나게 커다란 그림(아마 윌리암 부그로의 진품인 듯했다)이 매우 섬세한 조각들로 장식된 벽난로 위에 위풍당당하게 걸려 있었다. 나는 짙은 녹색의 톡톡한 물결무늬 직물을 씌운 기다란 의자에 앉아 배로 담근 술을 받아들었다. 랑프뢰르가 술잔을 건네며 제안했다.

"혹시 무슨 일인지 뉴스를 보시고 싶습니까?"

"아니, 뉴스엔 아무것도 나오지 않을 겁니다. CNN이라면 혹시 몰라도. 위성안테나가 설치돼 있다면 말입니다."

"요즘 들어 제가 좀 들여다봤지만 CNN도 잠잠해요. 유튜브도 마찬가지고요. 가끔씩 류튜브*에 동영상들이 올라오긴 하지만 매우 불확실하죠. 이것 보세요, 아예 아무것도 없군요."

"왜 언론이 일절 함구하기로 한 건지, 대체 정부가 원하는 게 뭔지 알 수가 없군요."

"그건, 제 생각엔, 확실합니다. 국민전선이 선거에서 승리할까봐 두려운 거죠. 지금 나돌고 있는, 파리 근교에서의 폭력 사태

---

* 러시아 동영상 공유 사이트.

에 대한 영상물들은 죄다 국민전선에서 나오는 거고요. 현재 극
우파가 위기감을 조성하려고 무진 애를 쓰고 있죠. 파리 근교의
젊은이들이야 반응이 당연히 즉각적이잖습니까. 지난달에 대립
이 극에 달했지만 근원을 따져보면 시작은 늘 반이슬람적 선동
에 있었어요. 예컨대 이슬람사원을 모독한다든지 이슬람 여성의
니캅*을 벗기기 위해 협박을 가한다든지 말이에요."

"선생은 그 배후에 국민전선이 있다고 생각하는 겁니까?"

"아니, 아닙니다. 그들이 그런 짓을 할 순 없겠죠. 그렇진 않을
겁니다. 다만…… 다만…… 가교가 있다고 해두죠."

그는 자기 잔을 비우고는, 우리의 잔을 차례로 다시 채웠다.
침묵이 흘렀다. 벽난로 위에 걸린 부그로의 그림에서는 정원을
배경으로 다섯 명의 여인—그중 몇 명은 흰색 튜닉을 걸쳤고 나
머지는 거의 알몸이었다—이 벌거벗은 곱슬머리 사내아이를 둘
러싸고 있었다. 여자들 중 한 명은 양손으로 자신의 젖가슴을 가
리고 있었고, 다른 한 여자는 들판에서 꺾은 꽃 한 다발을 손에
쥐고 있어 그럴 수 없었다. 그녀의 젖가슴은 아름다웠으며, 예술

---

* 눈만 내놓고 얼굴 전체를 가리는 베일. 주로 살라피스트들이 착용하며, 눈을 망
사로 가리지 않는다는 점에서 부르카와 구별된다.

가에 의해 옷감의 주름까지 완벽하게 표현돼 있었다. 이 그림의 연대는 한 세기 남짓 거슬러올라가는데, 내게는 너무 멀게 느껴진 탓에 처음에는 이 이해할 수 없는 예술품을 눈앞에 둔 채 잠시 어리벙벙해졌다. 곧 정신을 차린 나는 차츰 이 그림을 주문했을 19세기 부르주아들, 프록코트를 차려입은 저 유력 인사들 중한 명의 입장이 되어보려고 노력했다. 얼마간이 지나자 과연 그들처럼 이 그리스풍 나신 앞에서 에로틱한 흥분의 서광이 느껴졌다. 하지만 나로서는 힘들고 지난한 시간 여행이었다. 모파상이나 졸라, 심지어 위스망스가 훨씬 즉각적으로 와닿는다고 할까. 랑프뢰르와 이것에 대해, 이 기묘한 문학의 힘에 대해 이야기할 수도 있었으리라. 하지만 나는 정치에 관한 대화를 이어나가기로 마음먹었다. 이 문제에 대해 좀더 자세히 알고 싶었고, 그가 좀더 자세히 아는 것 같았기 때문이다. 어쨌든 나는 그런 인상을 받았다.

"선생은 정체성 운동과 관련이 있습니까?"

나의 어조는 완벽했다. 그저 세상에 관심이 있고 궁금할 뿐인 사람의 호의적이면서도 중립적이며 약간의 품격이 가미된 어조. 랑프뢰르가 너털웃음을 터뜨렸다.

"네, 학교에 돌고 있는 소문이라면 저도 익히 알고 있습니다…… 실제로 정체성 운동에 참여했었고요. 몇 년 전 논문을 준비하던 시절이었지요. 가톨릭과 관련된 정체성 운동이었습니다. 주로 향수에 젖은 왕당파에 낭만주의자들이 많았지요. 대부분은 알코올중독자들이기도 했고요. 하지만 이젠 모든 것이 완전히 변했습니다. 저도 그들과 연락이 끊겼고요. 혹시 모임에 다시 나간다 해도 모든 게 생소할 겁니다."

나는 전략적으로 침묵했다. 상대의 눈을 똑바로 들여다보며, 상대의 말을 받아 마실 듯한 인상을 주며 전략적으로 침묵하면, 상대는 말을 한다. 사람들은 남이 자기 얘기를 들어주는 것을 좋아한다. 모든 자료조사원들은 이 사실을 알고 있다. 모든 자료조사원들, 모든 작가들, 모든 스파이들은.

랑프뢰르가 말을 이었다. "정체성연합당*은 사실 연합을 뺀 전부 다였죠. 그야말로 서로 뜻이 일치하면서도 반목을 일삼는 여러 계파로 나뉘었으니까요. 가톨릭, '제3의 길'**과 손잡은 연대주의자들, 왕당파, 신新이교주의자들, 극좌에서 갈라져나온 강경한 정교분리주의자들 등등. 하지만 유럽토착민연합이 창설된 순간 모든 것이 변했어요. 유럽토착민연합은 초창기에 공화국

---

* 2003년 여러 분파의 정체성 운동이 연합하여 만든 정치 세력으로, 2009년 정당으로 거듭났다.

** 프랑스혁명 민족주의 조직. 극우당에서 분파된 세력으로 창당에 이르지는 못했다.

토착민연합*에 영감을 받았고, 정확히 공화국토착민연합에 반기를 들면서 자기들의 주장을 확실하게 퍼뜨리는 데 성공했습니다. 요컨대 우리는 유럽의 토착민들이다, 이 땅을 처음으로 차지한 사람들이다, 우리는 이슬람 주도의 식민지화를 원치 않는다, 또한 미국 기업들을 거부하고, 나아가 인도나 중국 등지에서 온 신흥 자본가들이 우리의 자산을 매입하는 것을 거부한다, 라는 것이었죠. 그러면서 그들은 제로니모니 코치스니 시팅 불**이니 하는 이들을 언급했는데, 꽤 영악한 전략이었다고 할 수 있습니다. 특히 인터넷 사이트의 그래픽이 엄청나게 혁신적이에요. 시선을 사로잡는 애니메이션에 몸이 들썩거리는 음악까지 동원되었고, 이런 것들이 새로운 지지자들, 젊은 지지자들을 끌어들였죠."

"선생은 그들이 정말 내전을 일으키고 싶어한다고 생각합니까?"

"그 점에는 의심의 여지가 없습니다. 그들이 인터넷에 올린 글을 보여드리죠."

---

* 2005년 프랑스에 나타난 극좌성향의 정치적 흐름으로 인종, 성별, 종교 등 모든 종류의 차별에 반대한다.
** 세 사람 모두 19세기 미국 인디언전쟁 때 백인의 지배에 맞서 싸웠던 인디언들이다.

랑프뢰르가 일어나더니 옆방으로 갔다. 우리가 거실에 자리잡은 이후로 총소리가 멈춘 듯했다. 하지만 총소리가 났다 하더라도 이 집까지 들릴는지 의문이었다. 이 집의 골목은 고요하기 이를 데 없었다.

랑프뢰르가 돌아와 클립으로 한데 고정한 십여 장의 종이를 건넸다. 깨알 같은 글씨가 인쇄된 자료의 제목은 매우 명료했다. '내전을 준비합시다!'

"사실 비슷한 유의 자료가 수도 없이 많지만, 그게 그중에서 내용이 가장 종합적이고 통계도 믿을 만하죠. 숫자가 꽤 많이 나와요. 유럽연합 22개국의 경우를 면밀히 조사했거든요. 하지만 그들의 결론은 어디서나 똑같았어요. 그들의 주장을 요약하자면, 초월성은 자연 선택적 장점이라는 겁니다. 즉 가부장제의 가치가 지켜지는 세 일신교* 중 한 종교를 믿는 커플이 무신론이나 불가지론 커플보다 자손이 더 많다는 것이죠. 종교적 삶 속에서 여자들은 교육을 덜 받고, 쾌락주의와 개인주의는 덜 두드러져요. 더구나 초월성은 보다 넓은 의미로 일종의 유전형질입니다. 혹여 개종을 한다거나 가족의 가치를 부정하는 경우가 있다 해도 크게 중요하지 않죠. 대다수는 자신들이 양육된 정신적 시

---

* 유대교, 기독교, 이슬람교.

스템에 충실하니까요. 따라서 '다 함께 살기'연합이 기대고 있는 무신론적 휴머니즘은 단명할 운명이고, 일신교 인구는 급속히 증가할 수밖에 없죠. 특히 무슬림의 경우가 그러합니다. 이 현상을 부채질하는 이민을 고려하지 않는다 하더라도 말이죠. 그러니 유럽의 정체성 운동 지지자들에게는 늦든 이르든 무슬림과 나머지 국민들 사이에 필연적으로 전쟁이 터지리라는 논리가 대번에 성립되는 겁니다. 그리고 이왕 전쟁을 치러야 한다면 되도록 빨리 터져야(어쨌든 2050년 이전에요, 그보다 빠르면 더욱 좋고요) 자기들이 승리할 확률이 높다는 결론을 내린 거죠."

"그럴듯한 논리군요⋯⋯"

"네, 정치적 측면으로나 군사적 측면으로나 그들이 백번 옳아요. 이제 중요한 건 현재 그들이 이 논리를 행동으로 옮길 결심이 섰는지, 그렇다면 어느 나라에서 실행에 옮길 것인지 하는 것이죠. 이슬람에 대한 강한 거부감은 유럽의 모든 국가에서 거의 똑같은 수준이에요. 그 속에서 프랑스는 유독 특별한 경우인데, 바로 군대 때문이죠. 프랑스의 군사력은 세계 최고 수준을 자랑해왔고, 역대 정부들의 지속적인 예산 감축에도 불구하고 그 위상을 유지하고 있습니다. 바로 이 때문에 만일 정부가 작정하고 군대를 개입시키려 들면 어떤 반란 세력도 상대가 될 수 없다는 사실이 자명하고, 따라서 전략도 당연히 다를 수밖에 없습니다."

"무슨 뜻이죠?"

"군인의 복무 기간은 짧아요. 현재 프랑스 군대는 육해공군을 모두 합쳐, 헌병대 포함 삼십삼만 명의 병력을 갖추고 있습니다. 연간 모집 인원은 거의 이만 명에 달하고요. 얘긴즉슨 거의 십오 년 후에는 프랑스 군대의 모든 병력이 전원 물갈이된다는 것이죠. 만일 젊은 정체성 운동원들이—그들은 거의 모두가 젊어요—프랑스의 군대 모집에 집단적으로 응한다면, 비교적 짧은 시간 내에 이데올로기적 주도권을 잡을 수 있을 거예요. 이것은 애초에 정체성 운동의 정치 세력에서 지지한 노선이기도 하죠. 바로 이 때문에 이 년 전 당장 무력 투쟁에 돌입해야 한다는 군사 세력과 결별하게 됐고요. 제 생각에 정치 세력은 통치력을 유지하겠지만, 군사 세력은 무기에 현혹된 젊은이들이나 잡범 출신의 몇몇 소외 계층만을 끌어들이게 될 겁니다. 하지만 다른 나라들, 특히 스칸디나비아 국가들은 상황이 다를 수 있습니다. 다문화 이데올로기는 프랑스에서보다 스칸디나비아 국가들에서 압박감이 더욱 심하죠. 그곳의 정체성 운동원들은 다수인데다 투쟁에도 단련돼 있어요. 반면 국가의 병력은 미미한 수준이어서, 만일 제대로 된 반란이 일어난다면 이를 감당할 수 있을까 의심스러울 지경이죠. 네, 가까운 시일 내에 유럽에서 전국에 걸친 대대적인 반란이 일어난다면, 그곳은 아마 노르웨이나 덴

마크가 될 겁니다. 벨기에와 네덜란드 또한 잠재적으로 매우 불안정한 지역이고요."

새벽 두시경이 되자 모든 것이 잠잠해진 듯했다. 택시가 쉽게 잡혔다. 나는 랑프뢰르에게 배주酒의 품질을 칭찬해주었다. 실제로 우리 둘이 한 병을 깔끔하게 끝낸 참이었다. 물론 나도 모든 사람들과 마찬가지로 이 문제에 대해 들어온 지 수년, 나아가 수십 년째였다. "내가 죽고 난 뒤, 홍수가 난들 무슨 상관이랴." 루이 15세가 했다고도 하고, 그의 정부인 퐁파두르 부인이 했다고도 전해지는 이 말이 문득 떠올랐다. 나의 정신상태를 꽤 잘 요약하는 말이기도 하지만, 처음으로 불안감이 뇌리를 스쳤다. 요컨대 홍수가 내 명이 다하기도 전에 일어날 수 있겠다는 생각이 들었다. 물론 나는 행복하게 생을 마감하리라는 기대를 한 적은 없다. 내가 초상初喪이나 지병이나 고통을 면제받을 아무런 이유가 없었다. 하지만 적어도 과도한 폭력 없이 이 세상을 뜰 수 있기는 바랐다.

랑프뢰르가 지나치게 불필요한 우려를 하는 것일까? 불행히도 그런 생각은 들지 않았다. 이 청년은 내게 매우 진지한 인상을 남겼다. 다음날 아침, 나는 류튜브를 찾아보았으나 클리시 광장과 관련된 동영상은 단 한 건도 없었다. 대신 폭력적인 요소가 전혀 없음에도 섬뜩한 영상이 눈에 띄었다. 검은 마스크와 두

건을 머리부터 발끝까지 뒤집어쓰고, 기관총으로 무장한 열다섯 명 남짓의 사내들이 V자 대열로 파리 근교 아르장퇴유의 라 달 구역을 연상시키는 도시 한가운데로 천천히 전진하고 있었다. 어느 모로 보나 휴대폰으로 찍은 영상은 아니었다. 선명한 화질에 슬로모션 효과가 추가되었다. 살짝 앙각으로 촬영된 이 위압적이고 정적인 비디오의 목적은 오직 한 가지, 이 땅에 그들의 존재감과 통제력을 분명하게 드러내는 것이었다. 만일 민족 분쟁이 일어난다면 나는 자동적으로 백인의 진영에 편입되리라. 나는 수업을 위해 집을 나서다가 처음으로 중국인들에게 감사했다. 그들은 구역이 생길 때부터 이미 흑인, 혹은 아랍인들—보다 일반적으로 말해서 베트남인을 제외한 모든 비중국인들—의 정착을 막을 줄 알았으니까.

어쨌든 혹시라도 상황이 급격히 악화될 경우에 대비해 피신할 준비를 하는 것이 보다 현명한 처사일 터. 나의 아버지는 알프스 지역의 에크랭 산악 지대에 있는 산장에 살았고, 새로운 동반자를 만난 지 얼마 되지 않았다(라기보다는 내가 이 사실을 안 지 얼마 되지 않았다). 나의 어머니는 부르고뉴 지방의 느베르에서 쇠약해져가고 있었고 당신의 프렌치불도그 이외에 다른 교류 상대가 전혀 없었다. 내가 부모님과 거의 연락을 주고받지 않은 지 십 년째였다. 이 두 베이비붐 세대는 늘 가차없는 이기주의를 드러내온 터라, 날 반갑게 맞아주리라는 기대는 조금도 들지 않았다. 부모님의 사망 전에 그들을 다시 만날 것인가 하는 물음이 문득문득 내 머릿속을 스쳤으나 대답은 그때마다 부정적이었다. 내전이 일어난다고 해도 상황은 달라지지 않을 것이며 그들은 나의 기거를 거절할 핑계를 찾아낼 것이었다. 그들은 그 문제에 관한 한 절대 핑곗거리가 모자라는 법이 없었다. 이후 나는 몇몇 친구들을 사귀었으나 현재는 연락이 얼마간 끊긴 상태였다. 어쨌든 알리스가 있었다. 알리스는 친구로 간주할 수 있었다. 미리암과 이별한 뒤로 나는 대체로 철저하게 혼자였다.

5월 15일 일요일

나는 오래전부터 대선 개표 방송이라면 사족을 못 썼다. 심지어 월드컵 결승전을 제외하면 내가 가장 좋아하는 텔레비전 프로그램이라고도 할 수 있을 것이다. 서스펜스는 물론 약했다. 개표 방송이란 시작되자마자 결과를 아는 스토리를 독창적인 순서로 재배치하여 이야기하는 것이니까. 하지만 출연자들의 극단적 다양성(정치학자들, '유력 언론'의 정치부 논설위원들, 지지 정당 자리에 앉아 환호하거나 흐느끼는 선거운동원 무리, 그리고 고민의 흔적이 엿보이는 혹은 감동적인 즉흥 선언을 하는 정치인들)과 스튜디오의 전반적인 흥분상태가, 시청자에게 엄청나게 드물고 귀하며 텔레비전에 딱 들어맞는 역사적 순간을 생방송으로 경험한다는 인상을 주었다.

전자레인지로 인해 텔레비전 시청을 방해받았던 지난번 토론 때를 교훈 삼아, 이번에는 타라마살라타와 허머스와 블리니와 생선알을 샀다. 부르고뉴 지방의 륄리 화이트와인 두 병도 전날 냉장고에 넣어두었다. 저녁 일곱시 오십분, 다비드 퓌자다스의 얼굴이 화면에 나타났을 때, 나는 개표의 밤이 대단한 그랑 크뤼* 가 될 것이며 내가 이제 곧 텔레비전 역사의 특별한 순간을 맞게 되리라는 것을 즉감했다. 퓌자다스는 물론 프로로서 완벽하게 처신했지만, 반짝거리는 시선만은 숨기지 못했다. 그가 이미 알고 있고, 오직 십 분 뒤에만 발설할 권리가 있는 결과가 엄청난 이변임에 틀림없었다. 프랑스의 정치 지형이 뒤흔들릴 터였다.

"대변혁입니다." 화면에 첫 숫자들이 등장하자, 다비드 퓌자다스가 단번에 선언했다. 국민전선이 34.1퍼센트의 득표율로 여유 있게 선두였다. 거의 당연한 결과였다. 몇 달 전부터 실시된 여론조사에서 한결같이 예견된 것이었으니까. 더구나 극우파의 여성 후보는 지난 몇 주 동안 득표율이 살짝 올라간 상태였다. 문제는 그녀의 뒤를 이어 사회당 후보와 이슬람박애당 후보가 각각 21.8퍼센트와 21.7퍼센트의 득표율로 막상막하라는 사실이었다. 불과 몇 표 차만으로도 순위가 얼마든지 뒤집힐 수 있는

---

* 프랑스 부르고뉴산 와인인 버건디 중 품질이 가장 높은 등급.

상황이었다. 심지어 파리를 비롯한 대도시들의 득표 결과가 차례로 발표됨에 따라 밤새 몇 번이고 엎치락뒤치락할 수도 있었다. 우파 후보는 12.1퍼센트의 득표율로 대선 레이스에서 확실하게 제외되었다.

밤 아홉시 오십분, 우파 후보인 장프랑수아 코페*가 화면에 나타났다. 면도도 제대로 하지 않은 해쓱한 얼굴에 넥타이도 비뚤름하게 돌아간 그는 그야말로 지난 몇 시간 동안 갖은 고초를 겪은 듯한 인상을 풍겼다. 그는 겸손하고 침통한 태도로 패배를, 심각한 패배를 인정하며 전적인 책임을 통감했으나, 2002년에 리오넬 조스팽이 그러했듯 정계 은퇴를 선언하지는 않았다.** 우파 유권자들에게 결선투표에 대한 어떤 지시도 내리지 않았고, 다만 일주일 내로 대중운동연합 사무국에서 결정을 내릴 것이라고만 밝혔다.

---

* 우엘벡이 이 소설을 집필한 시기인 2012년부터 2014년 사이에 장프랑수아 코페가 우파인 대중운동연합의 대표였으나, 2014년 7월, 니콜라 사르코지가 다시 우파의 대표가 되며 화려하게 부활했다.

** 2002년 대선에서 극우파 국민전선 후보 장마리 르 펜이 좌파 사회당 후보 리오넬 조스팽을 제치고 우파 대중운동연합 후보 자크 시라크와 결선에 진출하는 대이변이 벌어졌다. 이에 리오넬 조스팽은 책임을 통감하며 정계 은퇴를 선언했고, 많은 시민들이 거리로 몰려나와 나치의 위험을 환기시켰으며 자크 시라크에게 표를 몰아주기 위한 초당적인 움직임이 일었다.

밤 열시, 두 후보의 운명이 여전히 판가름나지 않았다. 마지막 예상 득표율은 정확히 무승부였다. 이 불확실성이 사회당 후보로 하여금 곤혹스러울 것으로 예상되는 성명을 피할 수 있게 해주었다. 제5공화국 초기부터 번갈아 대통령을 당선시키며 프랑스 정치사를 구성했던 두 거대 정당이 이대로 나란히 무너져버릴 것인가? 너무나 충격적인 가정이어서인지, 빠르게 화면을 스쳐가는 앵커들도 은밀히 그러기를 바란다는 인상마저 풍겼다. 이슬람에 대한 호의에는 의심의 여지가 없지만, 사회당 후보인 마뉘엘 발스*와 가까운 사이인 것으로 유명한 다비드 퓌자다스까지도. 이 개표일 밤의 황제는 단연 스카프를 현란하게 휘날리며 눈부신 민첩성으로 깊은 밤까지 이 채널 저 채널을 오가는 신출귀몰한 능력을 유감없이 과시한 크리스토프 바르비에**였다. 자신의 잡지가 미처 예상하지 못한 결과 앞에서 맥이 빠지고 침울한 르노 델리***나, 심지어 평소 훨씬 호전적인 태도를 보여왔

---

* 사회당 정부의 총리. 2014년에 임명되었다.

** 주간 시사전문지 〈렉스프레스〉 편집장. 늘 두르고 다니는 빨간색 스카프가 트레이드마크다. 〈렉스프레스〉는 전통적으로 중도좌파 성향의 언론이나, 크리스토프 바르비에가 "좌도 우도 아니며, 그 혼전의 위에 있다"고 주장한 바 있다.

*** 중도좌파 성향의 주간 시사전문지 〈롭스〉의 편집장. 〈롭스〉는 〈르 누벨 옵세르바퇴르〉의 새 이름이다.

던 이브 트레아르*도, 이날 밤은 크리스토프 바르비에의 활약에 존재감을 잃었다.

확정적인 결과가 발표된 것은 자정이 조금 지나 내가 두번째 륄리 화이트와인을 막 비웠을 때였다. 이슬람박애당의 후보 모하메드 벤 아베스가 22.3퍼센트의 득표율로 2위였다. 21.9퍼센트의 득표율을 얻은 사회당 후보가 결선에서 탈락했다. 마뉘엘 발스는 매우 숙연한 태도로 발표한 짧은 성명에서 결선에 오른 두 후보에게 축하를 보내고, 사회당 최고위원 회의가 열릴 때까지 모든 결정을 미뤘다.

---

* 우파 성향의 일간지 〈르 피가로〉의 전직 기자.

5월 18일 수요일

　수업을 하기 위해 학교로 갔을 때, 나는 처음으로 무슨 일인가 벌어지고 있는 듯한 느낌을 받았다. 내가 어릴 때부터 익숙해 있었고 꽤 오래전부터 가시적으로 균열이 일었던 정치 시스템이 한순간에 붕괴될 수 있겠다는 느낌이랄까. 왜 이런 느낌을 받았는지는 나도 정확히 모르겠다. 혹시 내 석사과정 학생들의 태도 때문일까. 개성이나 정치색이라곤 전혀 찾아볼 수 없던 그들이 수업중에 스마트폰이나 태블릿 PC로 열심히 기사를 검색하는 기척이 역력했다. 어쨌든 그들이 내 강의에 이렇게까지 소홀했던 적은 없었다. 아니면 부르카를 입은 여학생들의 평소보다 느리고 당당한 걸음걸이 때문일까. 그들은 복도 벽 쪽에 붙어서 걷는 것이 아니라, 셋이서 나란히 한가운데로 걸었다. 이미 자기들이 이 땅의 여주인인 양.

반면 나는 동료들의 무심함에 충격을 받았다. 그들은 아무 문제 없는 듯 보였고, 전혀 개인적인 관련성을 느끼지 못하는 듯했다. 이로써 수년 전부터 품어온 내 심증이 확인되었다. 요컨대 대학교수 자리를 꿰차는 데 성공한 사람들은 정치적 변동이 그들의 경력에 영향을 미칠 수 있다는 생각은 추호도 하지 않는다. 그들은 자신들을 절대 건드릴 수 없는 존재라고 여긴다.

오후시간이 끝날 무렵, 지하철역으로 가기 위해 상퇴유 가 모퉁이를 도는 순간 마리프랑수아즈가 눈에 띄었다. 나는 발걸음을 재촉했다. 뛰다시피 그녀에게 다가가 짧은 인사말을 던진 뒤 단도직입적으로 물었다.

"우리 동료들이 저토록 평안해도 되는 겁니까? 우리가 정말 안전하다고 생각하세요?"

"아!……"

마리프랑수아즈가 탄성과 함께 동화 속 난쟁이처럼 얼굴을 일그러뜨리며 웃었다. 그러니까 더욱 못생겨 보였다. 그녀가 지탄 담배에 불을 붙이며 말했다. "안 그래도 이 망할 대학에서 누군가는 깨어나지 않을까 생각했죠. 아니, 우린 전혀 안전하지 않아요, 내 말을 믿어요, 내가 다 알고서 하는 말이니까……"

그녀는 잠시 뜸을 들인 뒤 설명했다. "내 남편이 DGSI에서 일하잖아요……" 나는 화들짝 놀라며 그녀를 바라보았다. 그녀와 알고 지내온 십 년의 세월 동안 그녀가 여자였음을 인식한 것은 이번이 처음이었다. 어떤 의미로는 그녀가 아직도 여자이고, 한 남자가 언젠가 이렇게 쭈그러들고 땅딸막한, 거의 양서류 같은 피조물한테 욕망을 느낄 수 있었다는 것도 처음으로 인식했다. 다행히 그녀가 내 반응을 오해했다. "네, 다들 놀라죠. 그런데 DGSI가 뭔지 알아요?"

"정보국 아니에요? 약간 DST(국토감시국) 같은?"

"DST는 더이상 존재하지 않아요. RG(종합정보국)와 병합되어 DCRI(대내중앙정보국)가 됐죠. 그리고 DCRI가 다시 DGSI, 대내종합안보국으로 바뀌었고요."

"그럼, 부군께서 일종의 스파이라는 건가요?"

"꼭 그런 건 아니에요, 군이 따지자면 그보단 DGSE(대외종합안보) 사람들이 스파이죠. 그리고 여긴 국방부 소속이고요. DGSI는 내무부 소속이죠."

"그럼 정치 경찰이군요?"

그녀가 다시 한번, 이번에는 슬쩍 입꼬리만 올리며 웃었다(그러니까 조금 덜 못생겨 보였다). "그들은 물론 공식적으로는 그런 명칭을 거부하지만, 사실 약간 그런 면이 있죠. 어쨌든 극단주의자들의 동태나 테러로 변질될 수 있는 움직임들을 감시하는 일을 하니까요, 나아가 그것이 주임무 중 하나이기도 하고요. 괜찮으면 우리집에 가서 한잔해요, 남편이 자세히 설명해줄 테니까. 어쨌든 말해도 되는 것들에 한해서는 죄다 말해줄 거예요. 나도 정확히는 몰라요, 내부 사정에 따라 늘 변하니까. 아무튼 선거가 끝난 뒤에는 일대 변혁이 일어날 거예요. 대학에도 직접적인 영향을 끼칠 거고요."

그들은 학교에서 도보로 오 분 거리인 베르므누즈 구역에 살았다. 마리프랑수아즈의 남편은 내가 상상했던 정보국 요원의 모습과 전혀 딴판이었다(나는 무얼 상상했던가? 아마 폭력배와 아페리티프 상인을 섞어놓은 듯한 코르시카 사람 같은 모습을 상상했던 것 같다). 그는 웃는 인상에 말쑥했고 정수리는 광이 날 정도로 반들거렸으며 타탄체크무늬 실내복을 걸치고 있었다. 하지만 근무할 때는 우아한 노인네 같은 분위기를 풍기는 나비넥타이에 어쩌면 조끼까지 갖춰입으리라고 짐작할 수 있었다. 내가 그에게서 대번에 받은 인상은 의외의 명민함이었고, 거기에는 이유가 있었다. 아마 울름 가의 학교* 졸업생으로서 교수자

---

* 고등사범학교를 가리킨다. 고등사범학교는 프랑스의 엘리트 양성소라 불리는 그랑제콜 중 하나로 프랑스 최고의 인문사범학교이다.

격 시험을 통과한 뒤, 다시 국립고등경찰학교 입학시험을 치른 사람은 그가 유일하지 않을까. 그는 내게 포트와인을 따르며 말했다. "경정으로 임명되고 나서 바로 RG에 지원했습니다. 일종의 소명감이 작용했죠······" 그는 뒷말을 덧붙이며 엷은 미소를 지었다. 마치 정보국에 대한 그의 기호嗜好가 무해한 기벽일 뿐이라는 듯.

그가 꽤 길게 침묵하더니 포트와인을 처음 한 모금 삼킨 뒤 연이어 다시 한 모금 삼키고는 말을 이었다.

"사회당과 이슬람박애당이 예상보다 협상에 훨씬 고전하고 있습니다. 이슬람박애당이 노른자위인 재정부와 내무부를 포함해 장관 자리 절반을 사회당한테 내줄 태세인데도 말이죠. 사실 경제나 세금 정책에 관한 한 두 정당 간에 어떤 의견 대립도 없습니다. 안보 문제도 마찬가지고요. 게다가 이슬람박애당은 파트너인 사회당과 달리 소외된 북아프리카 이민자들의 폭동으로 골머리를 앓고 있는 파리 근교의 질서를 바로잡을 수단도 있죠. 허나 외교정책에 관해서는 몇 가지 불일치점이 있어요. 이를테면 이슬람박애당이 프랑스의 이스라엘에 대한 비난 강도를 좀더 높일 것을 요구한다든가 하는 문제지요. 하지만 이 문제는 좌파가 큰 저항 없이 받아들일 겁니다. 이견을 좁히기 진짜 어려운 협상 건은 따로 있는데, 바로 교육입니다. 교육에 대한 관심은 사회주의자들의 오랜 전통인데다, 교육자는 사회당이 절대 포기하지 않았던 유일한 직업군이거든요. 교육자들도 위기에 처한 사회당을 계속해서 지지해왔고요. 문제는 사회당한테 그들보다 더 교육에 집착하고 어떤 구실로라도 이 문제만큼은 절대 양보하지 않을 상대가 나타났다는 것이죠. 아시다시피 이슬람박애당은 특수한 정당입니다. 그들은 통상적인 정치적 쟁점에 많은 경우 무관심해요. 특히 경제를 모든 것의 중심에 두지 않죠. 그들에게 중요한 건 인구, 그리고 교육입니다. 인구를 구성하는 하위 집단은 출산율을 최대한 높여 자기들의 가치를 계승하는 게 승리하는 거예요. 그들의 눈에는 이보다 더 간단한 이치가 없죠, 경제니 지정학이니 하는 것들은 신기루일 뿐이에요. 아이들을 장악하는 자가 미래를 장악한다, 그것으로 얘기 끝이죠. 그러니 유일하게 중요한 부문, 그들이 무슨 일이 있더라도 자기들의 주장을 관철시키려 하는 유일한 부문이 바로 아이들 교육인 겁니다."

"그래, 그들이 원하는 게 뭡니까?"

"이슬람박애당 입장에서는 정규교육이 시작되고 끝날 때까지 프랑스의 모든 어린이들이 이슬람 교육의 혜택을 받을 수 있어야 하는 거죠. 그리고 어느 모로 보나 이슬람 교육과 정교분리 교육 사이에는 많은 차이점이 있고요. 우선 이슬람은 어느 경우에도 남녀공학을 허용하지 않습니다. 여자들에게는 몇몇 전문과

정만이 개방될 뿐이죠. 그들이 궁극적으로 원하는 것은 대부분의 여자들이 초등교육을 마친 뒤 가사교육 학교를 거쳐 가능한 한 빨리 결혼하는 겁니다. 그리고 극소수의 여자들만이 결혼 전에 문학이나 예술 공부를 이어가고요. 이것이 그들이 바라는 이상적 사회의 표본이죠. 게다가 모든 교육자들은 예외 없이 이슬람교도여야 합니다. 교내식당의 메뉴도 이슬람 율법에서 허용하는 음식으로 제한하고, 정해진 시간에 하루 다섯 번 기도하는 것도 지켜야 하고요. 하지만 무엇보다 교과 내용 자체를 코란의 가르침에 맞춰야 하죠."

"사회당이 과연 그런 걸 받아들일까요?"

"선택의 여지가 없는걸요. 만일 그들이 합의에 이르지 못하면 국민전선이 선거에서 승리하게 될 테니까요. 게다가 성공하기만 하면 그들은 모든 이점을 누릴 수 있어요. 선생도 저와 마찬가지로 여론조사 결과를 알고 계실 거 아닙니까. 장프랑수아 코페가 개인적으로 자기는 기권하겠다고 선언했음에도 불구하고 대중운동연합 지지자의 85퍼센트는 국민전선으로 옮겨갈 겁니다. 박빙일 거예요. 엄청난 박빙. 정말이지 50 대 50입니다."

그가 이어 말했다. "아니죠, 그들에게 남은 유일한 해결책은 학제를 양분하는 것이겠군요. 게다가 일부다처제에 대해선 이미 합의를 보았으니 이 경우를 표본으로 삼으면 되겠어요. 남자가 됐건 여자가 됐건 두 개인 간의 결합이라는 공화국식 결혼제도는 이슬람식 결혼제도와 별도로 존속되니까요. 경우에 따라서 중혼일 수도 있는 이슬람식 결혼은 호적상으로는 아무 효력이 없겠지만, 어쨌든 사회적으로 인정될 것이고 사회보장과 세제의 혜택을 누리게 될 겁니다."

"확실합니까? 저한테는 너무 엄청난 일로 느껴져서 말입니다⋯⋯"

"물론입니다. 교섭과정에서 이미 법제화했어요. 더구나 '무슬림형제단'*이 오래전부터 유지해온 '소수의 율법'** 이론에도 완벽하게 들어맞는걸요. 그러니 교육에도 비슷한 원칙을 적용시킬 수 있겠죠. 즉 모두에게 개방된 공화국식 학교를 그대로 존속시키는 겁니다. 하지만 지금은 대폭 줄어들겠죠. 국가의 교육 예산이 적어도 세 부문으로 나뉠 테니까요. 그리고 이번엔 교사들도 어쩌지 못할 겁니다. 현 경제구조에서 모든 예산을 삭감하는

---

* 이집트에서 창설된 이슬람 부흥 운동 조직. 현재 이슬람 세계에서 가장 영향력 있는 조직이다. 이슬람 근본주의인 이란의 시아파와 달리 서구에 온건한 태도를 보이고 조직원들에게 관용과 중용을 요구하며 서민들을 위한 복지 및 생계 시설 운영으로 저소득층의 지지를 받고 있다.

** 이집트 법제의 총체적인 이슬람화에, 이 나라에서 소수를 차지하는 비이슬람교도들(약 12퍼센트)이 반발하자, '무슬림형제단'이 해결책으로 정교분리와 이슬람 진영이 서로의 근본적인 원칙을 해치지 않는 범위에서 공존하도록 절충한 율법.

건 분명 대대적인 합의에 동참하는 것일 테니까. 동시에 이슬람 사립학교 시스템은 자리를 잡고 동등한 학력으로 인정받을 겁니다. 사적인 보조금도 받을 거고요. 당연히 공립학교들의 수준이 급속도로 떨어질 것이고, 자식의 미래를 염려하는 부모라면 죄다 이슬람 학교에 아이들을 보내게 되겠죠."

그의 아내가 끼어들었다. "대학도 사정이 다르지 않아요. 특히 아랍인들이 소르본에 대해 품고 있는 환상은 놀라서 입이 안 다물어질 지경이라고요. 사우디아라비아의 경우, 거의 무제한적인 보조금을 쏟아부을 준비가 돼 있죠. 우린 이제 곧 세계 최고의 부자 대학 중 하나가 될 거예요."

일전에 마리프랑수아즈와 나누었던 대화를 떠올리며 내가 물었다. "그럼 기어이 르디제가 총장이 되는 거예요?"

"네, 물론이에요. 거기엔 정말 이론의 여지가 없게 됐어요. 그가 친이슬람 입장을 견지해온 지 적어도 이십 년은 되는걸요."

그녀의 남편이 끼어들었다. "심지어 개종까지 했지, 아마. 내 기억이 맞는다면 말이야……"

나는 단숨에 잔을 비웠다. 그가 내 잔을 다시 채웠다. 정말로 새바람이 불어올 모양이었다.

나는 얼마간 숙고한 뒤 입을 열었다. "이 모든 것이 극비 사항일 텐데…… 무엇 때문에 제게 순순히 털어놓으신 건지 이해가

가지 않는군요."

"평상시였다면 당연히 침묵했을 겁니다. 하지만 이미 모든 정보가 완전히 새버린 마당인걸요. 그래서 요즘 심히 걱정스럽고요. 당장 몇몇 정체성 운동원들의 블로그에만 들어가도 제가 말씀드린 모든 것들, 심지어 그 이상의 것들을 고스란히 읽을 수가 있어요. 물론 우리가 침투하는 데 성공한 블로그들에 한해서 말입니다." 그가 믿을 수 없다는 듯 고개를 설설 저었다. "아마 그들이 내무부에서 가장 완벽하게 보호되고 있는 사무실에 도청장치를 설치한다 해도, 자기들이 아는 것 이상을 얻어낼 수 없을걸요. 최악인 것은 이런 어마어마한 정보를 손에 넣었으면서도 그들이 지금으로서는 아무것도 하지 않는다는 거예요. 언론에 제보하지도, 대중에게 공개적으로 폭로하지도 않았죠. 그들은 단지 기다리고 있어요. 전에 없던 상황이죠. 불안하기 짝이 없는."

나는 정체성 운동의 활동에 대해 좀더 알아보려 했으나 마리 프랑수아즈의 남편이 표나게 입을 닫았다. 나는 대학 동료 중에 예전에 정체성 운동과 꽤 가까웠으나 이제는 완전히 멀어진 친구가 있다고 털어놓았다. 그가 빈정거리는 어투로 받아쳤다. "네, 다들 그렇게 말하죠." 내가 항간에 떠도는 소문, 즉 그들 중 몇몇 단체의 무기 보유 문제를 건드리자, 그는 잠자코 포트와인만 홀짝이다가 푸념했다. "네, 러시아 백만장자들이 재정지원을 한다는 소리가 있죠…… 하지만 확인된 바는 전혀 없습니다." 이어 그는 완전히 입을 닫아버렸다. 잠시 뒤, 나는 그들의 집을 나왔다.

5월 19일 목요일

　다음날, 나는 아무 볼일이 없었으나 학교로 향하며 랑프뢰르의 전화번호를 눌렀다. 내 계산이 맞는다면 얼추 그가 수업을 마치고 강의실을 나설 시간이었다. 역시나 그가 전화를 받았다. 나는 같이 한잔하자고 청했다. 그는 학교 근처의 카페는 별로라며 몇 블록 떨어진 콩트르스카르프 광장의 카페 '르 델마스'에서 만나자고 제안했다.

　무프타르 가를 걸어올라가며 나는 마리프랑수아즈의 남편이 했던 말을 곱씹었다. 과연 나의 젊은 동료는 내게 이야기했던 것보다 더 많은 것을 알고 있었을까? 그는 여전히 정체성 운동과 밀접한 관련이 있는 것일까?

　가죽을 씌운 안락의자며 어두운 마룻바닥이며 붉은색 커튼으로 꾸며진 카페 '르 델마스'는 정확히 그의 취향이었다. 그는 거슬리는 가짜 책장으로 벽을 장식한 맞은편의 카페 '르 콩트르스카르프'에는 절대로 가지 않을 터였다. 랑프뢰르는 고상한 취향의 소유자였다. 그는 샴페인 한 잔을, 나는 레프 생맥주 한 잔을 주문했다. 내 안의 무언가가 폭발했다. 스스로의 애매모호하고 조심스러운 태도에 울컥 염증이 치민 나는 아직 웨이터가 음료를 가져다놓기 전임에도 불구하고 단도직입적으로 물었다. "정치 상황이 매우 불안정해 보입니다…… 탁 까놓고, 선생이 나라면 어떻게 하겠습니까?"

그가 나의 솔직함에 씩 웃었다. 하지만 어투에는 변화가 없었다. "우선 은행을 바꾸는 것부터 시작할 것 같은데요."

"은행을요? 왜죠?" 나는 내가 거의 소리를 지르다시피 대꾸했다는 것을 깨달았다. 과도하게 긴장한 나머지 목소리의 강약을 미처 의식하지 못했던 것이다. 웨이터가 음료를 가져다놓았고, 랑프뢰르는 잠시 기다렸다가 대답했다. "사회당의 최근 행보가 사회당 지지자들의 마음에 들지 알 수 없잖아요……" 바로 그 순간 나는 그가 '알고 있다'는 것을 깨달았다. 아울러 그가 아직 정체성 운동 안에서 어떤 역할을, 어쩌면 결정적인 역할을 하고 있으리라는 것도. 정체성 운동과 모종의 관계가 있는 집단들에 새나간 그 모든 기밀을 그는 완벽하게 알고 있었으며, 어쩌면 그것들을 지금까지 함구하기로 결정을 내린 사람이 바로 그일지도 몰랐다.

그가 차분한 어조로 말을 이었다. "상황이 이렇다면…… 결선투표에서 국민전선의 승리가 완벽히 가능해지죠. 그럼 그들은 다른 도리가 없어요. 어쩔 수 없이 집단적으로 분리 독립을 원하는 유권자들 편에 서서, 유럽에서, 유럽의 통화시스템에서 빠져나와야 할 겁니다. 장기적으로는 프랑스 경제에 호재가 될 수도 있겠지만 초기에는 아무래도 상당한 경제적 혼란을 겪게 되겠죠. 프랑스 은행들이 아무리 탄탄한 은행들이라 하더라도 이 혼란을 버텨낼지 의문이고요. 따라서 외국은행에 계좌를 트는 것이 좋겠다고 말씀드리는 겁니다. 되도록 영국 은행, 예컨대 바클레이스나 HSBC가 좋겠군요."

"그리고요…… 그게 답니까?"

"이미 많은 걸 말씀드린걸요. 아니면…… 혹시 시골에 얼마간 피신해 있을 수 있는 집을 갖고 계신가요?"

"아니요."

"어쨌든 지체 없이 떠나시기를 권유드립니다. 시골에 가서 작은 호텔을 찾아보세요. 차이나타운에 사시죠, 그렇죠? 그 동네에선 폭동이나 심각한 대립이 일어날 확률이 희박하지만, 아무튼 제가 선생님이라면 떠날 겁니다. 여행을 하세요. 어수선한 상황이 정리될 때까지 조금 기다리세요."

"어째 선박을 떠나는 쥐가 된 기분이군요."

"쥐는 영리한 포유동물이죠." 그가 차분하면서도 거의 즐기는 듯한 어조로 받아치더니 말을 이었다. "아마 인간은 멸종돼도 쥐들은 살아남을걸요. 어쨌든 쥐들의 사회시스템이 우리보다 월등히 견고하죠."

"학기가 아직 완전히 끝나지도 않았어요. 수업이 두 주나 더 남았습니다."

"아이쿠!" 그는 이번엔 대놓고 낄낄거렸다. "앞으로 많은 일이 벌어질 겁니다. 한 치 앞을 내다볼 수 없는 상황이라고요. 하지만 그런 가운데서도 확실하게 말할 수 있는 건 이번 학기가 절대 정상적으로 끝나지 않으리라는 것이죠!"

그가 입을 다물었다. 이제는 천천히 샴페인만 홀짝일 뿐이었다. 나는 그가 더는 아무 말도 하지 않으리라는 것을 알았다. 그의 입가에 여전히 경멸 어린 엷은 미소가 감돌았다. 이상하게 그럼에도 그에게 호감이 느껴지기 시작했다. 나는 맥주를 두 잔째 주문했다. 이번에는 산딸기 향이 가미된 것으로. 나는 집으로 돌아가고 싶은 마음이 눈곱만치도 없었다. 거기엔 나를 기다리는 사람이 아무도 없었다. 나는 랑프뢰르에게 동반자나 애인이 있을지 자문했다. 아마, 있을 것이다. 그는 일종의 '배후 조종자', 불법 단체랄 수 있는 집단의 정치 리더였다. 익히 알려진 대로 그런 것에 매력을 느끼는 여자들이 있었다. 사실을 말하자면 위스망스 전문가에게 매력을 느끼는 여자들도 있었다. 심지어 나는 어느 예쁘고 매력적인 젊은 여자한테서 장프랑수아 코페에게 환상을 품었다는 말을 들어본 적도 있다. 그 말을 듣고 헤어나는 데 몇 날 며칠이 걸렸다. 우리 시대엔 정말, 별의별 여자들을 다 볼 수 있다.

5월 20일 금요일

다음날, 나는 집에서 멀지 않은 고블랭 대로의 바클레이스 은행 지점에 가서 계좌를 개설했다. 은행원이 자금 이체에는 평일 하루밖에 소요되지 않는다고 일러주었다. 놀랍게도 나는 거의 즉각 비자카드를 발급받았다.

나는 걸어서 귀가하기로 마음먹었다. 계좌 이전 절차를 자동인형처럼 기계적으로 치렀다. 생각을 해야 했다. 이탈리 광장으로 나아가며 나는 문득 모든 것이 사라져버릴 것 같은 기분을 느꼈다. 엉덩이에 딱 달라붙는 청바지를 입고서 21번 버스를 기다리는 저 곱슬머리 흑인 아가씨도 사라질 수 있었다. 틀림없이 사라지거나, 적어도 철저히 재교육을 받거나. 이탈리2 쇼핑센터 앞 광장에는 여느 때와 다름없이 자료조사원들이 어슬렁거렸다.

오늘은 그린피스에 관한 설문조사를 실시중이었다. 이들 역시 사라질 수 있었다. 나는 어깨까지 오는 긴 단발머리에 갈색 턱수염이 터부룩한 젊은 남자가 설문지 뭉치를 들고서 내게 다가온 순간 눈을 껌뻑거렸다. 나는 그가 앞서 사라져버렸다는 듯 그를 거들떠보지도 않고 지나쳐 쇼핑센터 1층 입구의 유리문을 밀고 들어갔다.

쇼핑센터 안은 운명의 대비가 보다 극명했다. 토탈 리빙숍인 '브리코라마'는 끄떡없었지만, 젊은 층이 타깃인 여성 의류점 '제니페르'는 문 닫을 날이 며칠 남지 않았다. 이슬람 청소년들에게 들어맞을 만한 상품이 전혀 없었다. 반면 하자가 있는 브랜드 속옷을 헐값에 판매하는 '시크릿 스토리스'는 전혀 걱정할 이유가 없었다. 사우디아라비아의 리야드나 아랍에미리트의 아부다비에 있는 대형 쇼핑센터에서 유사한 상점들이 성공을 거두었기 때문이다. 마찬가지로 속옷 브랜드인 '샹탈 토마스'나 '라 페를라'도 이슬람 체제를 두려워할 이유가 전혀 없었다. 낮 동안 철통 같은 검정 부르카를 두르고 다니던 부유한 사우디아라비아 여자들은 밤에는 극락조로 변신하여, 코르셋이며 내비치는 브래지어며 총천연색 레이스와 보석이 달린 티팬티로 치장했으니까. 낮에는 사회적 지위가 걸린바, 품위 있고 섹시하게 차려입었다가 저녁에 서둘러 집으로 돌아오면 녹초가 되어 성적 매력을 완전히 포기한 채 편하고 헐렁한 옷으로 갈아입는 서구의 여자들과 정반대였다. 노점 '라피드쥐'(점점 복잡한 조합의 주스 메뉴가 늘어갔는데 '코코넛 패션프루트 구아버' '망고 리치 과라나'를 비롯하여 십여 종이 더 있었고, 하나같이 어처구니없는 비타민 함유량을 자랑했다) 앞에서 나는 문득 브뤼노 데랑드를 떠올렸다. 그와 만나지 않은 지 거의 이십 년째였고, 그동안 그를 생각해본 적조차 없었다. 그는 박사과정 시절의 친구 중 하나로, 나와는 심지어 우정을 나누었다고도 말할 수 있는 관계였다. 그역시 19세기 시인 쥘 라포르그를 연구했고 딱 우수한 정도에 그친 논문을 발표하고 나서 곧바로 국세청 감독관 시험에 합격한 뒤, 안리즈와 결혼했다. 잘은 모르지만 그들은 어느 평범한 학생파티에서 만난 사이였다. 안리즈는 이동통신사의 영업부에서 근무했고 브뤼노보다 더 많이 벌었지만, 브뤼노의 직장은 이른바철밥통이었다. 그들은 파리 남서쪽의 몽티니 르 브르토뇌에 주택을 구입했고, 아들 딸 한 명씩 아이가 벌써 둘이었다. 브뤼노는 나의 옛 동창생 중 유일하게 정상적인 가정을 꾸린 친구였다. 나머지는 약간의 미틱*과 약간의 스피드 데이팅, 그리고 많은 고독 사이를 가까스로 유영했다. 언젠가 나는 브뤼노를 시외고속

---

* 유럽 최대의 인터넷 미팅 사이트.

전철 안에서 우연히 만났고, 그다음 주 금요일 저녁에 그의 집에서 열리는 바비큐파티에 초대받았다. 6월 말이었다. 브뤼노는 자기 집에 잔디밭이 있어서 바비큐파티를 여는 거라며 이웃 몇 명과 '대학친구'가 함께 어울리게 될 거라고 예고했다.

잘못은 바비큐파티를 금요일 저녁에 연 것이라는 걸, 나는 브뤼노의 집 잔디에 들어서서 그의 아내에게 비즈를 하며 대번에 깨달았다. 그녀는 종일토록 업무에 시달린 탓에 녹초가 되어 귀가했다. 게다가 M6 채널에서 방영하는 〈거의 완벽한 저녁식사〉* 재방송에 심취하여 의욕이 넘쳤던 나머지 과하게 복잡한 요리들을 준비했다. 곰보버섯 수플레는 아예 희망이 없었지만 아보카도를 이용해 만든 구아카몰레마저 망치게 되었을 때 나는 그녀가 울음을 터뜨리는 줄 알았다. 그녀의 세 살배기 아들이 울부짖기 시작했고, 첫 손님들이 도착했을 때부터 이미 취기가 오른 브뤼노는 안리즈가 소시지 뒤집는 것을 도울 상태가 전혀 아니었다. 따라서 내가 그녀를 도우러 가자 절망 속에서 허둥대던 그녀가 열렬한 감사의 눈길을 보냈다. 바비큐는 내가 생각했던 것보다 훨씬 까다로웠다. 양갈비의 표면이 순식간에 시꺼멓게 타면

---

* 한 마을에 사는 다섯 명의 출연자가 돌아가며 서로를 저녁식사에 초대한 뒤, 음식, 테이블 세팅, 여흥, 호스트의 매너 등 분야별로 서로를 평가하여 최고의 호스트를 가리는 오락 프로그램.

서 발암성을 높였다. 불이 너무 센 것 같았지만 나는 기계에 대해 아는 것이 전혀 없었다. 자칫 잘못 만지기라도 하면 부탄가스 통만 터뜨리게 될 수도 있었다. 우리는 단둘이 숯덩이가 된 고깃더미를 마주했고 나머지 손님들은 로제와인 병을 비우느라 우리에게 눈길조차 주지 않았다. 나는 폭우가 쏟아질 것 같은 하늘을 바라보며 안도감을 느꼈다. 굵고 차가운 첫 빗방울들이 우리를 비스듬히 때리고 갔다. 즉시 거실로의 이동이 시작되었고, 바비큐의 밤은 차가운 음식들이 차려진 뷔페 상을 중심으로 계속되었다. 안리즈가 타불레 샐러드를 적의 어린 시선으로 바라보며 카나페를 집어들었을 때 나는 안리즈의 일상을, 서구의 모든 여성들의 일상을 그려보았다. 아침이면 아마 드라이를 하고 옷도 자신의 직업적 위상에 걸맞도록 세심하게 신경써서 입을 것이었다. 나는 안리즈의 경우 섹시하기보다는 우아할 거라고 생각했다. 어쨌든 복합적인 조합이었다. 그녀는 치장에 적잖은 시간을 할애한 뒤 아이를 유치원에 맡길 것이고, 이메일과 전화와 각종 만남으로 하루를 보낸 뒤 밤 아홉시 무렵에 녹초가 되어 귀가하면(아이를 유치원에서 데려와 저녁을 먹이는 것은 브뤼노 담당이었다. 그는 공무원처럼 정해진 시간에 정해진 일만 했다), 바로 무너져내리며 티셔츠와 트레이닝복 바지로 갈아입을 것이었다. 자신의 군주요, 주인 앞에선 이런 모습인 것이다. 그는 당연히 뭔가에 속아넘어갔다는 기분이 들 것이고, 그녀 또한 뭔가에 속아넘어갔다는 기분이 들 것이었다. 이것은 세월과 함께 해결되지 않는다. 아이들은 자라날 것이고, 살이 축축 늘어지는 것조차 느끼지 못한 채 직업적 책임도 자동적으로 높아지리라.

나는 손님 중 거의 마지막으로 떠났다. 심지어 안리즈가 정리하는 것을 돕기까지 했다. 그녀와 관계를 엮어보려는 의도는 추호도 없었다(가능한 일이긴 했다. 그녀의 모든 상황으로 미루어 가능해 보였다). 단지 그녀에게 일종의 연대감, 헛된 연대감을 느끼게 해주고 싶었을 뿐이었다.

브뤼노와 안리즈는 지금은 이혼했다. 우리 시대엔 일이 이런 식이었다. 한 세기 전, 위스망스의 시대였더라면 그들은 여전히 함께였을 것이고 어쩌면 그리 불행하지 않았을지도 모른다. 집으로 돌아온 나는 와인을 한 잔 가득 따라 마신 뒤 위스망스의 『결혼생활』에 다시 빠져들었다. 이 작품은 내 기억 속에서 위스망스 최고의 소설 중 하나였고, 나는 이십 년의 세월이 지난 뒤에도 기적적으로 고스란히 간직된 독서의 즐거움을 단번에 되찾았다. 아마 오래된 부부의 미지근한 행복이 이토록 부드럽게 묘사된 소설은 어디에도 없으리라. "앙드레와 잔 사이에는 오래 지나지 않아 평화로운 다정함과, 때로 관계를 갖기도 하고 때로 단지 나란히 누워 두런거리다가 이윽고 등을 맞댄 채 잠들기도 하는 모성애적 충족감만이 남게 되었다." 아름다웠다. 하지만 이것이 과연 있음직한 일일까? 오늘날에도 기대할 수 있는 지평일까? 이것이 식탁의 즐거움과 관련되어 있음은 두말할 필요도 없었다. "식도락은 그들의 삶에 스며든 새로운 관심사였다. 육체적 쾌락을 박탈당한 수도사가 섬세한 음식과 오래된 와인 앞에서 힝힝거리듯, 날로 심화되는 감각의 퇴화가 그들을 식도락으로 이끌었다." 물론 여자들이 직접 채소며 고기를 사서 다듬고 손질하여 뭉근한 불에서 몇 시간씩 스튜를 졸이던 시절에는 음식이 매개체가 되는 부드러운 관계가 발전될 수 있었다. 식생활 환경의 발달이 이런 감각을, 더구나 위스망스가 솔직히 고백했듯 육체적 쾌락의 상실에 대한 미약한 보상일 뿐인 이런 감각을 잊게 만들었다. 위스망스 자신도 실제로는 이 '포토푀* 여자들' 중 누구와도 살림을 차리지 않았다. 보들레르에 따르면 이 포토푀 여자들만이 '창녀들'과 함께 유일하게 문학에 유익한 여자들이었다. 창녀도 세월이 지나면 완벽하게 포토푀 여자가 될 수 있고 심지어 그것이 그녀의 은밀한 욕망이자 본성이라는 점에서

---

* 포토푀는 커다란 들통에 고기와 야채를 오랫동안 푹 삶는 일종의 스튜로 프랑스의 전통적인 가정 요리이다. 흔히 가정적인 사람이나 가사를 비유하는 말로 쓰인다.

더할 나위 없이 정확한 지적이었다. 위스망스는 외려 상대적으로 '방탕한' 시절을 보낸 후에 수도원으로 삶의 방향을 틀었고, 바로 이 지점에서 내가 그와 멀어졌다. 나는 개종 이야기를 담은 『출행』을 펼쳐들고 몇 페이지쯤 읽으려고 애쓰다가 다시 『결혼생활』에 빠져들었다. 확실히 내 안에는 영적인 감수성이 결여돼 있었다. 애석한 일이었다. 수도원 생활은 몇 세기가 지난 뒤에도 변하지 않은 채 존재하는데 포토푀 여자들은 온데간데없다니. 이제 그 여자들을 어디서 찾는단 말인가? 위스망스의 시대에는 분명 그 여자들이 여전히 존재했을 테지만, 위스망스의 활동 영역이었던 문학계에서는 그런 여자들을 만날 수 없었다. 솔직히 말하자면 대학도 그런 여자들을 만나기에 결코 수월한 곳은 아니었다. 예컨대 미리암도 몇 년이 지난 뒤에는 포토푀 여자로 변해 있을 것인가? 이런 의문이 머릿속에 떠올랐을 때 휴대전화가 울렸고, 신기하게도 미리암이었다. 나는 놀라서 더듬거리며 전화를 받았다. 사실 그녀가 다시 전화하리라고는 전혀 기대하지 않았다. 나는 자명종을 힐끔 곁눈질했다. 벌써 밤 열시였다. 독서에 완전히 몰입한 나머지 식사하는 것도 잊었던 것이다. 반면에 와인은 거의 두 병을 비웠다는 것도 그제야 깨달았다.

그녀가 망설이며 말했다. "우리…… 내일 저녁에 보면 어떨까?"

"내일 저녁?"

"내일 당신 생일이잖아. 혹시 잊고 있었어?"

"응, 응. 사실 까맣게 잊고 있었어."

그녀가 다시 한번 망설였다. "그리고…… 당신한테 할말도 있고. 아무튼 만나면 좋겠어."

5월 21일 토요일

나는 새벽 네시에 깨어났다. 미리암의 전화를 끊고 나서 『결혼생활』을 마저 읽고 잠이 들었다. 이 책은 확실히 걸작이었다. 세시간 조금 더 잤나? 위스망스는 자신이 평생토록 찾아 헤맨 여자를 1876년 스물일곱 내지 스물여덟 살의 나이에 브뤼셀에서 출간된 첫 소설 『마르트, 어느 창녀의 이야기』에서 이미 묘사했다. 그는 그녀를 대부분의 시간에는 포토푀 여자였다가 정해진 시간에 창녀로 변신할 수 있는 여자, 라고 구체적으로 밝혔다. 창녀로 변신하는 것은 그리 힘들 것 같지 않았다. 외려 베아르네즈 소스를 만드는 데 성공하는 것이 더 어려우리라. 여하튼 위스망스는 그 여자를 헛되이 찾아 헤맸다. 나도 지금으로서는 위스망스보다 사정이 낫지 않았다. 나는 마흔네 살이 된 것에 대한 감흥이 거의 없었고, 위스망스가 정확히 마흔네 살에 신앙심을 되찾았다는 것을 제외하면, 내게는 지극히 평범한 생일일 뿐이었다. 위스망스는 1892년 7월 12일에서 20일까지, 프랑스 북동부 마른의 이니 트라피스트 수도원에서 처음으로 수도생활을 했다. 7월 14일, 『출행』에서 묘사한 대로 그는 엄청난 양심의 갈등을 번복한 끝에 고해를 했다. 7월 15일, 그는 유년기 이후 처음으로 영성체를 받았다.

위스망스에 대한 논문을 쓰는 동안 나는 위스망스가 그로부터 몇 년 뒤 제삼회 생활을 했던 리귀제 수도원에서 한 주일을, 이어 이니 수도원에서 또 한 주일을 보냈다. 이니 수도원은 1차대전 동안 완전히 파괴되었지만 어쨌든 그곳에서 체류를 하면서 많은 도움을 받았다. 지금은 당연히 현대화된 실내장식과 가구들이 위스망스에게 강렬한 인상을 주었던 당시의 검박함과 간소함을 간직하고 있었다. 새벽 네시부터 시작되는 삼종기도와 저녁의 성모 찬송가 〈살베 레지나〉까지 수차례의 기도시간과 성무일도* 시간도 똑같았다. 침묵이 지배하는 식사시간은 대학식당에 비해 매우 평온했다. 또한 그곳의 수녀들이 만드는 초콜릿과 마카롱도 기억났다. 그 제품들은 프랑스 전역으로 보내졌고 여

---

* 하루에 일곱 번씩 정해진 시간에 정해진 순서로 기도하는 의식.

행 및 상점 안내서인 『프티 퓌테』에도 추천되었다.

수도원 생활에 매혹될 수 있으리라는 점은 어렵지 않게 이해
되었다. 비록 나와 위스망스의 관점이 매우 다르다는 점은 인식
하고 있었지만 말이다. 내게는 육체적 열정에 대한 그의 혐오감
이 전혀 공감되지도, 또 그게 어떤 것인지 전혀 그려지지도 않
았다. 나의 육체는 대개 두통과 피부병과 치통과 치질이 끊임없
이 이어지며 나를 절대 평화롭게 내버려두지 않는 다양한 고통
의 근원지였다. 이제 겨우 마흔네 살인데! 쉰 살, 예순 살, 그 이
상이 되었을 땐 대체 어떨 것인지!…… 그때의 나는 서서히 와
해되는 신체 기관들의 병렬이나 다름없을 것이며, 나의 삶은 기
쁨이 없고 음울하며 비루한 고문의 연속이 되리라. 페니스는 나
의 의식 속에 고통이 아닌 쾌락을 통해 존재하는 유일한 신체 기
관이었다. 볼품없지만 단단한 나의 페니스는 늘 내게 충실히 봉
사해왔다. 아니, 어쩌면 반대로 내가 페니스에게 봉사해온 것인
지도 몰랐다. 그럴 법한 생각이었다. 하지만 페니스의 지배는 부
드러웠다. 절대 내게 명령을 내리는 법이 없었으며 때로 부추기
기는 했지만 닦달하거나 화를 낸다든가 나의 사회생활에 개입한
다든가 하는 일 없이 어디까지나 점잖은 태도를 견지했다. 나는
오늘밤 나의 페니스가 미리암을 위해 우리 사이에 끼어들리라는
것을 알았다. 나의 페니스는 미리암과 늘 좋은 관계를 유지했고,

122

미리암은 나의 페니스를 늘 애정과 존중으로 대했으며, 그로 인해 내게 엄청난 쾌락을 안겨주었다. 사실 내겐 즐거움의 원천이 거의 없었다. 심지어 이 쾌락 외에 다른 즐거움은 없다고까지 할 수 있었다. 지적인 삶에 대한 나의 관심은 현저히 감소했다. 사회적 삶도 육체적 삶 못지않게 거의 만족스럽지 않았다. 하잘것 없는 성가신 일들의 연속이랄까. 세면대 막힘, 인터넷 고장, 운전면허 벌점 가산, 부정직한 가정부, 세금신고 실수 등등, 끊임없이 이어지는 골치 아픈 일들이 절대 나를 평화롭게 내버려두지 않았다. 수도원에서는 이런 근심거리로부터 멀어질 수 있었다. 즉 개인적 삶의 짐을 내려놓을 수 있었다. 물론 동시에 쾌락도 내려놓아야 했다. 하지만 견딜 수 있는 선택이었다. 나는 독서를 계속하며 위스망스가 『출행』에서 지난날의 방탕한 생활에 대한 회한과 혐오감을 지나치게 강조하는 것이 애석하다고 생각했다. 어쩌면 그는 이 부분에 관한 한 완전히 정직하지 않았는지도 모른다. 나는 그가 특히 수도원에 매혹을 느낀 이유가 그곳에서는 육체적 쾌락을 추구하는 생활을 모면할 수 있어서였다는 것이 의심스럽다. 그보다 수도원에서는 그가 『물 흐르는 대로』에서 그토록 훌륭하게 묘사했던, 끊임없이 우울하고 지치게 하는 일상의 사소한 근심거리들에서 해방될 수 있어서가 아니었을까? 적어도 수도원에서는 머리를 누일 지붕과 이불을 보장받는다.

거기에 최상의 경우, 영원한 삶까지 덤으로.

　미리암이 저녁 일곱시경에 우리집 초인종을 눌렀다. "생일 축하해, 프랑수아……" 그녀가 문가에서 아주 작은 목소리로 대뜸 말하더니 내 품에 달려들어 키스했다. 키스가 길고 에로틱해졌다. 우리의 입술과 혀가 뒤엉켰다. 거실에 들어섰을 때 나는 그녀가 지난번보다 더욱 섹시하게 차려입은 것을 알아보았다. 그녀는 지난번보다 더 짧은 검정색 미니스커트에 스타킹을 신고 있었다. 그녀가 소파에 앉자 새하얀 허벅지 위로 검정색 가터벨트가 드러났다. 역시 검정색인 블라우스는 훤히 비쳐서 젖가슴의 움직임이 뚜렷이 보였다. 나는 나의 손가락이 유두 주변의 감촉을 기억하고 있다는 것을 깨달았다. 그녀의 입가에 망설이는 미소가 떠올랐다. 무언가 불확실하고 운명적인 것이 느껴지는 순간이었다.

　"선물 가져왔어?" 내가 분위기를 누그러뜨리고자 애써 농담조로 물었다.

　그녀가 진지하게 대답했다. "아니, 정말로 마음에 드는 걸 못 찾았어."

　다시 새로운 침묵이 흘렀다. 돌연 미리암이 두 다리를 활짝 벌렸다. 그녀는 팬티를 입지 않았다. 치마가 하도 짧아서 면도를 한 천진한 성기의 갈라진 세로선이 드러났다. 그녀가 말했다.

"빨아줄게…… 아주 잘. 이리 와서 소파에 앉아."

나는 복종했고, 그녀가 옷을 벗기도록 내버려두었다. 그녀는 내 앞에 무릎을 꿇고서 항문부터 핥기 시작했다. 부드럽게 오랫동안. 이윽고 그녀가 내 손을 잡아 일으켰다. 나는 벽에 몸을 기댔다. 그녀는 다시 무릎을 꿇고는 고환을 핥으며 한 손으로 가볍게 나의 페니스를 쥐고 빠르게 흔들기 시작했다.

그녀가 잠시 동작을 중단하고서 말했다. "당신이 원할 때 페니스로 넘어갈게……" 나는 좀더 기다렸다가 욕망이 못 견딜 지경에 이르렀을 때 말했다. "지금."

나는 그녀의 혀가 내 성기에 닿기 전에 그녀가 나의 흥분을 고조시키는 모습을 똑똑히 지켜보았다. 그녀는 몰입과 광기가 뒤섞인 기이한 상태였다. 그녀가 혀로 돌리듯 나의 귀두를 핥았다. 한편으로는 빠르게, 한편으로는 힘을 주어 천천히. 그녀가 왼손으로 나의 페니스 아래쪽을 움켜쥐었고 오른쪽 손가락들로 나의 고환을 토닥거렸다. 쾌감의 파도가 의식 속에 밀려들며 모든 것을 휩쓸어버렸다. 나는 다리를 간신히 지탱했다. 기절하기 일보 직전이었다. 괴성이 튀어나오기 직전에 나는 안간힘을 내어 애원했다. "그만…… 그만……" 변형되고 거의 들릴락 말락 한 내 목소리가 낯설었다.

"내 입에다 하기 싫어?"

"지금 말고."

"알았어…… 좀 이따가 나랑 섹스하겠다는 뜻이었으면 해. 뭐 좀 먹을까, 응?"

이번에는 스시를 미리 주문해놓아서 오후부터 냉장고에서 대기중이었다. 샴페인 두 병도 냉장고에 넣어두었다.

미리암이 샴페인을 한 모금 마신 뒤 말했다. "있잖아, 프랑수아, 나는 창녀도 색광도 아니야. 내가 당신을 이렇게 빠는 건 당신을 사랑하기 때문이야. 당신을 정말 사랑해. 알아?"

그렇다, 나는 알았다. 또한 그녀가 아직 말하지 않은 다른 것이 있다는 것도 알았다. 나는 그녀를 한참 동안 뚫어져라 바라보며 이 얘기를 어떻게 꺼내야 할지 고민했으나 허사였다. 그녀가 샴페인 잔을 비우더니 한숨을 내쉬고는 두번째로 잔을 채웠다. 그러고는 내뱉었다. "부모님이 프랑스를 떠나기로 결정하셨어."

나는 말을 잃었다. 그녀가 샴페인 잔을 비우더니 다시 세번째 잔을 따르고서 말을 이었다.

"이스라엘로 이민 가. 다음주 수요일에 텔아비브행 비행기를 탈 거야. 대선 결선투표를 기다리지조차 않으시는 거지. 정말 돌아버리겠는 건, 부모님이 이 모든 걸 우리와 한마디 상의 없이 몰래 진행하셨다는 거야. 이스라엘에 은행 계좌를 개설하고 여기 멀리에서 그곳에 아파트까지 구해놓으셨어. 아버지는 은퇴 연금을 죄다 몰아서 현금으로 받았고 집도 내놓으셨지. 이 모든 걸 우리와 한마디 상의도 없이. 내 여동생과 남동생은 아직 어리니까 그렇다 쳐. 하지만 난 스물두 살이야. 그런데 날 이렇게 따돌리고 다 결정해놓고서 따르라니!…… 물론 강요는 안 하셔. 내가 여기 남기를 고집하면 파리에 방이라도 얻어줄 태세시니까. 하지만 이제 학교도 곧 방학이고 어떻게 부모님을 그렇게 내버려둘 수 있겠어. 어쨌든 지금은 아니야. 요즘 너무 불안해하시거든. 그동안 나는 눈치채지 못했는데, 요 몇 달 동안 접촉하는 부류에도 변화가 생겼어. 부모님은 이제 유대인들만 만나. 다들 저녁시간을 같이 보내고 함께 모여 흥분하기 일쑤지. 우리만 떠나는 게 아니야. 부모님 친구들 중 적어도 네다섯 명은 이스라엘로 가려고 전 재산을 처분했어. 내가 밤새 그들과 얘기해보기도 했지만 결국 그들의 결심을 돌려놓지 못했어. 그들은 프랑스에서 유대인들한테 뭔가 심각한 일이 벌어질 거라고 굳게 믿고 있어. 참 이상하지, 오십 년을 잘 살아놓고 이제야 그런 생각들을 하다니. 더구나 국민전선이 반유대주의 노선을 접은 지도 꽤 오래됐잖아!……"

"그리 오래되지는 않았어. 당신은 그걸 알기엔 너무 젊어. 현 국민전선 대표인 마린 르 펜의 아버지이자 전 국민전선 대표였던 장마리 르 펜은 나치에 가까운, 프랑스 극우파의 옛 전통에 아직도 얽매여 있어. 한마디로 얼간이에 완전히 무식한 자야. 분명히 에두아르 드뤼몽이나 샤를 모라스*의 저서도 읽지 않았을 거야. 하지만 그들에 대한 얘기는 들어봤겠지. 그게 그자의 정신적 근간이 되었겠고. 그 딸은 물론 다르지. 무슨 말이냐 하면 혹시 이슬람 정당 후보가 당선된다 해도 당신이 크게 걱정할 이유가 없다는 거야. 어쨌든 사회당과 손을 잡았으니 아무 짓이나 함부로 할 수는 없지."

미리암이 회의적인 표정으로 고개를 저었다. "그 점에 관해선…… 난 당신보다 덜 낙관적이야. 이슬람 정당이 정권을 잡으면 유대인한테 절대 이롭지 못할 거야. 난 그렇지 않은 경우를 본 적이 없어……"

나는 묵묵무언이었다. 사실 난 역사를 잘 몰랐다. 고등학교 때는 부주의한 학생이었고 그후로도 역사책을 끝까지 읽어내는 데 결코 성공한 적이 없었다.

미리암이 다시 잔을 채웠다. 분명 해야 할 일이었다. 분위기로 보아 조금은 취하는 것이, 확실히 바람직했다. 더구나 맛 좋은 샴페인이었다.

"내 남동생과 여동생은 이스라엘에서 고등학교를 이어 다니기로 했어. 나 역시 텔아비브 대학에 갈 수 있고. 동등 학력을 인정

---

* 20세기 초반에 활동했던 기자, 정치인, 시인. 극우 보수주의 이론가.

받을 수 있거든. 하지만 내가 이스라엘에서 대체 뭘 할 수 있을까? 난 히브리어를 한마디도 못해. 내 조국은 프랑스라고."

그녀의 목소리가 살짝 바뀌었다. 울먹거리기 일보 직전임이 느껴졌다. "난 프랑스를 사랑해!……" 그녀가 점점 더 죄어드는 목소리로 말했다. "사랑한다고, 몰라…… 난 치즈를 사랑해!"

"집에 있어!" 나는 분위기를 누그러뜨리기 위해 광대처럼 벌떡 일어나 냉장고로 치즈를 가지러 갔다. 아닌 게 아니라 생 마르슬랭 치즈와 콩테 치즈와 블뢰 데 코스 치즈를 사두었다. 나는 화이트와인도 가져와 마개를 열었다. 그녀는 이 모든 것을 거들떠보지도 않은 채 말했다.

"그리고 난…… 우리 사이가 이렇게 끝나는 게 싫어." 그러고는 울음을 터뜨렸다. 나는 일어나 그녀를 품에 안았다. 적당한 대답이 아무것도 떠오르지 않았다. 나는 그녀를 침실로 데리고 가서 다시 끌어안았다. 그녀는 계속해서 조용히 울었다.

나는 새벽 네시경에 깨어났다. 보름달이 훤히 뜬 밤이었다. 달이 침실에서도 또렷이 보였다. 미리암은 티셔츠만 걸친 채 엎드려 자고 있었다. 대로에는 차가 한 대도 다니지 않았다. 이삼 분쯤 지났을까. 상용차 르노 트래픽이 느리게 달려오더니 아파트 가까이에서 멈추었다. 두 명의 중국인 사내가 거기서 내리더니 담배를 피우며 주위를 살폈다. 이윽고 그들은 눈에 띄는 이유 없이 다시 차에 올라 포르트 디탈리 쪽으로 멀어졌다. 나는 다시 침대로 돌아와 미리암의 엉덩이를 쓰다듬었다. 그녀가 잠에서 깨지 않은 채 내게 몸을 비볐다.

나는 그녀를 뒤집어 가랑이를 벌리고 그곳을 애무하기 시작했다. 그녀가 거의 즉시 젖었다. 나는 그녀 안으로 들어갔다. 그녀는 이 기본자세를 늘 좋아했다. 나는 그녀 안으로 더욱 깊숙이 들어가기 위해 그녀의 허벅지를 들어올렸다. 왕복 운동을 시작했다. 흔히 여성의 오르가슴은 복잡하다고들 하지만 사실 나는 나 자신의 오르가슴 메커니즘에 대해서도 아직 잘 알지 못했다. 이번에는 내가 필요한 만큼 오래 끌 수 있으며 성감의 상승과 하강을 자유자재로 조절할 수 있겠다는 것을 직감했다. 나는 허리를 유연하게 움직였다. 피로감이 느껴지지 않았다. 몇 분뒤, 미리암이 신음을 흘리기 시작했다. 이어 신음이 울부짖음이되었다. 나는 계속해서 그녀 안으로 파고들어갔고 심지어 그녀의 성기가 내 페니스를 조이기 시작했을 때에도 움직임을 멈추지 않았다. 나는 힘들이지 않고서 천천히 호흡을 골랐다. 영원속에 빨려든 기분이었다. 이어 그녀가 기나긴 신음을 흘렸다. 나는 그녀에게 달려들어 품에 꼭 끌어안았다. "자기야…… 자기야……" 그녀가 계속해서 흐느끼면서 뇌까렸다.

5월 22일 일요일

나는 오전 여덟시경에 다시 깨어나, 커피메이커의 전원을 켜
고 돌아와 도로 누웠다. 미리암은 고른 숨을 내쉬며 자고 있었
다. 나른한 리듬 속에서 호흡기로 여과되는 미세한 숨소리가 났
다. 오동통한 뭉게구름이 창공에 떠다녔다. 뭉게구름은 오래전
부터 늘 내게 행복의 구름이었다. 오직 푸른 하늘을 돋보이게 하
기 위해 존재하는 뽀얗고 하얀 구름, 아이들이 이상적인 시골집
을 그릴라 치면 연기가 피어오르는 굴뚝과 잔디밭과 꽃과 함께
빼놓지 않는 구름 말이다. 대체 왜 그랬는지, 나는 첫 커피를 한
잔 따른 뒤 뉴스 채널인 iTélé를 켰다. 볼륨이 너무 높게 맞춰져
있었다. 나는 한참 만에 리모컨을 찾아 음소거 버튼을 눌렀다.
너무 늦었다. 미리암이 깨어났다. 그녀가 여전히 티셔츠 차림으

로 거실 카펫 위를 사뿐사뿐 걸어왔다. 우리의 짧은 평화의 시간
이 깨졌다. 나는 볼륨을 다시 키웠다. 밤사이 사회당과 이슬람박
애당이 맺은 밀약이 인터넷에 퍼졌다. iTélé건 경제 채널 BFM이
건 프랑스 최대 뉴스 채널 LCI건, 한결같이 이 얘기로 도배되어
있었다. 지칠 줄 모르는 뉴스 특보의 연속이었다. 사회당의 대선
후보 마뉘엘 발스는 현재까지 아무 반응도 내놓지 않았다. 반면
이슬람박애당의 대선 후보 모하메드 벤 아베스는 오전 열한시에
기자회견을 가질 예정이었다.

포동포동하고 쾌활한 이슬람박애당의 후보는 기자들에게 답
변을 하며 짓궂은 언행을 곧잘 보임으로써, 그가 폴리테크니크*를
졸업한 최연소 학생 가운데 한 명으로 ENA**에 입학—넬슨 만델
라 학년***으로 로랑 보키에****와 동기였다—했다는 사실을 잊게
만들었다. 그는 그런 엘리트 이미지이기보다는 늙직하고 사람 좋

* 프랑스 최고의 이공계 대학.

** 프랑스 최고의 행정 대학. 자크 시라크, 프랑수아 올랑드, 리오넬 조스팽, 장프
랑수아 코페 등 무수한 전현직 프랑스 정치인들이 이 학교를 졸업했다.

*** ENA에서는 학년별로 인물이나 역사적 사건을 본뜬 고유명칭이 부여된다. 넬
슨 만델라는 2001년 졸업 학년에게 부여된 명칭이다.

**** 2014년 말에 대중운동연합의 사무총장으로 임명되었으며, 2007년 대선 당시
니콜라 사르코지 캠프의 핵심 인물이었고 사르코지 정부에서 정부 대변인과 고
등교육·연구부 장관을 지냈다. ENA의 넬슨 만델라 학년을 수석으로 졸업했다.

아 보이는 변두리 튀니지 식료품상의 분위기를 풍겼다. 아닌 게 아니라 그의 부친이 바로 식료품상이었다. 비록 그의 부친의 식료품점은 아랍 이민자들이 모여 사는 허름한 파리 18구도 아니고, 이민자 폭동이 일어난 파리 변두리의 브종이나 아르장퇴유는 더더욱 아닌, 파리 교외의 부촌 뇌이 쉬르 센에 있었지만.

그는 무엇보다 자신이 이번에 공화국적 능력주의의 혜택을 입었음을 상기시키며, 프랑스 국민들이 표로 보여준 이 지대한 영광을 포함하여 모든 공을 돌려야 할 시스템이 훼손되는 것은 누구보다도 자기가 원치 않는다고 강조했다. 그는 어렸을 때 숙제를 하곤 했던 식료품점 2층의 작은 아파트를 회상하며 부친을 짤막하게 돌이켜봄으로써 딱 필요한 만큼의 감동을 자아냈다. 나는 그가 압도적으로 탁월하다고 느꼈다.

그는 계속해서 시대가 변했음을 인정해야 한다고 주장했다. 오늘날은 유대인이건 기독교도이건 무슬림이건 간에 각 가정에서 점점 자식 교육이 지식의 전수만으로 한정되기보다는 그들의 전통과 관계된 영적 훈련이 포함되기를 바라는 추세다. 이러한 종교로의 회귀는 우리 사회를 관통하는 근본적인 현상이며 국가 교육도 이를 간과할 수 없게 되었다. 요컨대 공화국의 학교라는 틀을 확장하여 학교가 이슬람교, 기독교, 유대교 등 우리 나라의 주요 영적 성전聖傳과 조화롭게 공존할 수 있도록 해야 한다, 라는 것이었다. 감미롭고 관례적인 그의 연설이 십 분 남짓 더 이어진 뒤 기자들에게 질문의 기회가 주어졌다. 나는 가장 신랄하고 공격적인 기자들조차 모하메드 벤 아베스 앞에서 이미 마취라도 된 듯 노글노글해졌다는 것을 간파했다. 어쨌거나 내 생각엔 응당 나와야 할 민감한 질문들이 몇 가지 있었는데도. 예컨대 남녀공학 폐지가 그것이었다. 아니면 교육자들의 이슬람교 개종 문제도 있었다. 그런데 혹시 이 모든 것들이 가톨릭에선 이미 시행되고 있는 것들 아닐까? 가톨릭 학교에서 가르치려면 세례를 받아야 하지 않던가? 이런 생각들을 떠올리며 나는 이 문제에 대해 아는 것이 아무것도 없음을 깨달았다. 기자회견이 끝날 무렵, 나는 내가 정확히 이슬람 후보가 우리를 이끌려 했던 지점에 이르렀음을 깨달았다. 일종의 의혹의 일반화랄까. 위기의식을 느낄 필요가 전혀 없으며, 따지고 보면 진짜로 새로울 건 아무것도 없다는 느낌 말이다.

낮 열두시 반, 국민전선 대표 마린 르 펜이 반격에 나섰다. 시청 앞에서 약간 앙각으로 촬영된 그녀는 새로 바꾼 헤어스타일에 생기가 넘쳤고 아름다워 보이기까지 했다. 바로 직전에 뉴스에서 보았을 때와 선명히 대비되는 모습이었다. 2017년 대선 이후로 국민전선의 여 후보는 여성이 행정부 수반의 자리에 오르기 위해서는 필히 독일 총리 앙겔라 메르켈과 닮아야 한다고 믿는 것 같았고, 정장의 재단 스타일까지 모방하면서 독일 총리의 따분한 근엄함을 본받으려고 애써왔다. 하지만 5월의 이 아침, 그녀는 타오르는 활기, 정체성 운동의 기원을 연상시키는 혁명적 기운을 되찾은 듯 보였다. 얼마 전부터 국민전선의 부대표 플로리앙 필리포의 감수하에 극우 작가인 르노 카뮈가 그녀의 연설문 일부를 쓴다는 소문이 돌았다. 근거 있는 소문인지는 모르겠으나 마린 르 펜의 연설이 괄목할 만한 발전을 이룬 것은 사실이었다. 나는 우선 그녀의 발언이 공화국적인 것에, 다음으로는 대놓고 반교권적인 것에 놀랐다. 그녀는 상투적으로 쥘 페리*를 언급하는 차원을 넘어, 니콜라 드 콩도르세**까지 거슬러올라가 그가 1792년 입법의회에서 이집트인들과 인도인들을 거론하며 펼쳤던 기념비적인 연설을 인용했다. 이집트인들과 인도인들은 "굉장한 정신적 진보를 이룩했으나 종교 권력이 인간의 교육권을 강탈한 순간, 더할 수 없이 수치스러운 무지의 우둔함 속으로 추락했다"는 것이었다.

---

* 19세기 프랑스 총리. 가톨릭이 통제하던 교육제도를 개혁해 세계 최초로 의무교육을 실시했으며, 프랑스에서는 공화국의 기틀을 확립한, 공화국의 아버지 중한 사람으로 간주된다.

** 18세기 수학자이자 정치가. 프랑스혁명을 이끌었던 진보 사상가로 군주제와 기독교를 혐오했고 공교육의 중요성을 설파하며 여성과 유색인종을 포함한 의무교육론을 펼쳤다.

미리암이 지적했다. "난 마린 르 펜이 가톨릭 신자인 줄 알았는데……"

"그건 잘 모르겠지만, 아무튼 국민전선 유권자들은 가톨릭이 아니야. 국민전선은 결코 가톨릭교도들의 마음을 얻은 적이 없어. 그들은 연대감이 지나치게 강할뿐더러, 제3국의 이민자들을 혐오하는 국민전선과 달리 제3국에 대해서도 절대적으로 우호적이거든. 그러니 마린 르 펜도 현실에 맞출 수밖에."

미리암이 손목시계를 들여다보더니 낙담한 듯 한숨을 내쉬었다. "그만 가봐야겠어, 프랑수아. 부모님과 함께 점심을 먹기로 했거든."

"부모님이 당신이 여기 온 걸 아셔?"

"그럼, 그럼, 그러니까 걱정하진 않으시겠지만 나와 점심을 함께하려고 기다리실 거야."

나는 그녀의 부모님 집에 간 적이 한 번 있었다. 우리의 관계가 막 시작되었을 무렵이었다. 그들은 파리 17구 브로샹 지하철역 뒤쪽에 형성된 플뢰르 주택단지에 살았다. 그들의 집은 창고와 작업실까지 딸려 있었다. 그곳에 있으면 작은 시골 마을, 파리가 아닌 어딘가에 와 있는 기분이었다. 당시 잔디밭에서 저녁식사를 했던 기억이 난다. 황수선화 철이었다. 미리암의 부모님은 나를 친절하고 상냥하고 따뜻하게 대했으나, 그렇다고 내게

136

과도한 중요성을 부여하지는 않았고, 그래서 다행이었다. 미리암의 아버지가 샤토뇌프 뒤 파프 와인의 마개를 연 순간, 나는 불현듯 미리암이 스무 살이 넘도록 여전히 부모님과 함께 매일 저녁식사를 한다는 사실을 깨달았다. 뿐만 아니라 그녀는 남동생이 숙제하는 것을 도왔고, 여동생과 함께 옷을 사러 갔다. 그들은 부족이었다. 단단히 결속된 가족공동체. 그동안 내가 겪은 모든 것에 비하면 놀라 입이 다물어지지 않는 이 가족 앞에서 나는 울음을 터뜨리지 않기 위해 무진 애를 써야 했다.

나는 음소거 버튼을 눌렀다. 마린 르 펜의 동작이 더욱 거세졌다. 그녀는 허공에 대고 연신 주먹을 휘두르는가 하면 간간이 거칠게 양팔을 벌렸다. 물론 미리암은 부모님과 함께 이스라엘로 떠날 터였다. 달리 방법이 없으리라.

"나도 정말 빠른 시일 내에 돌아오고 싶어……" 그녀가 내 머릿속을 읽은 듯 말했다. "프랑스 상황이 정리될 몇 달 동안만 거기 있었으면." 나는 다소 지나친 낙관주의라고 생각했지만 입을 다물었다.

그녀가 치마를 꿰입었다. "물론 현 상황으로 보건대 그들이 승리하겠지. 매일 식사때마다 듣는 게 그 소리니까. '그러게, 우리가 뭐랬니, 딸아……' 그래도 좋으신 분들이야. 이것도 다 나를 위해서라고 생각하시고."

"그래, 좋으신 분들이야. 정말 좋으신 분들이지."

"당신은, 당신은 어떻게 할 거야? 학교는 어떻게 될 것 같아?"

나는 문까지 그녀를 배웅했다. 그러고 보니 나는 정말 아무런 생각이 없었고 또한 어떻게 되어도 그만이라는 사실을 새삼 깨달았다. 나는 그녀의 입술에 부드럽게 키스하고는 대답했다. "나한텐 이스라엘이 없어." 빈약하기 짝이 없는 생각이었다. 하지만 정확한 생각이기도 했다. 이윽고 그녀가 엘리베이터 안으로 사라졌다.

그리고 몇 시간의 간격이 있었다. 건물들 사이로 해가 졌을 때, 나 자신과 상황과 모든 것에 대한 새로운 자각이 들었다. 나의 정신이 불확실하고 어두운 지대를 헤맸다. 죽고 싶을 만큼 슬펐다. 『결혼생활』 속 위스망스의 문장이 끊임없이 머리를 맴돌며 괴롭혔다. 그제야 미리암에게 우리집에 와서 살라고, 함께 살자고 제안조차 하지 않았다는 고통스러운 자각이 들었다. 하지만 곧이어 문제는 거기에 있지 않으며, 거처야 그녀의 부모님이 얼마든지 얻어줄 용의가 있었고, 나의 아파트는 방이 두 칸뿐이라는 것에 생각이 미쳤다. 물론 큰 방 두 칸이었지만, 남녀가 방 두 칸짜리 집에서 함께 살면 틀림없이 단시일에 모든 성적 욕망이 증발할 것이고 우리 커플은 그런 것을 극복하기엔 아직 너무 젊었다.

보다 오래전에는 사람들이 가족을 형성했다. 자녀를 출산한 다음에도 아이들이 성인이 될 때까지 계속해서 죽도록 일한 뒤에 그들의 창조주에게로 돌아갔다. 하지만 이제는 그보다는 쉰이나 예순 살 무렵에, 통증이 찾아든 노쇠한 육체가 든든하고 금욕적이며 친숙한 접촉만을 필요로 할 때 남녀가 살림을 차리는 것이 바람직하다. 예컨대 〈프티르노의 일상 탈출〉*에서 찬양해 마지않는 향토 요리가 다른 모든 쾌락보다 결정적으로 우위에 설 때 말이다. 나는 잠시 『19세기 문학저널』에 실을 칼럼을 구상해보았다. 길고 피로했던 모더니즘의 시대가 지나고 모든 환상에서 벗어난 위스망스의 각성이 다시 시대적 관심사가 되었는데, 이 전례 없는 현상은 방송사를 막론하고 전 채널에서 요리 프로그램이, 특히 향토 음식을 다룬 요리 프로그램이 성공하는 것에서도 드러난다는 내용이었다. 하지만 내게는 칼럼을 쓰는 데 필요한 의욕이나 에너지가 더는 없다는 것을 이내 깨달았다. 『19세기 문학저널』처럼 독자가 한정적인 출판물을 위한 칼럼이라 하더라도. 동시에 나는 텔레비전이 여전히 켜져 있는 것

---

* 공영방송 프랑스5의 음식 프로그램으로, 음식평론가 장뤽 프티르노가 프랑스 전국 각지를 돌며 향토 음식을 소개한다.

을 깨닫고서 어안이 벙벙해졌다. 여전히 iTélé였다. 나는 볼륨을 키웠다. 마린 르 펜의 연설은 오래전에 끝났지만 그 연설이 모든 논평의 중심이었다. 따라서 나는 국민전선 대표가 수요일에 샹젤리제 대로를 행진하는 대형 집회에 동참하라는 호소를 했다는 것을 알게 되었다. 경찰 당국에 절대 허가를 요청하지 않을 것이며, 혹여 금지된다 해도 집회는 '무슨 일이 있어도' 열릴 것임을 경찰에 미리 예고까지 했다. 그녀는 1793년에 발표된 인권과 시민권 선언의 한 장을 인용하며 연설을 끝맺었다. "정부가 민중의 권리를 침해한다면 봉기는 민중과 민중 개개인을 위한 가장 신성한 권리이자 필수 불가결한 의무이다." 당연히 '봉기'라는 단어가 갖가지 논평을 이끌어냈고, 심지어 현직 대통령 프랑수아 올랑드를 긴 침묵에서 끌어내는 예기치 못한 성과를 거뒀다. 올랑드는 오직 국민전선의 승승장구를 돕는 비루한 전략만으로 재선에 성공한 뒤 재앙에 가까운 오 년간의 두번째 임기를 얼마 남겨두지 않고 있었다. 퇴임이 임박한 대통령은 의견을 드러내는 것을 사실상 포기했으며, 심지어 언론마저 대부분 그의 존재를 잊은 듯했다. 그가 십여 명의 기자들이 대기한 대통령 관저 엘리제궁의 현관에 모습을 드러냈다. 그는 자신을 "공화국 질서의 마지막 보루"라고 소개한 뒤 웃음을 지어 보였다. 짧지만 확연한 웃음이었다. 십 분 남짓 뒤, 이번에는 총리가 선언을 했다. 그는 금방이라도 뇌출혈을 일으킬 듯 시뻘게진 얼굴로 이마에 핏대를 세우며, 민주 법칙을 어기려는 자들은 모두 무법자로 간주되어 다스려질 것이라고 경고했다. 결국 냉정을 유지한 사람은 모하메드 벤 아베스뿐이었다. 그는 집회의 자유를 옹호하면서 마린 르 펜에게 정교분리에 대해 함께 토론하자고 제안했고, 대부분의 논평가들은 그녀가 받아들일 가능성이 거의 없는 제안이라는 점에서 노련했다고 평가했다. 모하메드 벤 아베스가 힘들이지 않고 대화와 중용의 정치인 이미지를 얻었다는 것이 중론이었다.

지루해진 나는 비만을 주제로 한 몇 가지 리얼리티 프로그램들을 잠깐씩 훑다가 아예 텔레비전을 꺼버렸다. 정치사가 내 개인적 삶에 계속해서 어떤 역할을 할 수 있다는 것이 놀랍고도 조금은 역겨웠다. 그럼에도 나는 몇 년 전부터 국민과 국민의 이름으로 말하는 자들 사이의 간극이 점점 커져가고 있으며 돌이킬 수 없는 심연이 되었다는 것을 깨달았다. 따라서 정치인들이나 기자들이 좀더 혼란스럽고 폭력적이며 예측 불가능한 무언가를 추구하는 것은 당연한 수순이었다. 프랑스는 다른 모든 서구 국가들처럼 오래전부터 내전을 향해 치달았고, 이는 명백한 사실이었다. 그럼에도 나는 요 근래까지만 해도 대다수의 프랑스인들이 체념상태이고 무기력하다고 믿었다. 아마 나 자신이 대략 체념상태에 무기력했기 때문이리라. 내가 틀렸다.

미리암은 화요일 밤이 되어서야 전화를 걸었다. 열한시가 조금 지난 시각이었다. 목소리가 밝았다. 미래에 대한 믿음을 되찾은 듯했다. 프랑스의 상황이 빠른 시일 내에 정리되리라는 것이었다. 나로서는 심히 미심쩍은 의견이었다. 그녀는 심지어 전직 우파 대통령 니콜라 사르코지가 정치판에 다시 등장하여 구세주처럼 환대를 받으리라고 믿었다. 그녀의 착각을 깨우쳐주고 싶은 마음은 없었지만 내게는 매우 비현실적인 가정으로 보였다. 나는 사르코지가 2017년에 정치 인생을 접은 이후로 마음 깊은 곳으로부터 완전히 포기했다는 인상을 받았다.

그녀는 다음날 아침 일찍 비행기를 탈 것이고, 따라서 우리는 그녀가 떠나기 전에 다시 만날 수 없었다. 그녀는 여행가방을 꾸리는 일부터 시작해서 해야 할 일이 산더미였다. 한 인생을 30킬로그램의 여행가방에 담는 일은 그리 간단치 않다. 각오했던 바였지만 어쨌든 전화를 끊을 때 마음 한구석이 조금 따끔거렸다. 이제부터는, 철저히 혼자가 되리라는 걸 알 수 있었다.

5월 25일 수요일

  그럼에도 다음날 아침 학교에 가기 위해 지하철을 탔을 때 나는 거의 명랑할 정도로 기분이 좋았다. 최근의 정치적 사건이며 미리암과의 이별까지 그것들이 나쁜 꿈이자 신속하게 시정될 착오로 여겨졌다. 그래서인지 학교 근처 상퇴유 가에 이르러서 학교 건물로 들어가는 철문이 완전히 봉쇄된 것을 목도하자 가슴이 덜컥 내려앉았다. 평소에는 경비원들이 대략 오전 여덟시 십오 분 전 무렵이면 문을 열어놓곤 했다. 여러 명의 학생들이 입구에서 문이 열리기를 기다리고 있었고, 그중에는 내 수업을 듣는 2학년 학생들도 몇 명 섞여 있었다.

  경비원이 모습을 드러낸 것은 오전 여덟시 반이 다 되어서였다. 그는 교무과 건물로부터 걸어나오더니 철책 뒤에 서서, 학교가 오늘 종일토록 문을 닫을 것이며 새로운 지시가 떨어질 때까지 계속해서 그럴 것이라고 알렸다. 그러고는 그 이상은 자기도 아는 바가 없으며, 다들 집으로 돌아가 있으면 '개별적으로 공지가 갈 것'이라고 덧붙였다. 인상이 좋은 흑인이었다. 아마 내 기억이 맞는다면 세네갈 출신이리라. 나는 오래전부터 그를 알았으며 호감을 갖고 있었다. 그가 떠나려는 나의 팔을 붙들더니 내부에 도는 소문에 의하면 상황이 심각하다고 말했다. 상황이 정말 심각하며, 몇 주 안에 학교가 다시 문을 열기는 아주 어렵다는 것이었다.

마리프랑수아즈, 그녀는 어쩌면 무언가 알고 있을지도 몰랐다. 나는 오전 내내 수차례에 걸쳐 그녀와의 통화를 시도했지만 허사였다. 오후 한시경, 절망한 나는 궁여지책으로 iTélé를 켰다. 이미 많은 사람들이 국민전선이 주도하는 집회에 참여하기 위해 길거리로 나와 있었다. 샹젤리제 대로에서 일직선으로 이어지는 콩코르드 광장과 튈르리 공원이 인파로 시커멓게 뒤덮였다. 주최측 추산 이백만 명이었고, 경찰 추산 삼십만 명이었다. 어쨌거나 나로서는 한 번도 본 적이 없는 어마어마한 인파였다.

파리 북쪽에서 불쑥 솟은 거대한 모루구름이 사크레 쾨르 성당에서부터 오페라 광장까지 이어졌다. 수직으로 뻗은 짙은 잿빛 구름의 옆구리가 거무스름하게 물들었다. 나는 점점 빽빽해지는 엄청난 규모의 인파를 보여주는 텔레비전 화면으로 시선을 돌렸다가 다시 하늘로 눈을 치떴다. 먹구름이 남쪽으로 서서히 이동하고 있었다. 만일 튈르리 공원 위에서 구름이 멈추고 폭우가 쏟아진다면 집회에 심각한 지장을 초래할 수 있었다.

정확히 오후 두시, 마린 르 펜을 태운 차량이 샹젤리제 대로로 들어서더니, 그녀가 오후 두시에 연설을 하기로 예정돼 있는 개선문 쪽으로 향했다. 나는 음을 소거했지만 얼마간 계속해서 화면을 바라보았다. 샹젤리제 대로를 가로질러 대문짝만하게 걸려 있는 플래카드에는 '우리는 프랑스의 민중이다'라고 쓰여 있었다. 인파 여기저기서 우후죽순으로 솟은 작은 팻말들에는 '우리는 우리 나라에 있다'라고 쓰여 있었다. 이것은 극우파 운동원들이 집회 때면 사용하던 문구였는데, 의도가 명료하면서도 과한 폭력성은 배제되어서인지 아예 그들의 슬로건이 되었다. 웅대한 구름이 이제는 마린 르 펜의 차량 위에 머문 채 꼼짝도 하지 않았다. 몇 분 뒤 싫증이 난 나는 다시 위스망스의『좌초된』속으로 빠져들었다.

저녁 여섯시가 조금 지났을 때, 마리프랑수아즈로부터 전화가 걸려왔다. 그녀도 잘은 모른다, 전날 전국대학위원회 회의가 열렸지만 아직 어떤 정보도 새나오지 않았다. 어쨌든 선거가 끝나기 전까지, 어쩌면 새학기 때까지 대학이 다시 문을 열지 않으리라는 것은 확실하다. 시험도 9월로 연기될 가능성이 높다, 라고 했다. 그녀에게도 대체적으로 상황이 심각해 보였다. 그녀의 남편은 눈에 띄게 노심초사하며 이번주 초부터는 DGSI 사무실에서 열네 시간 남짓을 보냈고, 전날엔 아예 사무실에서 잠을 잤다고 했다. 그녀는 혹시 무엇이든 알게 되면 다시 전화하겠노라고 약속하며 전화를 끊었다.

집에 먹을 것이 아무것도 없었다. 그렇다고 대형 슈퍼 '제앙 카지노'에 가는 것도 썩 내키지 않았다. 인구가 밀집한 동네에서 초저녁은 장보기에 좋지 않은 시간이었다. 하지만 나는 배가 고팠고 송아지고기 블랑케트, 처빌 소스 대구구이, 베르베르식 무사카 등 오븐용 일품요리들을 사고 싶었다. 별 볼 일 없는 맛을 보장하나 포장만은 반지르르하고 화려한 오븐용 요리들은 위스망스의 소설 속 등장인물들이 겪는 난처한 고난에 비하면 진정한 진보였다. 이 말엔 어떤 악의도 없다. 실망스럽지만 공평한 집단적 체험에 동참한다는 기분은 부분적인 체념으로의 길을 열수 있었다.

기이하게도 슈퍼마켓은 거의 비어 있었다. 나는 공포가 뒤섞인 열광에 휩싸인 채 재빨리 장바구니를 채워나갔다. '계엄'이라는 단어가 정확한 이유 없이 뇌리를 스쳤다. 한산한 계산대에 줄 지어 앉은 계산원들이 라디오에 귀를 기울였다. 집회가 이어지고 있었고, 현재로서는 어떤 사고에 대한 한탄의 소리도 나오지 않았다. 아마 나중에, 해산 뒤에 이런저런 소리들이 나오겠지, 라고 나는 생각했다.

쇼핑센터에서 나온 순간 장대비가 쏟아졌다. 맹렬한 기세로. 나는 집으로 돌아와 마데이라 와인 소스로 양념한 소 혀 요리를 데웠다. 고무처럼 질겼지만 웬만한 맛이었다. 나는 텔레비전을 켰다. 대립이 시작되었다. 움직임이 현란하고 돌격소총과 기관단총으로 무장한, 복면을 쓴 여러 무리의 사내들이 한눈에 들어왔다. 몇몇 상점의 쇼윈도들이 깨졌고 자동차들이 여기저기서 불타올랐다. 하지만 장대비로 뒤덮인 화면의 상태가 매우 열악했다. 현장에 공권력이 투입되었는지 여부는 확인할 수 없었다.

3부

5월 29일 일요일

나는 새벽 네시경에 깨어났다. 의식은 또렷했고 촉각은 곤두서 있었다. 나는 시간을 들여 세심하게 여행가방을 꾸렸다. 상비약, 한 달간 갈아입을 옷가지들, 심지어 등산화—일 년 전 도보 하이킹을 할 작정으로 사두었다가 한 번도 신지 않은 고기능성 제품으로 미제였다—까지 챙겼다. 또한 노트북, 비상용 고단백 시리얼 바, 전기포트, 인스턴트커피도 챙겼다. 새벽 다섯시 반, 떠날 준비가 되었다. 차는 문제없이 시동이 걸렸다. 파리의 관문들은 텅 비어 있었다. 새벽 여섯시, 나는 이미 파리 교외 남서쪽의 랑부예 근처에 이르렀다. 아무 계획도, 구체적인 목적지도 없이 다만 남서쪽으로 가는 게 좋을 것 같다는 막연한 직감으로 여기까지 달렸다. 만일 프랑스에서 내전이 터진다면 남서 지역까지 번지는 데는 시간이 걸릴 것 같았다. 사실 남서 지역에 대해서는 오리고기찜이 유명하다는 것 외에 아는 바가 거의 없었으면서 말이다. 내게는 왠지 오리고기찜이 내전과 양립 불가능해 보였다. 그러니 내가 틀릴 수도 있었다.

나는 프랑스 전반에 대해 아는 것이 거의 없었다. 파리 교외의 전형적인 부르주아 동네인 메종 라피트에서 아동기와 청소년기를 보낸 뒤 파리에 정착하여 이곳을 떠나본 적이 거의 없었으니까. 나는 내가 이론상 국민인 이 나라의 어디로도 여행다운 여행을 가본 적이 없었다. 폭스바겐 SUV 투아렉과 등산화 구입이 증명하듯 의향이 있었음에도 말이다. 나의 폭스바겐 투아렉은 V8 4.2리터 '카먼레일' 디젤 엔진을 장착했고 최고속도가 시속 240킬로미터인 강력한 차였다. 장거리를 주행하는 운전자 맞춤형으로 실제로 장애물을 뛰어넘을 수도 있는 성능을 자랑했다. 당시 나는 숲길을 거니는 주말을 상상했지만, 그런 일은 결코 일어나지 않았다. 나는 다만 일요일이면 파리 15구의 조르주 브라생스 공원에서 열리는 고서 벼룩시장의 단골손님이 되는 것으로 만족했다. 또한 다행스럽게도 간간이 섹스에—주로 미리암과—헌신하는 일요일을 보내기도 했다. 미리암과 가끔씩 섹스라도 하지 않았다면 나의 삶은 그야말로 밋밋하고 음울했을 것이다. 나는 프랑스 중부의 샤토루를 통과한 다음 곧바로 밀 에탕의 휴게소에 정차한 뒤, 패스트푸드 체인점 '라 크루아상트리'에서 더블 초콜릿 쿠키와 라지 사이즈 커피 한 잔을 샀다. 그러고는 다시 차에 올라 나의 과거를 생각하며, 혹은 아무 생각 없이 그것들로 아침을 때웠다. 주차장을 둘러싼 시골의 들판은 소 몇 마리—육질이 뛰어나기로 유명한 부르고뉴 샤롤산產인 듯했다—를 제외하고는 황량했다. 이제는 해가 높이 솟은 시각이었음에도 평원 저 아래로 아직 희미한 안개 층이 떠다녔다. 무수한 골짜기들이 어우러진 풍경은 대체로 아름다웠지만 연못이라고는—뿐만 아니라 강물도—전혀 찾아볼 수 없었다.* 미래에 대해 생각한다는 것이 내게는 경솔하게 느껴졌다.

라디오를 켰다. 선거가 시작되었고 차질 없이 진행됐다. 프랑수아 올랑드는 자기의 '성지'인 프랑스 남서 지역 코레즈에서 이미 투표를 마쳤다. 이른 오전에 집계된 투표율은 높았다. 앞선 두 차례의 대선 여론조사 때보다 높은 수치였다. 몇몇 정치평론가들은 높은 투표율이 극우당에는 불리하고 '정부·여당'에는 유리하게 작용할 것이라고 관측했다. 하지만 그들만큼이나 명망 높은 또다른 평론가들은 정반대로 생각했다. 요컨대 현재까지의 투표율로는 결과를 전혀 예측할 수 없었고, 따라서 라디오를 들

---

* '밀 에탕'은 프랑스어로 '천 개의 연못'이라는 뜻이다.

기엔 아직 일렀다. 나는 라디오를 끄고 차를 출발시켰다.

달린 지 얼마 지나지 않아 나는 연료가 거의 사분의 일 수준으로 바닥났다는 것을 알아차렸다. 휴게소의 주유소에서 주유했어야 했다. 고속도로가 비정상적으로 한적하다는 것도 깨달았다. 일요일 오전은 대개 고속도로가 한산한 시간이기는 하다. 사회가 한숨을 돌리고 느슨해지는 시간, 그 구성원들이 각자 존재에 대한 짧은 환상을 가꾸는 시간이니까. 하지만 그렇더라도 100킬로미터 남짓을 달리도록 단 한 대의 차도 추월하거나 마주치지 못하다니. 오직 피로에 취해 오른쪽 차선과 갓길 사이를 지그재그로 비틀거리는 육중한 몸집의 불가리아인을 피한 것이 전부였다. 사위가 고요했다. 나는 미풍에 나부끼는 이색=色 풍향지시 깃발들을 따라 달렸다. 태양이 성실하고 근면한 노동자처럼 들판과 숲속을 환히 비추었다. 프랑스 앵포부터 시작해 라디오 몬테 카를로와 RTL을 거쳐 유럽1까지 내가 주파수를 미리 맞춰놓았던 모든 라디오 채널에서 지지직거리는 잡음과 함께 웅웅거리는 소음만 들렸다. 프랑스에서 무슨 일인가 벌어지고 있었다. 틀림없었다. 그럼에도 나는 시속 200킬로미터로 계속해서 달리며 프랑스를 통과했다. 프랑스의 고속도로 체계는 훌륭했다. 어쩌면 나의 선택이 옳은 해결책이었는지도 모른다. 이 나라에선 더는 아무것도 정상적으로 굴러가지 않는 것 같았고, 레이더망 또한 고장인 듯했다. 이 속도로 계속해서 달린다면 오후 네시 무렵에는 프랑스와 스페인의 국경인 라 혼케라에 닿으리라. 일단 스페인으로만 넘어가도 상황이 다를 터, 내전에서 좀더 멀어질 수 있으니 시도해봄직했다. 다만 연료가 바닥난 것이 문제였다. 그렇다, 이것은 시급히 해결해야 할 문제점이었다. 바로 다음 주유소가 나타나는 대로 처리해야 했다.

바로 다음 주유소는 페슈 몽타 휴게소였다. 안내표지판을 보니 그리 끌리는 데가 없는 곳이었다. 식당도 지역특산품도 없이 오직 순수하게 주유만 하는 엄격한 의미의 주유소였다. 하지만 50킬로미터 이남의 '자르댕 데 코스 뒤 로트'까지 가기에는 역부족이었다. 나는 일단 페슈 몽타에서는 주유만 한 뒤, 코스 뒤 로트로 가서 푸아그라와 카베쿠 치즈와 카오르산 레드와인을 사는 기쁨을 누리고서, 스페인 코스타 브라바의 호텔방에서 이것들을 저녁식사 삼아 음미하리라 마음먹었다. 나름대로 의미가 있는 완벽한 계획, 실현 가능한 계획이었다.

주유소의 주차장은 황량했다. 뭔가 심상치 않은 기운이 대번에 느껴졌다. 나는 속도를 최대한 줄이며 조심스럽게 주유소로 다가갔다. 유리창이 박살나 있었고 산산조각난 유리 파편들이 시멘트 바닥을 온통 뒤덮었다. 나는 차에서 내려 주유소로 다가

갔다. 가게 안을 들여다보니 찬 음료가 담긴 냉장진열대의 유리
도 마찬가지로 깨져 있었고, 신문판매대는 옆으로 넘어가 있었
다. 이어 피가 흥건한 바닥에 널브러져 있는 여자 판매원이 눈에
들어왔다. 자신을 보호하려는 듯 양팔로 가슴을 감싸고 있는 허
망한 모습이었다. 완전한 정적이었다. 나는 주유기로 다가갔지
만 기계가 전혀 작동되지 않았다. 아마 판매대에서 기계를 작동
하는 듯했다. 나는 다시 가게로 들어가 마지못해 시체를 타넘었
지만 주유기를 조종하는 어떤 기계도 찾을 수 없었다. 나는 잠시
망설이다가 진열대에서 참치야채 샌드위치와 무알코올 맥주와
여행 안내서 미슐랭 가이드를 집어들었다.

미슐랭 가이드에 제시된 이 지역의 호텔 중 가장 가까운 곳은
마르텔에 위치한 '르 를레 뒤 오 케르시'였다. 840번 지방도로로
10여 킬로미터만 달리면 되는 곳이었다. 주유소에서 차를 돌리
자니 주유소 근처에 널브러진 육중해 보이는 시체 두 구가 눈에
들어왔다. 변두리 지역의 전형적인 옷차림을 한 두 명의 마그레
브 청년이 공격을 당했다. 피를 많이 흘리진 않았지만 의심의 여
지 없이 사망한 상태였다. 그중 하나의 손에는 여전히 기관단총
이 들려 있었다. 대체 이곳에서 무슨 일이 벌어진 것일까? 혹시
나, 나는 라디오를 다시 켜 주파수를 이리저리 맞춰보았다. 하지
만 이번에도 불분명한 잡음만 흘러나올 뿐이었다.

십오 분 뒤, 나는 숲이 우거진 아름다운 풍경을 통과하는 지방도로를 달려 별 사고 없이 마르텔에 도착했다. 여전히 다른 차를 한 대도 마주치지 못했다. 이제는 진지하게 의구심이 들기 시작했고, 이어 다른 사람들도 내가 파리를 떠났던 것과 정확히 똑같은 이유로 집안에 틀어박혀 있는 것이라는 생각이 들었다. 재앙이 임박했다는 직감.

르 를레 뒤 오 케르시는 하얀 회벽으로 세운 커다란 2층짜리 건물로 도심에서 조금 떨어진 곳에 있었다. 철문이 가볍게 삐걱거리는 소리를 내며 열렸다. 나는 자갈로 뒤덮인 마당을 통과해 안내데스크가 있는 곳까지 몇 계단을 걸어올라갔다. 아무도 없었다. 안내데스크 뒤로 호텔방 열쇠들이 걸린 열쇠판이 보였다. 열쇠가 빈 곳이 한 군데도 없었다. 나는 점점 더 목청을 높이며 누구 없느냐고 수차례 외쳤지만 대답이 없었다. 도로 밖으로 나와 건물 뒤로 가니 장미 덤불에 둘러싸인 테라스가 있었다. 둥그렇고 작은 테이블들과 섬세한 장식들로 모양을 낸 철제 의자들이 곳곳에 놓여 있는 것이 아마 아침식사 장소인 듯했다. 나는 밤나무들이 늘어선 오솔길을 따라 계속해서 50미터 남짓 걸은 끝에 잔디가 깔린 전망대에 이르렀다. 주변 경관이 한눈에 들어오는 그곳엔 기다란 의자들과 파라솔들이 혹시 올지 모를 손님들을 기다리고 있었다. 나는 몇 분 동안 첩첩한 골짜기의 평온한 경치를 감상하다가 호텔로 발길을 돌렸다. 테라스에 이르렀을 때 한 여자가 나왔다. 사십대의 금발 여자로 기다란 회색 리넨 원피스를 입고 머리는 하나로 묶었다. 나를 발견한 그녀가 소스라치더니 방어적으로 외쳤다. "식당 영업 안 하는데요." 나는 단지 묵을 방이 필요할 뿐이라고 말했다. "아침식사도 안 돼요." 그녀가 우선 못박더니, 마지못한 기색이 역력한 표정으로 방은 있다고 말했다.

그녀는 2층까지 나를 따라와 문을 열어주고는 작은 종이쪽지를 내밀었다. "밤 열시에는 철문을 닫아놔요. 혹시 늦게 다니려면 대문 비밀번호가 필요할 거예요." 그것으로 끝이었다. 그녀는 더는 한마디도 덧붙이지 않은 채 가버렸다.

일단 덧문을 열자 방은 그리 나쁘지 않았다. 사냥 장면을 모티브로 한 빛바랜 진홍색 벽지를 제외한다면. 나는 텔레비전을 보려 했지만 잡히는 채널이 없었다. 어디로 돌려도 화면이 어지럽게 지글거릴 뿐이었다. 사정은 인터넷도 마찬가지였다. Bbox나 SFR로 시작하는 여러 가지 회선이 있었지만—아마 이 마을 주민들이 쓰는 것이리라—호텔 전용 회선은 찾아볼 수 없었다. 서랍장에서 발견한 고객용 안내문에는 이 지역의 관광 명소가 자세히 소개되어 있었고 식당과 음식 정보도 있었지만, 인터넷에 관해서는 일언반구도 없었다. 지속적인 온라인 연결은 이 호텔 손님들의 주요 관심사가 아닌 것이 확실했다.

나는 옷들을 옷걸이에 걸고 전기포트와 전동칫솔의 플러그를 콘센트에 끼우는 등 짐들을 정리하고 나서 휴대폰을 켰다. 수신된 메시지가 한 통도 없었다. 내가 여기서 무얼 하고 있는 것인지 의문이 들기 시작했다. 누구든 어느 장소에서든 인생의 어떤 순간에 가질 수 있는 지극히 보편적인 의문이었으나, 고독한 여행자가 특히 빠져들기 쉬운 의문이라는 것은 인정해야 하리라. 사실 미리암이 곁에 있었더라면, 나는 딱히 마르텔에 와 있을 이유가 없었을 것이고 이런 의문을 떠올리지도 않았을 것이었다. 커플은 하나의 세계이다. 보다 넓은 세계 속을 진정으로 가닿지 못한 채 옮겨다니는 자치적이고 폐쇄된 세계. 고독이 내 속을 할퀴며 지나갔다. 안내서를 점퍼 주머니에 넣고서 도시를 구경하러 나서기까지는 얼마간의 용기가 필요했다.

중세의 모습을 그대로 간직한 작은 도시 마르텔의 주요 관광지인 콩쉘 광장으로 가니, 중앙에 옛 건축물임을 한눈에 알 수 있는 곡물 시장이 있었다. 나는 건축에는 문외한이나 다름없었지만 시장 건물을 빙 둘러싼 아름다운 연노란색 돌집들의 연조가 수세기 전으로 거슬러올라가는 것에는 의심의 여지가 없었다. 이미 텔레비전에서, 대개 스테판 베른*이 진행하는 프로그램들에서 이 비슷한 것들을 보았던 터였다. 실물은 텔레비전만큼이나, 심지어 텔레비전보다 멋졌다. 이중에 거의 성이라 할 정도로 웅대하고 여러 개의 첨두아치와 작은 탑들로 이루어진 집이 있었는데, 가까이 가보니 예상대로 1280년과 1350년 사이에 건축된 레몽디 성이었다. 레몽디 성은 원래는 튀렌 가문 자작들의 소유였다.

마을의 다른 곳들도 대략 엇비슷했다. 나는 그림 같은 한적한 골목길들을 따라 걷다가 생 모르 성당에 이르렀다. 창문이 거의 없는 웅장한 건물이었다. 안내서를 통해 알게 된 바에 의하면 이 지역에 득실거렸던 이교도들의 침입에 저항하기 위해 건설된 요새 성당이었다.

마을을 관통하는 840번 지방도로는 마르텔 이남의 로카마두르 방향으로 이어졌다. 로카마두르는 미슐랭 가이드에서 많은 별을 받은 유명 관광지로 나도 익히 들어 아는 도시였다. 심지어 스테판 베른의 방송에서 이미 '본' 적도 있었던 것 같았다. 그렇더라도 20킬로미터는 만만치 않은 거리였다. 나는 그보다 가까

---

* 프랑스의 기자이자 작가, 방송 진행자로 유럽 왕조 전문가로 알려져 있다. 주로 프랑스 공영방송에서 〈프랑스인들이 좋아하는 도시〉 〈프랑스인들이 좋아하는 정원〉, 역사 속의 인물과 관련 장소를 찾아다니는 〈역사의 비밀〉 등의 교양 프로그램을 진행했다.

운 생 드니 레 마르텔로 이어지는 좀더 작고 구불구불한 길을 택했다. 100미터 남짓 달리자 페인트칠을 한 조그마한 목조 막사가 나왔다. 도르도뉴 지방의 골짜기들을 따라 달리는 증기 관광 열차 매표소였다. 재미있을 것 같았다. 둘이 왔더라면 더 좋았겠군. 나는 침울한 희열 속에서 뇌까렸다. 이러나저러나 매표소에는 아무도 없었다. 미리암은 며칠 전에 텔아비브에 도착했을 것이고, 모르긴 해도 대학 편입 절차를 알아보았으리라. 어쩌면 이미 서류를 받아왔거나 아니면 그냥 바닷가에 가는 것에 만족하고 있을지도 몰랐다. 그녀는 늘 바닷가를 좋아했다. 그러고 보니 우리가 함께 여행을 떠나본 적이 한 번도 없다는 생각이 들었다. 나는 여행지를 고르고 예약하는 데 젬병이어서 휴가철인 8월의 한산한 파리를 좋아하는 척했지만, 실상은 단지 떠날 능력이 없었을 뿐이었다.

철길 오른쪽으로 도로가 이어졌다. 울창한 숲 한가운데 비스듬히 난 언덕길을 1킬로미터쯤 달려올라가니 뷰 포인트 안내표지판과 함께 전망대가 나타났다. 스프링식 카메라 픽토그램이 이곳이 관광하기 적합한 곳이라는 것을 대변해주었다.

로트 지방 북서부의 도르도뉴 지방은 50여 미터의 석회암 절벽 사이에 끼여 아래쪽으로 층층이 펼쳐지며 마을의 지질학적 운명을 조용히 이어가고 있었다. 나는 교육적인 안내팻말을 통해 이 지역에 선사시대 훨씬 이전부터 사람이 살았다는 것을 알게 되었다. 이곳에서 크로마뇽인들에게 점차 자리를 빼앗긴 네안데르탈인들은 스페인까지 밀려난 끝에 아예 멸종되고 말았다.

나는 절벽 가장자리에 앉아 풍경 속에 몰입하고자 애썼으나 쉽지 않았다. 삼십 분 남짓 지났을까. 나는 휴대폰을 꺼내 미리암의 번호를 눌렀다. 그녀는 내 전화에 놀란 듯했지만 행복해했다. 텔아비브에서는 모든 것이 순조롭고 가족들과 도심에 햇볕이 잘 드는 쾌적한 아파트도 얻었다고 했다. 편입할 학교는 아직 알아보지 않았다. 나? 나는 어떻게 지내느냐고? 잘 지낸다고 나는 거짓말을 했다. 어쨌든 미리암이 많이 그리웠다. 나는 미리암한테서 가능한 한 빨리 장문의 이메일을 통해 그곳의 생활을 죄다 얘기하겠다는 약속을 받아냈지만, 다음 순간 이곳에서 인터넷 접속이 불가능하다는 것을 깨달았다.

전화로 비즈 소리*를 내는 것은 내가 늘 혐오해오던 일이었다. 이미 어렸을 때부터 받아들이기 힘들었고, 마흔이 넘은 지금은 정말이지 우스꽝스럽기 짝이 없는 짓으로 보였다. 그럼에도 나는 통화를 끝내며 마지못해 비즈 소리를 냈다. 전화를 끊은 즉시 지독한 고독감이 엄습했다. 이제 다시는 미리암에게 전화를 걸

---

* 대개 비즈를 할 때 볼을 맞대며 입술로 소리를 낸다.

용기를 낼 수 없으리라는 예감이 들었다. 통화중에 자리잡는 가까이 있다는 느낌이 너무 폭력적이었고, 이어지는 공허감이 너무 잔인했다.

시골의 아름다운 자연 풍경에 관심을 가져보려던 나의 시도는 명백히 수포로 돌아갔다. 그럼에도 나는 얼마간 더 노력을 기울이다가 해거름녘에 다시 마르텔을 향해 달렸다. 크로마뇽인들은 매머드나 순록을 사냥했지만, 현대인들은 '오샹'이나 '르클레르' 중에서 골라야 한다. 두 슈퍼마켓 모두 마르텔 남서부의 수이야크에 위치해 있었다. 마르텔엔 상점이라고는 콩쉘 광장에 있는 빵집 하나와 스포츠 프로그램을 중계하는 카페 하나가 전부였다. 빵집은 문을 닫았고, 카페도 마찬가지인 듯 보였다. 광장에 내놓은 테이블이 하나도 없었다. 그래도 안쪽에서 희미한 불빛이 새나오고 있어서 나는 문을 밀고 안으로 들어갔다.

사십 명 남짓의 사람들이 완전무결한 침묵 속에서 카페 구석의 천장 밑에 설치된 텔레비전을 통해 BBC 뉴스를 지켜보고 있었다. 아무도 나를 거들떠보지 않았다. 한눈에도 이 지역 주민들임이 확실해 보였다. 대부분 은퇴자들이었고 나머지는 육체노동자들 같았다. 나는 영어를 안 쓴 지 오래된데다 앵커의 말이 하도 빨라 거의 알아듣지 못했다. 사실 다른 시청자들의 이해 수준도 나보다 더 나아 보이지 않았다. 프랑스의 다양한 지역들—뮐루즈, 트라프, 스탱, 오리야크—에서 촬영된 영상들에서도 뚜렷한 특징이 포착되지 않았다. 마을회관이며 초등학교며 휑한 체육관들이 화면에 차례로 비춰지다가, 드디어 마뉘엘 발스가 나타나—강렬한 조명 속에서 창백하기 이를 데 없었다—총리 관저인 마티뇽 현관 계단에서 사건을 되짚었을 때에야 비로소 나는 저간의 사정을 이해할 수 있었다. 오후시간이 시작될 무렵, 프랑스 전역의 이십여 개 투표소가 한 떼의 무장단에게 습격을 당했다. 희생자는 발생하지 않았지만 투표함들을 도난당했고, 현재로서는 무장단의 신원이 밝혀지지 않았다. 현 상황에서 정부는 투표를 중단하는 것 외에 다른 방법이 없고, 대책 회의는 잠시 후 밤에 열릴 것이며, 정부의 수반이 적절한 대책을 발표할 것이었다. 그는 정부가 공화국의 법을 준수할 것이라고 결론지으며 평이하다고 할 수 있는 수준의 발표를 마쳤다.

5월 30일 월요일

새벽 여섯시경에 깨어나니, 텔레비전이 다시 정상적으로 작동하고 있었다. iTélé는 화질이 좋지 않았지만, BFM은 선명했다. 당연히 모든 프로그램이 일제히 전날의 사건을 보도했다. 평론가들마다 입이라도 맞춘 듯 극도로 취약한 민주주의 절차의 문제점을 지적했다. 현실적이지 않은 선거법이 원인이었다. 프랑스 전역의 투표소 중 단 한 곳만이라도 이상이 발생하면 선거 전체가 무효화되는 시스템이. 그들은 한 집단이 이 약점을 활용할 생각을 한 것은 이번이 최초라는 점에도 주목했다. 총리는 어젯밤 늦은 시각 당장 다음주 일요일에 재선거를 실시하겠노라고 발표했다. 이번에는 무장 군인들이 전국의 투표소를 보호할 터였다.

이 사건이 정치권에 미칠 영향에 대해서는 논평가들의 의견이 분분했다. 나는 그들의 상반되는 주장을 들으며 오전시간의 상당 부분을 보낸 뒤, 책 한 권을 손에 들고서 공원으로 내려갔다. 정치적 갈등은 위스망스의 시대에도 존재했다. 최초로 무정부주의자들의 테러가 발생했고, '작은 사제 콩브'* 정부가 이끄는 반교권주의 정책도 실행되었다. 콩브 정부의 폭력성은 오늘날의 시각으로 보면 그저 놀라울 따름으로, 정부가 성직자들의 재산을 몰수하고 수도회 해산 명령까지 내릴 정도였다. 수도회 해산 명령 조치는 위스망스에게 개인적 영향을 끼쳤던바, 그는 은신처였던 리귀제 수도원을 강제로 떠나야 할 처지로 내몰렸다. 그럼에도 그러한 사실이 그의 작품에서는 극히 미미한 부분을 차지한다. 그는 정치 문제 전반에 철저히 무관심한 듯 보였다.

나는 『거꾸로』에서 데 제생트가 찰스 디킨스를 다시 읽고서 자극을 받은 나머지 런던 여행의 정취를 느끼고자, 파리의 암스테르담 가에 있는 영국식 술집에 틀어박힌 채 테이블에서 차마 자리를 뜨지 못하는 이 대목이 늘 좋았다. "여행에 대한 엄청난 반

---

* 1902년부터 1905년까지 에밀 콩브가 총리를 지내며 강력하고 극단적인 반교권주의 정책을 실행했고 정교분리 정책도 이때 확립되었다. 가톨릭 집안에서 자라나 한때 신학교를 다니기도 했던 그의 전력을 빗대어 '작은 사제 콩브'라는 별명이 붙었다.

감, 그리고 조용히 있어야 할 긴급한 필요성이 대두되었다……"

난 적어도 파리를 떠나는 데 성공했군, 적어도 이렇게 로트 지방까지 와 있잖아. 나는 미풍에 부드럽게 나부끼는 밤나무 가지들을 찬찬히 바라보며 생각에 잠겼다. 내가 가장 어려운 일을 감행했다는 사실을 깨달았다. 고독한 여행자는 우선은 경계심을, 나아가 적대감을 불러일으키지만, 사람들은 점차로 그에게 익숙해지기 마련이다. 호텔 주인이나 식당 주인이나 할 것 없이 결국에는 그를 단지 무해한 괴짜일 뿐이라고 치부하게 되는 것이다.

아닌 게 아니라 정오가 조금 지난 시각에 내가 호텔로 돌아왔을 때 호텔 여주인이 비교적 따뜻하게 나를 맞아주며 오늘 저녁에 식당이 다시 문을 연다고 알려주었다. 호텔에는 새로운 손님이 와 있었다. 육십대로 보이는 영국인 부부였는데 남편은 지식인, 나아가 대학교수 분위기를 풍겼다. 케르시의 로마네스크 양식이나 무아사크의 로마네스크 양식이 끼친 영향에 대해 척척박사이며 고대의 성당들을 마을 구석구석 찾아다닐 만한 유형이라고 할까. 이런 사람들과는 아무 문제 될 것이 없었다.

iTélé도 BFM만큼이나 대선 결선투표 연기가 정치에 미치는 영향을 보도하는 데 열심이었다. 사회당 사무국에서는 회의가 열렸고, 이슬람박애당 사무국도 마찬가지였다. 심지어 대중운동연합도 회의를 여는 것이 좋겠다고 판단했다. 세 당의 사무국이 있는 솔페리노 가와 보지라르 가와 말제르브 가에 흩어진 각 방송사의 기자들은 각 당의 동향을 이원으로 생중계함으로써, 그들이 실질적인 정보를 전혀 제공하지 못하고 있다는 사실을 제법 적절하게 숨길 수 있었다.

오후 다섯시 무렵 나는 다시 호텔방을 나섰다. 마을이 점차로 일상을 되찾는 분위기였다. 빵집이 문을 열었고 주민들이 콩쉘 광장을 어슬렁거렸다. 그들은 내가 로트 같은 작은 지방의 주민들을 상상할 때 떠올릴 법한 이미지와 거의 흡사했다. 카페에 들어서니 인파는 거의 빠져나가고 없었다. 정치 현안에 대한 호기심이 한풀 꺾인 듯했다. 카페 구석의 텔레비전은 텔레 몬테 카를로 채널에 맞춰져 있었다. 내가 막 맥주 한 잔을 다 마셨을 때 귀에 익은 듯한 목소리가 들려왔다. 뒤를 돌아보았다. 알랭 타뇌르가 계산대에서 '카페 크렘' 시가 한 갑의 값을 치르고 있었다. 손에는 캉파뉴 빵이 비죽 튀어나온 빵 봉투가 들려 있었다. 마리프랑수아즈의 남편도 내 쪽을 돌아보았다. 그의 얼굴이 동그랗게 놀란 표정을 지었다.

나는 두번째 맥주잔을 마주한 채, 어찌어찌 이곳까지 오게 된 경위를 설명하고 나서 페슈 몽타 주유소에서 목격한 것에 대해 이야기했다. 그는 그다지 놀라는 기색 없이 나의 이야기를 경청했다. "그럴 줄 알았어요……" 내 이야기가 끝나자 그가 말했다.

"투표소 습격 사건 역시 얼마간 예상했던 일이에요. 그전에 폭동이 있었는데 언론이 다루지 않았거든요. 모르긴 해도 프랑스 전역에서 더 많은 폭동이 일어났을 겁니다."

알랭 타뇌르가 마르텔에 와 있는 것은 전혀 우연이 아니었다. 그는 이곳에 주택이 있었다. 부모의 유산이었다. 그는 이 고장에서 자랐으며 머지않은 은퇴생활도 이곳에서 하리라 마음먹었다. 만일 이슬람 정당 후보가 당선된다면 마리프랑수아즈가 교수직을 보전하지 못하리라는 것은 자명했다. 이슬람 대학에서는 여성 교수란 존재하지 않았다. 그것은 절대로 불가능했다. 그렇다면 그는? DGSI에서의 그의 보직은? "해고됐습니다." 그가 분노를 억누르며 대답하더니 말을 이었다.

"금요일 오전에 저와 우리 팀 전원이 해고됐죠. 순식간의 일이었어요. 책상을 비울 시간을 딱 두 시간 주더군요."

"이유가 뭔지 아십니까?"

"그럼요! 이유야 알고말고요…… 목요일에 제가 상부에 제출한 보고서가 화근이었습니다. 프랑스 전역에서 사건이 발생할 위험을 환기시키는 보고서였죠. 투표가 정상적으로 진행되는 것을 방해하려는 목적으로요. 그들은 아무 조치도 취하지 않았고 저는 다음날로 해고됐습니다." 그는 내가 자신의 이야기를 소화할 시간을 잠시 주고 나서, 결론조로 질문했다. "그렇다면?……

그렇다면 선생 생각엔 여기서 어떤 결론을 이끌어내야 할 것 같습니까?"

"그러니까 정부측에서도 투표가 중단되기를 '바랐다'는 말씀입니까?"

그가 천천히 고개를 끄덕였다. "비록 특별조사위원회 앞에서 증명할 수는 없겠지만요…… 제 보고서가 세부 사항까지 명확하지는 않거든요. 예컨대 여기저기서 수집된 정보들을 대조해 뮐루즈나 그 주변 지역에서 무슨 일인가 벌어지리라는 확신은 있었지만, 그게 뮐루즈 제2투표소가 될지 제5투표소가 될지, 아니면 제8투표소가 될지는 정확히 짚어낼 수 없었죠. 그 투표소들을 모두 보호하려면 예정에 없던 막대한 예산을 들여야 했을 것이고 이는 모든 위험 지역에 똑같이 적용되는 겁니다. 그러니 위험부담이 크죠. 또한 제 상관들은 DGSI가 과도하게 불안을 조장한 예가 이번이 처음이 아니라는 논리를 얼마든지 내세울 수도 있었을 거예요. 요컨대 자기들은 용인되는 수준의 위험에만 대처했다고 말입니다. 하지만 거듭 말씀드리자면 제 생각은 그들과 조금 다릅니다……"

"선생은 무장 단체의 정체를 아십니까?"

"선생의 추측과 정확히 일치하지 않을까요?"

"정체성 운동원들요?"

170

"네, 한 축은 정체성 운동원들이죠. 이들과 거의 비슷한 다른 한 축은 젊은 이슬람 지하디스트*들이고요."

"그들이 이슬람박애당과 관련이 있다고 보십니까?"

그가 단호하게 고개를 저었다. "아니요. 저는 이 문제 연구에 십오 년 인생을 바친 사람입니다만, 이제껏 그 둘 사이의 어떤 연관성이나 관계도 밝혀내지 못했습니다. 지하디스트는 평화적 선교보다는 폭력을 믿는 과격한 살라피스트라고 할 수 있어요. 그래도 살라피스트는 살라피스트인지라 그들의 눈에 프랑스는 '다르 알 쿠프르', 즉 불경한 땅이죠. 반면 이슬람박애당한테는 프랑스가 이미 잠재적으로 '다르 알 이슬람', 즉 이슬람 땅의 일부예요. 무엇보다 살라피스트한테는 모든 권력이 신으로부터 나오는 것이기 때문에 민중을 대표한다는 원칙 자체가 불경한 것이죠. 그들은 어떤 경우에도 창당을 한다거나 특정 정당을

---

* 지하드 추종자들. 지하드는 이슬람 원리와 이슬람교 전파를 위해 벌이는 투쟁을 뜻한다. 이 투쟁은 전쟁과 평화적인 방법으로 나뉘며, 나아가 이슬람교 전파보다는 일상생활 전반에 걸쳐 삶을 개선하고 종교적 신념에 합치된 생활을 하려는 내적 투쟁을 뜻하기도 한다. 지하드는 세월을 거치며 여러 가지 의미로 해석되었으며, 오늘날 서구에서 지하디스트는 그들 중에서도 극히 일부인 이슬람교 전파, 나아가 이슬람교 통합을 위해 폭력을 행사하고 전쟁을 불사하는 세력을 의미하는 용어로 축소된 경향이 있다. 게다가 일부 이슬람 과격 단체가 지하디스트임을 자임하는 통에 이슬람 테러리스트와 혼동되면서 이 경향이 더욱 굳어진 측면도 있다.

지지하는 것은 꿈도 꾸지 않을 겁니다. 그렇더라도 젊은 이슬람 극단주의자들은 지하드에 현혹된 것과는 별개로 내심 벤 아베스의 승리를 바라죠. 요컨대 그들은 벤 아베스의 승리를 믿지 않고 지하드가 유일한 길이라고 생각하긴 하되, 벤 아베스를 방해하지는 않을 거란 얘깁니다. 이는 국민전선과 극단적 정체성 운동원들의 관계에도 고스란히 적용됩니다. 정체성 운동원들에게도 진정 유일한 길은 내전이지만 국민전선에 해가 될 일은 절대하지 않으리라는 것이죠. 게다가 그들 중에는 극단론자가 되기 전에 국민전선과 가까웠던 자들도 있고요. 국민전선과 이슬람박애당은 창당 이후로 선거의 길을 택했어요. 민주주의의 게임의 법칙을 준수하면서 권좌에 오르는 길에 도전한 겁니다. 희한한 건…… 시각에 따라 재미있을 수도 있겠지만요, 아무튼 며칠 전부터 유럽의 정체성 운동원들이나 지하디스트 무슬림들이 저마다 상대 당이 승리할 것이라 믿게 되었다는 것이죠. 그러니 그들로서는 선거를 막는 것 외에 다른 방법이 없었던 겁니다."

"선생 생각에는 어느 쪽 생각이 옳습니까?"

"그건, 저도 정말 모르겠습니다." 그가 처음으로 느슨해지며 허심탄회한 미소를 지었다. "실은 옛 RG 시절부터 전설처럼 내려오는 비공식 임무가 하나 있는데, 바로 절대 일반에 공개되지 않는 비밀여론조사 결과를 캐내는 것이죠. 조금 유치한 짓이긴 합니다만…… 아무튼 이 전통이 지금까지도 어느 정도 유지돼 온 것이 사실이에요. 그래서 말인데 이번엔 비밀여론조사 결과가 공식여론조사 결과와 정확히 일치합니다. 50 대 50. 끝까지, 정말 몇십 자릿수까지 똑같죠."

나는 맥주를 두 잔 더 주문했다. 알랭 타뇌르가 말했다. "이렇게 아니라 집으로 저녁식사를 하러 오십시오. 집사람이 아주 반가워할 겁니다. 대학교수직을 내려놓아야 하는 것 때문에 상심해 있을 거예요. 사실 저야 별 상관 없어요, 아무튼 이 년 뒤에는 은퇴해야 했으니까요. 물론 다소 불쾌한 방식으로 그만두긴 했습니다만. 그래도 퇴직금은 온전히 다 받습니다. 아마 특별 위로금이겠죠. 제가 혹시라도 문제를 일으키지 않도록 그들로서도 최선을 다하는 거죠."

웨이터가 유리잔에 담은 올리브와 맥주를 가져왔다. 이제는 카페가 제법 북적거렸다. 사람들이 큰 소리로 떠들었다. 모두가 아는 사이 같았다. 몇몇 사람들이 우리 테이블 곁을 지나며 타뇌르에게 인사를 건넸다. 나는 올리브 두 알을 우물거리며 머뭇거렸다. 어쨌든 일련의 사건들 속에서 이해가 가지 않는 것이 몇 가지 있었다. 타뇌르에게 물어보면 아마 답을 들을 수 있을지도 몰랐다. 그는 많은 것을 알고 있는 듯 보였으니까. 그간 피상적이고 단편적인 관심 외에는 정치에 주의를 기울이지 않은 것이 후회되었다.

나는 맥주를 한 모금 삼킨 뒤 말했다. "제가 이해가 가지 않는 건…… 투표소를 공격한 자들이 무엇을 바라고 그런 짓을 했느냐 하는 겁니다. 어쨌든 일주일 뒤에 군대의 감시하에 선거가 다시 실시될 거 아닙니까? 두 당 간의 알력관계는 변하지 않았고 선거 결과도 마찬가지로 불투명하고요. 혹시 사건의 책임자들이 정체성 운동원들로 밝혀져서 이슬람박애당이 수혜를 입거나, 그 반대로 무슬림들이 책임자여서 국민전선이 반사이익을 얻는다면 또 모를까."

"아니, 그건 제가 자신 있게 말씀드릴 수 있지만 책임자가 누가 됐건 절대 밝혀지지 않을 겁니다. 누구도 밝히려 하지 않을 거고요. 반면 정치권에서는 조만간, 당장 내일이라도 뭔가 변화가 있을 겁니다. 우선은 대중운동연합이 국민전선과 손을 잡을 가능성이 있어요. 물론 대중운동연합이 더이상 큰 힘을 발휘하지 못하고 끝도 없이 추락하는 상황이긴 하지만, 그래도 아직은 국민전선에 힘을 실어주고 당락을 결정지을 능력이 충분하죠."

"글쎄요, 저는 별로 그런 생각이 들지 않는군요. 그럴 거였다면 벌써 몇 해도 더 전에 그렇게 되지 않았을까요?"

그가 너털웃음을 터뜨리며 맞장구쳤다. "백번 지당한 말씀입니다!······ 처음엔 국민전선이 대중운동연합과 동맹을 맺고 정부 관료 다수와 연합하려고 무진 애를 썼어요. 그러다 점차 세를 불리기 시작했고 여론조사에서도 지지도가 상승했죠. 그러자 대중운동연합이 겁을 먹기 시작했습니다. 국민전선의 포퓰리즘이나 미심쩍은 파시즘 때문은 아닙니다. 대중운동연합의 지도자들은 자기 당 유권자들의(물론 아직 남아 있는 사람들이 있다면 말이죠) 대다수가 지지하는 치안 강화나 외국인 배척 정책이 수립되는 것은 전혀 개의치 않아요. 대중운동연합은 동맹관계에서 현재 전혀 열세가 아님에도, 만일 동맹에 동의한다면 자기들이 상대에게 흡수되고 궤멸되지나 않을까 두려워하는 겁니다. 게다가 유럽이 있고요. 사실 이 부분이 근본적인 지점이죠. 대중운동연합이나 사회당이나 할 것 없이 진짜 목표는 프랑스의 종말, 즉 유럽연방에 통합되는 것이거든요. 그들에게 표를 던질 사람들은 당연히 이 계획을 용인하지 않겠지만, 두 당의 지도층은 벌써 수년 전부터 이 문제를 은밀하게 통과시켜왔어요. 그러니 그들이 공개적으로 반유럽 노선을 표방하는 정당과 연합한다면 유럽에 대한 자기들의 입장을 고수할 수 없을 것이고 동맹관계는 얼마 못 가 물거품이 되겠죠. 바로 그 때문에 저는 두번째 가정이 더 유력하다고 생각합니다. 바로 대중운동연합이 사회당처럼 이슬람박애당의 벤 아베스와 연합하여 공화국전선을 창당하는 것이죠. 물론 그들이 내각 구성에 충분히 참여하고 다음 총선에 대해서도 합의가 이루어진다는 조건하에 말입니다."

"제게는 그것 또한 어려워 보이는군요. 그야말로 생각지도 못한 일이 돼놔서 말이죠."

그가 또다시 씩 웃으며 두 손을 비볐다. 이 모든 것을 재밌어하는 기색이 역력했다. "다시 한번, 백번 지당하십니다!…… 어려운 일이죠, 하지만 선생이 생각하시는 것과 다른 이유로 어렵습니다. 바로 그 '생각지도 못했던 일이기 때문에' 어렵다고 할까요. 적어도 독일로부터 해방된 이후로는 우리가 한 번도 본 적이 없는 일이기 때문에 말입니다. 좌우 대립 구도의 정치게임에서 벗어나는 건 우리로서는 상상도 할 수 없는 일이 돼버린 지 아주 오래됐거든요. 하지만 따지고 보면 현실적 어려움은 전혀 없습니다. 심지어 대중운동연합과 이슬람박애당이 나뉘는 지점은 사회당이 이슬람박애당과 나뉘는 지점보다 훨씬 적기까지 해요. 우리가 처음 만났을 때도 나누었던 이야기라고 기억합니다만, 만일 사회당이 급기야 교육 문제를 양보하여 이슬람박애당과 합의에 이른다면, 사회당 내부의 반인종주의 세력이 정교분리 세력을 누르는 데 성공한다면, 그건 그들이 극한의 궁지에 몰렸기 때문이고 진퇴양난의 처지이기 때문입니다. 이 문제는 여전히 이민자들을 끌어안는 사회 통합과 거리가 멀고 교육은 조금도 중요하게

다뤄본 적이 없는 대중운동연합에 덜 힘들어요. 심지어 그들은 이 조건에는 거의 관심조차 없죠. 반면 대중운동연합과 사회당이 함께 통치하는 것에 적응해야 하는데, 이것이 그들에게는 절대적으로 생소한 일입니다. 그들이 정치권에 등장한 이후 취해온 입장들을 구성하는 모든 것과 정반대되는 일이니까요.

물론 세번째 가능성도 남아 있습니다. 바로 아무 일도 일어나지 않는 것이죠. 어떤 동맹도 성사되지 않은 채 결선투표가 처음과 정확히 똑같은 조건과 똑같은 불확실성 속에서 치러지는 겁니다. 어떤 의미로는 이것이 가장 그럴듯한 가정이에요. 하지만 극도로 우려스럽기는 매한가지죠. 우선 최종 결과가 프랑스 제5공화국 역사상 이렇게까지 불확실한 적은 없었고, 그다음으로 특히, 결선에 남은 두 정당 중 어느 쪽도 한 국가건, 하다못해 한 지역이건 통치해본 경험이 전무하니 말입니다. 정치적으로는 둘다 완전한 아마추어죠."

타뇌르가 맥주잔을 비운 뒤, 총기가 번득이는 눈으로 나를 힐금 쳐다보았다. 프린스 오브 웨일스 체크무늬 재킷 안에 폴로 티셔츠를 받쳐입은 그는 친절했고 허황되지 않았으며 명민했다. 틀림없이 역사 월간지 『이스토리아』를 구독할 성실은 부류라고 할까. 벽난로 옆의 책장에 월별로 가지런히 꽂힌 『이스토리아』가 눈에 그려졌다. 책장의 다른 칸은 프랑스의 아프리카 식민지에 얽힌 내막이라든가 2차대전 이후의 정보국의 역사 등 보다 전문적인 도서들로 채워져 있으리라. 어쩌면 그는 이 책들의 저자들과 이미 인터뷰를 했거나, 아니면 조만간 마르텔에서 은퇴생활을 즐기는 중에 인터뷰 요청을 받을지도 몰랐다. 그 경우 어떤 주제들에 대해선 침묵을 지키겠지만 다른 주제들에 대해선 발설하는 자유를 누릴 것이었다.

그가 웨이터에게 계산서를 가져오라는 신호를 보낸 뒤 내게 물었다. "자, 그럼 내일 저녁에 오시겠습니까? 제가 호텔로 모시러 가겠습니다. 집사람이 정말 기뻐할 겁니다."

콩쉘 광장에 저녁 어스름이 깔렸다. 저무는 태양이 연노란색 돌들을 다갈색으로 물들였다. 우리는 카페를 나와 레몽디 성과 마주했다. 내가 물었다.

"꽤 오래된 마을이에요, 그렇죠?"

"아주 오래됐죠. 마르텔이라는 도시명도 우연히 얻어진 게 아니고요…… 모두들 카롤루스 마르텔루스가 732년에 푸아티에 전투에서 아랍인들을 무찌름으로써 무슬림들의 북진에 제동을 걸었다고 알고 있죠. 실제로 중세 기독교 문명의 진정한 시초가 된 결정적 전투이기도 하고요. 하지만 실은 정확하게 밝혀진 바는 없습니다. 침략자들은 그 즉시 퇴각하지 않았고, 마르텔루스는 아키텐에서 그들을 상대로 몇 년간 더 전투를 벌였으니까요.

743년에 마르텔루스는 이 마을 근처에서 벌어진 전투에서 새로 승리를 거둔 뒤 감사의 표시로 성당을 건설하기로 마음먹었습니다. 이 성당에는 망치 세 개가 교차된 그의 가문의 문장이 부착되었고, 이 성당을 중심으로 마을이 형성되었죠.* 성당은 이후 파괴되었다가 14세기에 재건축되었습니다. 기독교도와 무슬림이 오래전부터 숱한 전쟁을 벌여온 것은 사실입니다. 싸움질은 예로부터 인간의 주요 활동이었고 전쟁은 나폴레옹의 말마따나 인간의 '본성'이죠. 하지만 제 생각에 이제는 이슬람과 타협하고 동맹을 맺어야 할 때가 온 것 같습니다."

나는 타뇌르와 작별하기 위해 한 손을 내밀었다. 그는 정보국의 베테랑이나 은퇴한 노학자 역할에 다소 과도하게 심취한 듯했지만, 어쨌거나 갓 해고된 마당이니 새로운 역할에 익숙해질 시간이 필요할 법도 했다. 아무튼 나는 다음날 저녁식사 초대를 받은 것이 기뻤다. 이미 포트와인이 뛰어날 것임은 확실했고, 식사에 대해서도 상당히 믿음이 갔다. 그는 미식을 가벼이 여길 유형의 인간이 아니었다.

그가 떠나기 직전에 말했다. "내일 텔레비전 뉴스를 보세요. 장담컨대 무슨 일인가 벌어질 테니……"

---

* '마르텔루스'는 라틴어로 '망치'를 뜻한다.

과연 오후 두시가 조금 지난 시각에 속보가 터졌다. 대중운동연합과 민주독립연합*, 그리고 사회당이 내각협정 체결을 위한 '확장된 공화국전선'에 합의하고 이슬람박애당 후보와의 연대를 선언했다. 흥분한 뉴스 채널 기자들이 오후 내내 이 소식을 중계하며 합의 조건과 내각 분배에 대해 좀더 많은 정보를 알아내고자 분투했으나, 번번이 정치적 동기의 허상, 아니면 국가를 통합하고 양분된 나라의 상처를 동여매는 일의 시급성 따위의 똑같은 대답만을 이끌어냈다. 이 모든 것이 너무도 뻔하고 예측 가능

---

* UDI. 2012년 장루이 보를로의 주도로 중도우파 국회의원들이 연합하여 창당.

했다. 개중에 덜 뻔했던 것은 프랑수아 바이루*가 정치 무대에 제일선으로 복귀한 것이었다. 그가 모하메드 벤 아베스와 짝을 이루는 '티켓'을 수락했다. 벤 아베스가 대선에서 승리한다면 그를 총리로 임명하겠다고 약속했던 것이다.

베아른** 지방 출신의 나이든 정치인은 지난 삼십 년 남짓 거의 모든 선거에서 패배한 뒤, 다양한 잡지에서 '고매한' 이미지를 가꾸느라 여념이 없었다. 그는 대개 베아른에서 멀리 떨어지지 않은 역사와 전통의 고장 라부르의 초원과 경작지가 혼합된 전원 풍경을 배경으로, 쥐스탱 브리두***에서 봄 직한 목가적 재킷을 걸치고 목동의 지팡이를 짚은 채 정기적으로 잡지에 포즈를 취했다. 그가 반복적인 인터뷰를 통해 홍보하고자 했던 이것은 드골적인 인간, 'non(안 돼)이라고 말하는 사람'의 이미지였다.

"신의 한 수예요, 프랑수아 바이루는. 절대적인 신의 한

---

* 중도우파 성향의 민주운동(MoDem) 대표. 2002년부터 연속 세 번 대선에 출마하였고, 한때 좌우를 아우르는 중도 정치인으로 부상하다가 추락을 거듭했다. 2012년 대선 낙선 이후 총선에서 국회의원직도 놓치는 수모를 당했다. 2014년 민주독립연합의 장루이 보를로와 중도적 입장, 휴머니즘, 자유주의, 연방국가 등 공통된 이상을 바탕으로 한 연합 가능성을 선언했다.

** 옛 주권국가였고 현재 프랑스 남서부의 미디 피레네에 속한 지방이다. 2014년 프랑수아 바이루가 베아른의 중심 도시 포의 시장으로 선출되었다.

*** 염장 식품, 특히 가공소시지 브랜드. 두툼한 재킷에 베레모를 쓰고 콧수염을 기른 전형적인 프랑스인 이미지의 중년 남성 모델이 브랜드 로고에 등장한다.

수!……" 알랭 타뇌르가 나를 보자마자 문자 그대로 열에 들떠서 외쳤다. "고백하지만 저로서는 정말 생각지도 못했던 아이디어입니다. 벤 아베스라는 인물, 정말 보통내기가 아니에요."

마리프랑수아즈가 활짝 웃으며 나를 맞았다. 나를 만나서 즐거운 것 같기도 했지만 그녀는 대체로 잘 지내는 듯 보였다. '요리사를 구박하지 마세요, 주인이 알아서 혼내줄 테니까'라는 문구가 쓰인 유머러스한 앞치마를 두르고 부엌에서 분주하게 몸을 놀리는 그녀를 보고 있자니, 바로 며칠 전까지만 해도 그녀가 박사과정 학생들에게 발자크가 『베아트릭스』의 원고들을 수정했던 예외적이고 특별한 상황에 대해 강의했다는 것이 잘 상상이 되지 않았다. 그녀는 식전 음식으로 오리 목살 샬롯파이를 준비했다. 맛이 좋았다. 흥분한 그녀의 남편이 카오르 레드와인 한 병과 소테른 화이트와인 한 병의 마개를 열더니, 내가 반드시 그의 포트와인을 다시 맛보아야 한다는 것을 기억해냈다. 나는 당장은 프랑수아 바이루의 정치계 귀환이 어째서 '신의 한 수'라는 것인지 알지 못했지만, 타뇌르가 곧 이에 대한 견해를 개진하리라 확신했다. 마리프랑수아즈는 설명을 시작하는 남편을 다정하게 바라보았다. 그녀는 해고를 잘 받아들이고 '거실 전략가'라는 새로운 역할에 어려움 없이 스며든 남편을 보며 눈에 띄게 안도하는 모습이었다. 그는 마을의 시장이나 의사나 공증인 같은 이 커다란 촌락에 아직 쩡쩡하게 존재하는 유력 인사들 앞에서 돋보일 수 있을 것이었고, 정보국에 몸담았던 경력의 후광도 사그라지지 않을 터였다. 그들의 은퇴생활이 더할 나위 없이 안정적일 것 같은 확실한 조짐이 보였다.

타뇌르가 열정적으로 이야기를 시작했다. "프랑수아 바이루의 특별한 점, 그를 대체 불가능하게 만드는 점은 바로 그가 완벽하게 멍청하다는 겁니다. 그의 정치적 비전은 언제나 어떤 수단을 동원해서라도 이른바 '행정부 수반' 자리에 오르려는 개인적 야심에 한정돼 있거든요. 그는 아주 조금이나마 개인적 비전을 가져본 적도, 심지어 가지고 있는 척을 해본 적도 없어요. 이 정도의 막무가내 정신이란 어쨌든 희귀하다고 봐야죠. 바로 이런 점이 그 스스로 현대판 앙리 4세*를 자처하듯, 그를 휴머니즘의 개념을 구현할 이상적인 정치인이자 종교 간의 대화를 이끌어낼 위대한 평화주의자로 만들었고요. 게다가 가톨릭 유권자층은 그의 확실한 표밭이에요. 그의 멍청함이 이를 보장하죠. 이 모든 것이 무엇보다 신新휴머니즘을 구현하고 싶어하는 벤 아베스의 필요와 정확히 맞아떨어집니다. 벤 아베스는 이슬람을 통합된 신휴머니

---

* 앙리 4세는 프랑수아 바이루가 시장으로 있는 포에서 출생했고, 가톨릭이 허용하는 범위 내에서 관용적인 평화협정을 체결함으로써 오랜 종교전쟁에 종지부를 찍었다.

즘의 완성된 형태로서 소개하고 싶어해요. 더욱이 세 가지 주요 종교를 존중한다는 그의 주장은 전적으로 진심이죠."

마리프랑수아즈가 우리를 식탁으로 청했다. 그녀는 잠두콩과 민들레 잎에 대팻밥처럼 얇게 저민 파르마산 치즈를 얹은 샐러드를 준비했다. 내가 그녀의 남편이 하는 이야기의 흐름을 순간적으로 놓쳤을 만큼 기막힌 맛이었다. 그녀의 남편의 이야기는 계속되었다. 가톨릭은 사실상 프랑스에서 사라졌지만, 이 종교의 도덕적 권위는 늘 잠재해 있었던바, 어쨌든 벤 아베스는 처음부터 가톨릭의 호의를 얻고자 할 수 있는 모든 노력을 쏟아부었다. 작년만 해도 바티칸을 적어도 세 번 이상 방문했다. 제3세계의 오라를 풍기는 태생적 불리함에도 불구하고 그는 보수적인 유권자들을 안심시킬 줄 알았다. 트로츠키주의자들과의 친교로 빛이 바랜 옛 경쟁자 타리크 라마단*과 달리, 벤 아베스는 반자본주의 좌파들과 늘 거리를 두었다. 자유주의 우파들이 '이념전쟁'에서 승리를 거둔 마당이었고 그는 이 사실을 완벽하게 인지했다. 젊은이들은 '기업가'가 되었고, 뛰어넘을 수 없는 시장경제의 특성은 이제 만장일치로 받아들여졌다. 하지만 이슬람박애

---

* 스위스 국적의 이집트계 이슬람 철학자, 교수. 무슬림형제단을 창설한 하산 알바나가 조부이다. 세계에서 손꼽히는 이슬람 석학이자 유럽의회 자문이고, 유러피언 무슬림 네트워크 회장이며 세계 이슬람학자연합 회원이다.

당 리더의 진짜 천재성은 무엇보다 그가 선거의 승부는 경제 영역보다는 가치관 영역에서 판가름됨을 이해했다는 것이었다. 이 부분 역시 우파가 이길 것이 확실시되는 '이념전쟁'이었다. 게다가 전투조차 하지 않고서 말이다. 타리크 라마단이 이슬람 율법을 혁신적 선택, 나아가 혁명적 선택으로 소개하는 지점에서, 벤 아베스는 이슬람 율법의 안정적이고 전통적인 가치를 복원시켰고 거기에 더해 이국적 향취까지 불어넣어 더욱 매력적으로 보이게 만들었다. 가족이나 전통적 윤리, 그리고 암묵적인 가부장제 복원의 길이 벤 아베스 앞에 활짝 열렸다. 우파, 그리고 극우 국민전선으로서는 더더욱 들어설 엄두도 낼 수 없는 길이었다. 사회적으로는 힘을 잃었지만, 미디어의 세상으로 피신하여 시대의 불행과 나라 전체를 잠식한 '구역질나는 분위기'에 대해 쓴소리를 퍼붓는 최후의 68세대[*], 가사假死상태의 진보주의 미라들에게 반동적이고, 나아가 파쇼적이라는 비난을 듣는 것을 감수하지 않고서는 그 길은 들어설 수 없었기 때문이다. 오직 벤 아베스만이 이 모든 위험으로부터 안전했다. 그의 태생적 반인종주의에 발목이 잡힌 좌파는 처음부터 그와 싸우는 것이 불가능했

---

[*] 1968년 5월. 프랑스에서 일어난 반정부 학생 운동의 주역들과 이에 동조한 각 계각층의 젊은이들을 가리킨다. 나중에 노동자와 사회주의자들이 합세하였고 사회변혁을 염원하는 일종의 시민혁명의 상징이 되었다.

고, 심지어 그를 들먹거리는 것조차 부담스러워했다.

마리프랑수아즈가 감자튀김을 곁들인 새끼양고기 가슴살조림을 내왔다. 혼란스러워진 내가 두서없이 반박했다. "아무리 그래도 무슬림이잖아요……"

알랭 타뇌르가 눈을 빛내며 나를 바라보았다. "네! 그게 어때서요? 무슬림이지만 '온건한' 무슬림이고, 이게 핵심입니다. 벤 아베스도 끊임없이 주장하는 바인데다, 사실이고요. 그를 탈레반이나 테러리스트의 대표로 보아선 곤란합니다. 그건 어마어마한 실수가 될 거예요. 벤 아베스는 이제껏 그들에게 경멸감만을 표시해왔으니까요. 그가 일간지 〈르 몽드〉의 자유논단에 기고한 글을 보면, 공개적인 도덕적 지탄 속에 깔린 경멸감을 여실히 느낄 수 있죠. 요컨대 테러리스트들을 '아마추어'로 간주한다고 할까요. 벤 아베스는 사실 극도로 능란한 정치인입니다. 아마 프랑수아 미테랑 이후로 프랑스 정치계에 등장한 가장 능란하고 교활한 인물일 겁니다. 게다가 미테랑과는 달리 역사에 대한 진짜 비전까지 갖췄고요."

"얘긴즉슨, 가톨릭이 두려워할 이유가 전혀 없다고 생각하시는 겁니까?"

"두려워할 이유가 전혀 없을 뿐만 아니라, 외려 얻을 게 많아요!" 그가 멋쩍게 미소를 지었다. "제가 벤 아베스의 사례에 관심을 기울인 지 십 년쩹니다. 과장 없이 하는 말인데, 아마 프랑스에서 저만큼 벤 아베스에 대해 많이 아는 사람은 극히 드물 거예요. 사실 제 경력의 전부를 무슬림의 움직임을 감시하는 데 쏟아부었다고 해도 과언이 아니죠. 제 첫 임무는 1986년에 파리에서 발생한 테러에 대해 조사하는 거였습니다. 당시엔 정말 젊었죠, 아직 경찰학교 학생이었으니까요. 결국 그 테러는 헤즈볼라가 주도했고 이란이 간접적으로 개입되었다는 것이 밝혀졌죠. 이후 알제리인들, 코소보인들, 알 카에다와 직접적으로 관련된 세력들, '외로운 늑대들'*의 움직임이 줄줄이 이어졌어요…… 다양한 형태로 테러가 발생했습니다. 하루도 잠잠할 날이 없었죠. 그러니 이슬람박애당이 창당되었을 때 당연히 우리의 주시 대상이었던 겁니다. 그렇게 수년을 감시한 끝에 우리는 벤 아베스한테는 계획이, 심지어 원대하기 이를 데 없는 계획이 있으며, 그는 이슬람 근본주의자들과 아무 관계가 없다고 믿게 되었습니다. 극우파들 사이에는 만일 무슬림이 권력을 잡는다면 기독교는 필연적으로 '딤미'** 처지로, 이등 시민으로 전락하고 말 것이

---

* 단체나 조직에 속하지 않은 테러리스트.
** 아랍어로 '보호받는 국민'이란 뜻으로, 이슬람 국가에서 무슬림이 아닌 국민을 가리키는 용어. 국가는 국가에 대한 충성을 전제로 국민 개개인의 삶과 재산, 종교의 자유를 보호할 의무가 있으므로, 소수인 딤미도 무슬림보다는 적은 권리를

라는 생각이 확산돼 있습니다. 아닌 게 아니라 딤미튜드*는 이슬람 원칙의 일부이기도 하죠. 하지만 실제적인 딤미의 위치는 극도로 가변적입니다. 이슬람의 지리적 분포도란 그야말로 어마어마하거든요. 사우디아라비아에서 실시되는 방식이 인도네시아나 모로코의 그것과 또 다르죠. 프랑스의 경우는 장담컨대, 가톨릭 문화에 어떤 속박도 가하지 않을뿐더러 외려 가톨릭 협회나 성전聖殿 관리에 지급되는 보조금도 증가할 거라고 확신합니다. 그럴 수밖에 없는 것이 석유제국들이 이슬람사원에 지급하는 보조금은 어쨌든 훨씬 막대할 테니까 말입니다. 그리고 무엇보다 무슬림의 진짜 적, 그들이 가장 두려워하고 증오하는 대상은 가톨릭이 아니라, 현세주의, 정교분리 원칙, 무신론적 유물론이거든요. 그들에게 가톨릭교도들은 신앙인들이며, 가톨릭은 성전聖典을 바탕으로 하는 종교입니다. 그러니 그들을 원래의 신앙에서 한 걸음만 더 움직이게 하면, 그러니까 이슬람으로 개종하도록 설득하기만 하면 그만인 거죠. 이것이 바로 가톨릭교도에 대한 무슬림의 진짜 비전, 애초의 비전입니다."

"그럼 유대인들은요?" 질문이 절로 새나왔다. 나로서도 생각

누리지만 어쨌든 국가의 보호를 받는다.

* 딤미에 대한 무슬림의 차별.

188

지 못했던 질문이었다. 마지막 날 아침, 내 침대에 티셔츠 바람으로 누워 있던 미리암의 모습이, 그녀의 작고 봉긋한 엉덩이가 잠시 머릿속을 스치고 지나갔다. 나는 카오르 레드와인을 다시 한잔 가득 따랐다.

그가 또다시 미소를 지었다. "아…… 유대인들의 경우는 물론 좀더 복잡합니다. 원리는 원칙적으로 같아요. 유대교도 성전을 바탕으로 한 종교이고, 아브라함이나 모세나 이슬람의 선지자로 인정되죠. 다만 현실적으로 이슬람 국가에서 흔히 무슬림과 유대인들과의 관계가 기독교인들과의 그것보다 훨씬 어렵고, 여기에는 당연하게도 팔레스타인 문제가 모든 것을 악화시켰다는 측면도 있습니다. 따라서 이슬람박애당 안에도 유대인들에게 보복조치를 취하고자 하는 소수의 움직임은 존재합니다만, 이들이 성공할 가능성은 전혀 없을 거예요. 벤 아베스가 프랑스의 명망 높은 랍비들과 좋은 관계를 유지하고자 늘 애쓰고 있으니까요. 그렇더라도 아마 가끔씩 극단주의자들을 틀어쥐고 있는 고삐를 늦추긴 할 겁니다. 왜냐하면 그는 실제로 기독교인들은 집단적으로 개종시킬 수 있다고 생각하는 반면—이것이 불가능할 이유가 전혀 없죠—유대인들에 대해서는 환상이 거의 없거든요. 그가 내심 바라는 건 유대인들이 자진해서 프랑스를 떠나 이스라엘로 이민을 가는 거예요. 아무튼 확실히 말씀드릴 수 있는 건,

벤 아베스가 팔레스타인 민족의 환심을 사기 위해 자신의 개인적 야망—어마어마한 야망이죠—에 누가 될 일은 절대 하지 않으리라는 것입니다. 그가 초기에 쓴 글들이 있는데 놀랍게도 읽은 사람들이 많지 않죠. 사실 그다지 알려지지 않은 정치 잡지에 실리긴 했지만요. 아무튼 그 글들을 읽어보면 그의 롤모델이 한눈에 보입니다. 바로 로마제국이죠. 유럽 건설은 그에게 천년의 야심을 실현시킬 수단에 불과해요. 그의 외교정책의 기본 축은 유럽의 무게중심을 남쪽으로 이동시키는 게 될 것이고, 지중해 연합같이 이 계획을 이끌어나갈 조직들은 이미 존재합니다. 아마 유럽 건설의 스타트를 끊을 국가로는 터키와 모로코가 되기 쉬울 거예요. 이어 튀니지와 알제리를 거쳐 장기적으로는 이집트까지 뻗어나가겠죠. 이집트는 가장 큰 골칫거리지만 결정적일 겁니다. 이와 나란히 현재 전혀 민주적이지 않은 유럽의 제도들은 점점 여론에 의지하는 쪽으로 진화될 거라고 생각할 수 있는데요. 그렇다면 유럽의 대통령도 보통선거로 선출하는 것이 당연한 결과겠죠. 이런 맥락에서 터키나 이집트같이 이미 인구가 많은데다 계속해서 증가 추세인 나라들이 유럽에 통합되면 결정적인 역할을 하게 될 거고요. 확신컨대 벤 아베스의 진짜 야심은 유럽, 그러니까 지중해 주변국들까지 포함한 확장된 유럽의 초대 대통령으로 선출되는 겁니다. 비록 그가 유권자들을 안심시키기 위해 몸집도 불리고 염색도 하지 않는다 해도 이제 겨우 마흔세 살이라는 점을 기억할 필요가 있습니다. 이쯤 되면 어떤 의미로는 유라비아* 음모론을 설파하는 바트 예오르** 할머니의 주장이 틀린 것도 아니죠. 하지만 그녀가 유럽과 지중해 연안국을 포괄한 통합유럽이 걸프제국***에 열세가 될 거라고 전망한 것은 전적으로 오류입니다. 통합유럽은 그야말로 경제적으로 세계 최강이 될 테고 충분히 걸프제국과 어깨를 겨루게 될 테니까요. 요즘 사우디아라비아와 다른 석유제국들이 묘한 게임을 벌이고 있지 않습니까. 벤 아베스는 이들의 석유달러를 무한정 이용할 준비가 됐지만, 어떤 경우에도 최고의 권력을 포기하려 하지는 않을 겁니다. 어떤 의미로는 드골의 야심, 프랑스의 위대한 친아랍 정치가의 야망을 답습하는 것뿐이라고 할까요. 두고보십시오,

---

* 유럽과 아라비아의 합성어. 유럽 내 이슬람의 영향력이 커지면서 생겨난 조어.
** 영국 국적의 이집트 출신 유대인 학자로 『유라비아』 『딤미 정책』의 저자. 이슬람 국가에서 유대인과 기독교인이 딤미로 식민화되는 과정을 고발했고, '딤미' 라는 신조어를 대중화시켰다. 『유라비아』에서는 유럽연합이 유럽의 이슬람화 수단이 된 방식과 유럽의 엘리트들이 유럽의 이슬람 흡수에 일조하는 과정을 고발했다. 그의 주장은 극우파들, 신보수주의자들, 친이스라엘파들에게 환영받았으나, 주장의 논거가 빈약하고 논조가 인종차별적이며 음모론적이라는 평가가 지배적이다.
*** 걸프협력회의(GCC)를 구성하는 페르시아만 인근의 아랍 산유국 여섯 개국(사우디아라비아, 아랍에미리트, 오만, 카타르, 바레인, 쿠웨이트)을 칭한다.

그는 연합국도 놓치지 않을 테니. 게다가 걸프제국들까지 포함해서 말입니다. 미국과의 연합으로 적지 않은 풍파를 감내해야 하고 아랍국들과도 늘 불안정한 상태에 놓여 있으니, 이 나라들 편에서도 이스라엘과 덜 유기적인 관계인 통합유럽 같은 연합국이 최선의 선택이라는 생각이 들기 시작할 거고요⋯⋯"

알랭 타뇌르가 말을 멈추었다. 근 삼십 분 이상을 한 번도 쉬지 않고 말하고 난 뒤였다. 이제 은퇴한 마당이니 책을 써도, 생각을 종이에 옮겨보아도 좋지 않을까. 나는 그가 개진한 생각이 흥미롭다고 느꼈다. 물론 역사에 관심 있는 사람들한테만 그럴 테지만. 마리프랑수아즈가 사과와 호두로 속을 넣은 랑드 크루스타드를 디저트로 내왔다. 어쨌든 이렇게 잘 먹어본 것은 실로 오랜만이었다. 저녁식사가 끝난 뒤에 할 일이라곤 거실로 자리를 옮겨 바 자르마냐크 지방의 아르마냐크 브랜디를 시음하는 것일 터였고, 우리는 정확히 그렇게 했다. 나는 브랜디의 깊은 향기에 취한 채 전직 정보원의 반들반들한 정수리와 타탄체크 모직 실내복을 바라보면서, 과연 그는 자신에 대해서는, 개인적인 것에 대해서는 어떤 생각들을 할는지 자문했다. '카드의 뒷면', 즉 현상의 이면을 파헤치는 데 평생을 바친 사람은 과연 무슨 생각을 할까? 아마 아무 생각도 없으리라. 심지어 그는 투표도 하지 않았을 거라는 생각이 들었다. 그는 너무 많은 것을 알았다.

타뇌르가 한층 가라앉은 음성으로 입을 열었다. "제가 프랑스 정보국에 들어간 건 물론 어릴 때 스파이 이야기에 매혹되었기 때문입니다. 하지만 한편으로는 선친한테서 애국심을 물려받았기 때문이라는 생각도 듭니다. 아버지의 애국심에 강한 인상을 받았거든요. 아버지는 1922년에 출생하셨죠, 이해가 가십니까? 지금으로부터 정확히 백 년 전입니다!…… 아버지는 처음부터, 그러니까 1940년 6월 말부터 레지스탕스에 가담했어요. 이미 그때부터도 프랑스에서 애국심은 다소 경시되는 사상이었죠. 차라리 1792년에 발미*에서 태어났거나, 아니면 1917년에 베르됭**의 참호에서 생을 마감했더라면 좋았을 거라고 할까요. 사실 한 세기는 그리 오랜 세월이 아닙니다만, 오늘날 대체 누가 그런 감정을 믿겠습니까? 국민전선이 믿는 척하지만 사실 그들의 믿음에는 매우 절망적이고 불확실한 뭔가가 있어요. 다른 정당들이야

---

* 혁명중인 프랑스가 유럽 군주국가 연합군에 맞서 승리한 발미 전투를 암시한다. 이때 프랑스는 영토를 보전하고 살아남기 위해 전 국민적인 애국심을 고취시켜야 한다는 분위기가 팽배했다.
** 1차대전 당시 독일과 프랑스 간에 벌어졌던 베르됭 전투를 암시. 1차대전중 가장 치열했던 전투로 평가받는다.

프랑스가 유럽 속에 흡수, 붕괴되는 길을 대놓고 선택했고요. 벤 아베스 역시 유럽을 믿습니다. 아마 누구보다도 강하게 믿을걸요. 하지만 좀 다르죠. 그가 그리는 유럽은 진정한 문명 건설이거든요. 요컨대 그의 최종 모델은 로마제국 최초의 황제인 아우구스투스죠. 이만하면 초라한 모델은 아니지 않습니까. 아우구스투스 황제가 로마 원로원에서 했던 연설이 보존돼 있는데, 벤 아베스가 그것을 주도면밀하게 연구했으리라고 확신하는 바입니다." 그가 침묵했다가 점점 더 생각에 잠기며 덧붙였다. "잘은 몰라도 그렇게 되면 정말 위대한 문명이 될 겁니다…… 혹시 로카마두르를 아십니까?" 슬슬 졸음이 몰려오기 시작했을 때, 그가 느닷없이 물었다. 나는 얼결에 아니라고 대답했다가, 아는 것 같기도 하다고, 언젠가 텔레비전에서 본 것 같다고 정정했다.

"거기에 꼭 가보셔야 합니다. 여기서 불과 20킬로미터 거리예요. 반드시 가보셔야 합니다. 로카마두르는 기독교 세계에서 가장 유명했던 순례지 중 하나예요. 헨리 플랜태저넷, 성 도미니코, 성 베르나르도, 성 루도비코, 루이 11세, 필리프 4세 등등 이 모두가 그곳에 가 검은 성모마리아의 발치에 엎드렸고, 겸허하게 자신들이 저지른 죄에 대한 용서를 구하면서 성전으로 향하는 계단을 기어올라갔지요. 로카마두르에 가면 중세 기독교가 어느 정도로 위대한 문명이었는지 여실히 느끼실 수 있을 겁니다."

중세에 대한 위스망스의 문장들이 어렴풋이 기억났다. 아르마 냐크의 맛이 정말 일품이었다. 나는 그에게 무언가 답을 하려다가 내가 생각을 명료하게 말로 표현하는 것이 불가능한 상태라는 것을 깨달았다. 놀랍게도 그가 별안간 샤를 페기의 시*를 또랑또랑한 목소리로 운율에 맞춰 낭송하기 시작했다.

지상을 위해 죽은 이들이여 행복하여라,
그것은 전장에서의 죽음이 아니던가.
이 땅 곳곳을 위해 죽은 이들이여 행복하여라,
거룩한 죽음을 맞이한 이들이여 행복하여라.

타인을 이해하는 것은, 그들의 마음속 깊은 곳에 무엇이 감춰져 있는지 아는 것은 어려운 일이다. 알코올의 도움이 없었더라면 아마 이나마도 불가능하지 않았을까. 단정하고 세련됐으며 교양 있고 냉소적인 이 초로의 사내가 시를 낭송하는 것을 보고 있자니 놀라우면서도 감동적이었다.

---

* 「이브 *Ève*」(1913)의 일부.

신을 마주한 채 이 땅 위에 쓰러져,
치열한 전투 속에 죽은 이들이여 행복하여라.
장엄한 장례 행렬 가운데,
지상 최후의 상석에서 죽은 이들이여 행복하여라.

그는 체념이 어린, 거의 슬프다시피 한 표정으로 고개를 설설
저었다. "보시다시피 바로 두번째 구절부터 시에 풍부한 깊이를
부여하고자 신이 언급됩니다. 애국심 하나만으로는 부족해서 이
것을 무언가 더 강력한 것, 고결하고 신비한 힘과 연관지어야 하
는 것이죠. 이 연관성은 다음 구절들부터는 매우 확실하게 표현
됩니다."

지상의 나라들을 위해 죽은 이들이여 행복하여라,
이곳은 신의 나라의 기둥이기 때문이다.
지상 보금자리들의 겸허한 영광을 위해,
그 아궁이와 따뜻한 불꽃을 위해 죽은 이들이여 행복하여라.

왜냐하면 이 나라들은 본보기이고 출발이며,
신의 전당의 몸체이고 시험이기 때문이다.
영광된 포옹과 현세의 언약 속에서,

이 부둥킴 속에서 죽은 이들이여 행복하여라.

"프랑스혁명, 공화국, 조국…… 네, 무언가에 동기가 될 수 있는 것들이죠. 한 세기가 조금 더 넘어서까지도 지속될 수 있는 무엇. 중세 기독교 문명은 천 년 이상 지속됐습니다. 선생이 위스망스 전문가시라는 걸 집사람한테 들어서 알고 있습니다. 하지만 제 생각에 중세 기독교 정신을 샤를 페기만큼 강렬하게 느낀 인물은 없는 것 같습니다. 한편으로는 공화주의자에 정교분리를 주장하고 드레퓌스* 옹호자였으면서도 말입니다. 그의 영혼을 강하게 울린 것, 중세를 진정으로 신성하게 만들고 그의 신앙심을 펄떡거리게 만든 것은 하느님이 아닙니다, 예수도 아니고요. 그건 바로 성모였지요. 이것 역시 로카마두르에 가면 느끼실 수 있을 겁니다……"

---

* 유대인에 대한 편견 때문에 억울하게 첩자라는 누명을 뒤집어쓴 19세기 유대인 군인. 그의 무죄를 주장하는 에밀 졸라의 〈나는 고발한다〉라는 글을 도화선으로 보수와 진보 간의 갈등, 정의 구현의 문제로 번지며 그의 투옥은 19세기 프랑스 사회를 뒤흔든 사건이 되었다. 당시는 가톨릭교단의 선동으로 사회 전반에 반유대주의가 팽배했고, 드레퓌스를 유죄로 몰아가는 데에도 가톨릭교단이 적극 개입했다. 샤를 페기는 드레퓌스 옹호에 앞장섰으며 사회주의와 애국심과 신앙심이라는 상이한 사상들이 결합된 자신만의 정신세계를 견지했다.

나는 그들이 다음날이나 그다음 날 이사 준비를 위해 파리로 돌아갈 예정이라는 것을 알고 있었다. 이제 '확장된 공화국전선' 정부에 대한 합의가 이루어진 마당이니만큼 결선 결과는 의심의 여지가 없었고, 그들의 은퇴도 확정적이었다. 나는 마리프랑수아즈의 요리 솜씨에 진심 어린 찬사를 보낸 뒤, 문가에서 그녀의 남편에게 작별 인사를 건넸다. 그는 거의 나만큼 마셨으면서도 페기의 시를 구절구절 통째로 암송할 수 있었고, 이는 내게 제법 강렬한 인상으로 남았다. 나는 공화국이나 애국심이 기껏해야 중단 없이 연속되는 어리석은 전쟁이나 유발할 뿐, '무언가에 동기가 될 수 있으리'라고는 생각하지 않지만, 어쨌든 알랭 타뇌르는 노망난 노인네와는 한참 거리가 멀었다. 나도 그의 나이 때쯤 그와 같을 수 있기를 바라는 마음이 들었다. 나는 길가로 난 층계를 몇 계단 내려가다가 뒤돌아서서 그에게 말했다. "로카마두르에 가보겠습니다."

관광철이 아직 정점에 이르지 않은 때였다. 나는 중세의 도시에 쌈박하게 자리잡은 보 시트 호텔에 방 하나를 쉽게 구했다. 파노라마식 식당에서 알주 협곡이 한눈에 조망되었다. 정말이지 어마어마한 관광객이 몰려드는 대단한 도시였다. 전 세계에서 끊임없이 밀려들며 계속해서 바통 터치를 하는 관광객들은 죄다 조금씩 다르면서도 엇비슷했다. 그들은 카메라를 손에 들고서 놀람을 금치 못한 채 첩첩이 서 있는 고성이며, 골짜기 충충이 들어선 사원들이며 예배당들이며 길게 이어진 길들을 두루 돌아다녔다. 끝없이 이어지는 관광객 행렬을 본 지 며칠이 지나자, 역사 속으로 일종의 시간 여행을 온 듯한 착각이 들었다. 하지만 그런 기분도 잠시, 결선투표가 실시된 일요일 저녁, 모하메드 벤 아베스가 압도적인 표차로 승리했다는 사실을 알게 되었다. 나는 서서히 밀려드는 멍한 무기력감에 나를 내맡겼다. 이번에는 호텔에서 인터넷에 접속하는 데 아무 문제 없었지만, 길어지는 미리암의 침묵이 그다지 신경쓰이지 않았다. 호텔 주인이나 직원들은 이제 내가 어떤 범주의 손님인지 파악했다. 독신자, 약간 교양 있고 약간 우울하며 특별한 취미도 없는 독신자. 사실 정확한 묘사였다. 결국 그들에게 나는 별문제 없는 손님이었고, 그것으로 충분했다.

로카마두르에 온 지 한두 주쯤 지났을 무렵 마침내 미리암한테서 이메일이 왔다. 이스라엘과 이스라엘을 지배하는 매우 특별한 분위기―놀랍도록 역동적이고 쾌활하지만 이면에 늘 비극이 깔려 있는―에 대한 이야기들로 가득했다. 그녀는 만일의 위험에 대비해서 한 나라―프랑스―를 떠나, 위험이 전혀 만일이 아닌 나라로 이민을 가는 것이 이상해 보일 수 있을 거라고 말했다. 하마스*의 반대 분파가 새로운 행동을 개시하기로 결정했고, 거의 매일 폭탄을 두른 자살 테러범들이 식당이며 버스로 뛰어들었다. 이상하긴 했지만 일단 한번 이스라엘에 가보면 이해

---

* 이슬람 저항 운동 단체. 이스라엘에 대한 테러를 주도하는 팔레스타인의 대표적 무장 단체다.

되는 일이었다. 이스라엘은 건국 이래로 늘 전쟁상태였기 때문에 그곳에서는 테러나 전투가 일종의 피할 수 없는 자연스러운 일이었고, 어쨌거나 일상을 영위하는 데 지장으로 인식되지 않았다. 미리암은 메일에 비키니를 입고 찍은 사진 두 장을 첨부했다. 텔아비브 해변에서 촬영한 것이었다. 그중 한 장은 바다로 뛰어드는 장면이었는데 등을 보인 채 살짝 몸을 옆으로 비켜선 자세였지만 영락없는 그녀의 엉덩이였다. 나는 발기하기 시작했다. 그 엉덩이를 쓰다듬고 싶어 견딜 수가 없었다. 고통스러운 저릿함이 내 손을 훑고 갔다. 그녀의 엉덩이에 대한 기억이 이토록 생생하다니 놀라울 따름이었다.

나는 노트북을 덮으며 그녀가 프랑스로 돌아올 가능성에 대해서는 단 한 줄도 언급하지 않았다는 것을 깨달았다.

나는 이곳에 머물기 시작한 초반부터 매일 노트르담 사원을 방문하여 검은 성모상 앞에 몇 분간 앉아 있는 습관을 들였다. 천 년도 더 전부터 이 도시에 수많은 순례 행렬을 끌어들였고, 숱한 성인들과 왕들이 그 앞에 무릎을 꿇었던 성모상이었다. 완전히 사라져버린 한 세계를 증명하는 기이한 조각상. 성모상은 꼿꼿이 앉은 자세였고, 두 눈을 감은 얼굴은 외계인처럼 멀게 느껴졌으며, 머리에는 왕관을 쓰고 있었다. 그녀의 무릎에 앉은 아기 예수—사실을 말하자면 아기 같은 구석이 전혀 없어 차라리 성인, 그것도 노인이라면 어울릴 법했다—역시 자세가 매우 꼿꼿했고, 역시 두 눈을 감았으며, 날카롭고 지혜로우며 힘이 넘치는 얼굴 위에는 역시 왕관이 얹혀 있었다. 어떤 부드러움도 어떤 자연스러운 모성애도 느껴지지 않는 분위기라고 할까. 이 조각상에 표현된 것은 아기 예수가 아니라 이미 세상의 왕이었다. 조각상이 내뿜는 차분함과 강한 영적 기운과 범접할 수 없는 힘에 거의 소름이 돋을 정도였다.

초인적으로 표현된 이 조각상은 위스망스에게 강렬한 인상을 주었던, 중세 말기 독일 고딕 화가 마티아스 그뤼네발트의 고문당하며 괴로워하는 예수 그림과 대척점에 있었다. 위스망스의 중세는 고딕, 나아가 후기 고딕 시대의 중세였다. 비장하고 현실적이며 도덕적인 후기 고딕은 로마네스크보다는 이미 르네상스와 가까웠다. 생각하다보니 수년 전 소르본 대학의 역사학과 교수와 나누었던 대화가 떠올랐다. 그는 중세 초기에는 개인적 판단의 문제는 거의 대두되지 않았다고 설명했다. 후기에 가서야 예컨대 히에로니무스 보스 같은 화가한테서 개인적 판단이 나타났는데, 예수가 천형을 선고받은 사람들 무리에서 선택받은 무리를 구별한다든가, 악마가 회개하지 않은 죄인들을 지옥의 형벌로 이끄는 식의 무시무시한 그림들이었다. 상상력이 풍부하고

기괴한 그의 그림들은 훗날 초현실주의 화가들에게 영향을 끼칠 정도였다. 사후에 대한 로마네스크 시대의 시각은 이와 달랐으며, 그들끼리는 만장일치에 가까웠다. 즉 신자가 죽으면 깊은 잠에 빠진 상태가 되며 흙과 섞인다. 예수가 재림할 때 일단 모든 신탁이 완수되면, 하나로 단결된 기독교 백성 전체가 무덤에서 일어나 영광된 자신의 몸속에서 부활하여 천국을 향해 걸어간다. 도덕적 판단이나 개인의 판단, 개인성 그 자체는 로마네스크 시대 사람들에게 명확하게 이해되는 개념이 아니었다. 로카마두르의 성모상 앞에서 점점 길어지는 상념에 잠겨 있자니 나 역시 개인성이 와해되는 기분이었다.

이제는 파리로 돌아가야 했다. 벌써 7월 중순이었다. 어느 날 아침 이곳에 온 지 한 달이 넘었다는 사실을 깨달은 나는 어안이 벙벙해질 만큼 놀랐다. 사실 급할 것은 아무것도 없었다. 다른 동료들과 접촉한 마리프랑수아즈의 메일을 받았는데, 모두들 이제껏 대학 당국으로부터 어떤 연락도 받지 못했다는 것이었다. 완전한 암흑상태였다. 대외적으로는 총선이 치러졌고 예측 가능한 결과가 나왔으며 내각이 구성되었다.

이제 마을에도 갖가지 관광 행사가 눈에 띄기 시작했다. 특히 먹거리 행사가 많았지만 문화 행사도 열렸다. 마을을 떠나기 전날 습관대로 노트르담 사원을 방문했을 때, 우연히도 샤를 페기 시낭송회가 열리고 있었다. 나는 끝에서 두번째 줄에 자리를 잡았다. 띄엄띄엄 보이는 청중은 대부분 청바지에 폴로 티셔츠를 입은 젊은이들이었다. 다들 밝고 호의적인 표정이었는데, 나로서는 젊은 가톨릭 신자들한테서 어떻게 이런 표정이 나올 수 있는지 의아했다.

성모시여 여기 무수한 전쟁을 치른 당신의 아들들이 있습니다.

우리가 그들을 이 땅에 없는 영혼처럼 대하지 않게 하소서.

차라리 잃어버린 길로 몰래 숨어들어오는

추방자처럼 대하게 하소서.

운율이 들어맞는 시구가 조용한 실내에 정확한 리듬으로 울려 퍼졌다. 나는 이 인간적인 젊은 가톨릭 신자들이 페기한테서, 애국심에 고취된 사나운 그의 영혼한테서 과연 무엇을 이해할 것인지 자문했다. 어쨌거나 배우의 낭송은 훌륭했다. 알려진 연극배우인 듯싶었다. 아마 국립 극단 코미디 프랑세즈 소속에 영화에도 출연한 것 같았다. 그의 사진을 이미 어디선가 본 것 같다는 생각이 들었다.

성모시여 여기 당신의 아들들과 그들의 엄청난 군대가 있습니다.

그들이 오직 비참하게만 생각되지 않게 하소서.

그들이 무수히 잃어버렸고 그들이 무한히 사랑했던 이 땅을 신께서 조금이나마 그들에게 허락하게 하소서.

폴란드 배우였다. 이제 그건 확실했는데 이름은 여전히 기억나지 않았다. 어쩌면 그도 가톨릭 신자일지 몰랐다. 몇몇 배우들은 가톨릭 신자일 테니까. 배우들이 다른 어떤 직업군보다 보편적 섭리가 그럴듯하다고 믿는 기이한 직업에 종사하는 것은 사실이다. 그렇다면 이 젊은이들은? 그들은 그들의 땅을 사랑할 것인가? 그 땅을 위해 자신을 놓아버릴 준비가 되었을까? 나는 나를 놓아버릴 준비가 되었음을 느꼈다. 특별히 내 땅을 위해서가 아니라 '전반적으로' 나를 놓을 준비가 되었다. 요컨대 나는 오묘한 상태에 빠져들었다. 성모상이 승천하는 것처럼 보였다. 받침대에서 빠져나와 위로 올라가며 공중에서 점점 커지고 있었고, 아기 예수는 금방이라도 성모한테서 빠져나올 태세로 보였다. 이제는 오른팔을 높이 쳐들기만 하면 이교도와 우상숭배자들이 절멸될 것이며 세상을 여는 열쇠가 '군주이자 소유주이자 주인'인 그에게 반환될 터였다.

성모시여 여기 무수히 헤맸던 당신의 아들들이 있습니다.
그들이 저열한 시국의 혼란 속에서만 생각되지 않게 하소서.
그들이 탕아처럼 우리들 가운데로 다시 스며들게 하소서.
그들이 두 팔을 활짝 벌린 품 안으로 미끄러져들게 하소서.

어쩌면 단지 허기 때문일지도 몰랐다. 전날 식사하는 것을 깜
빡 잊었던 것이다. 어쩌면 신비주의적 저혈당 증상을 일으켜 이
의자들 사이로 무너져내리느니 호텔로 돌아가 오리 넓적다리를
마주하는 것이 더 나을지 몰랐다. 나는 다시 한번 위스망스를,
개종에 따른 그의 고통과 의심을, 예식에 동화되고자 했던 그의
필사적인 염원을 떠올렸다.

낭송이 끝날 때까지 자리를 지키긴 했지만, 텍스트의 비할 바
없는 아름다움에도 불구하고 나는 결국 마지막 사원 방문은 혼
자만의 시간이 되는 편이 나았으리라는 것을 깨달았다. 이 엄격
한 성모상에는 조국과 땅에 대한 애착이라든가 병사의 늠름한
기백에 대한 칭송과는 다른 어떤 것이 깃들어 있었다. 여기엔 페
기가 이해할 수 없고 위스망스는 더더욱 이해할 수 없는 신비스

럽고 성직자다우며 왕족적인 무언가가 있었다. 다음날 아침 나는 차에 짐을 싣고서 호텔 숙박료를 지불한 뒤, 이제는 한산해진 노트르담 사원으로 다시 갔다. 불후의 성모가 어둠 속에서 조용히 기다리고 있었다. 그녀는 봉건 군주와 같은 권력을, 막강한 힘을 지녔다. 하지만 나는 그녀와 연결된 끈을 서서히 놓쳤고, 그녀는 벤치에서 쪼그라들고 위축된 채 웅크리고 있는 나를 남겨두고서 수세기 전의 시공간 속으로 멀어졌다. 삼십 분 남짓 지났을 무렵 나는 자리에서 일어났다. 성령이 완전히 사라진, 소멸될 운명의 손상된 몸뚱이만 남은 채로. 나는 슬픔에 잠겨 계단을 다시 내려와 주차장으로 향했다.

4부

나는 로카마두르에서 파리를 향해 북쪽으로 차를 몰며 생 타르누 톨게이트를 통과한 뒤, 사비니 쉬르 오르주, 앙토니, 몽트루즈를 차례로 지나 파리에 입성하는 포르트 디탈리 쪽으로 비스듬히 난 길을 달리면서, 이제부터 펼쳐질 삶이 기쁨은 없지만 공허하지는 않으리라는 것을, 공허하기는커녕 자질구레하고 짜증스러운 일들로 점철되리라는 것을 알았다. 아니나다를까, 아파트 주차장에 도착하니 내가 없는 동안 누군가 내게 할당된 자리를 떡하니 차지하고 있었고, 냉장고에서는 미세한 누수 현상이 발견되었다. 그 밖에는 집안에 다른 이상은 없었다. 우편함이 갖가지 고지서들로 가득차 있었고 그중에는 신속한 답변을 요하는 것도 있었다. 행정적으로 아무 결함 없는 삶을 유지하려면 거의 늘 집에 붙어 있어야 한다. 집을 비우는 시간이 길어지면 이런저런 기관들로부터 경고의 대상이 되기 십상이었다. 모든 것을 정상으로 되돌려놓으려면 수일이 걸리리라. 나는 우편물 분류에 착수했다. 일단 하잘것없는 전단지들을 버리고 고객 맞춤형 홍보물들(사무용품 전문점 오피스디포의 사흘 특가세일, 오디오 영상기기 전문점 코브라송의 패밀리세일)을 남겨둔 뒤, 단조로운 잿빛 하늘을 올려다보았다. 나는 간간이 럼을 따라 마시며 그렇게 몇 시간을 흘려보내고 나서 편지 더미에 뛰어들었다. 처음 두 편지는 상호공제조합에서 온 것으로, 나의 몇몇 상환금 신청에 대해 지급이 불가함을 알리며, 필요한 서류의 복사본을 동봉하여 재신청할 것을 권유하는 내용이었다. 나로서는 익숙한 우편물로, 답장을 하지 않는 것이 보통이었다. 반면 세번째 편지는 놀라움을 안겨주었다. 니에베르 지방의 느베르 시청에서 발송된 것으로, 내 어머니의 사망에 대해 깊은 애도를 표하고 시신이 시립법의학연구소로 이송되었으니 필요한 조치를 위해 내게 그곳으로 연락할 의무가 있음을 안내하는 내용이었다. 날짜를 확인하니 5월 31일 화요일이었다. 나는 편지 더미를 빠르게 훑었다. 6월 14일과 28일 날짜로 두 번의 독촉장이 이어지고 난 뒤, 마침내 7월 11일 느베르 시청이 최종 통보를 내렸다. 토지 공유에 관한 법률 L 2223-27항에 의거하여 시에서 어머니를 시립공동묘지 지하의 공동 안치실에 매장했다는 내용이었다. 나는 오년간의 유예 기간 동안 어머니를 따로 매장하기 위해 시에 발굴을 요청하여 사체를 인수할 수 있었다. 이 기간이 만료되면 사체는 화장되고 유골은 추모 공원에 뿌려진다. 내가 사체 발굴을 요구할 경우에는 시에서 장례에 부담한 비용—운구차, 네 명의 인부, 문자 그대로 묘지세—을 변상해야 했다.

나는 물론 어머니가 당신 또래의 다른 할머니들과 어울려 콜럼버스의 아메리카 대륙 발견 이전의 문명에 관한 강연이라든가 니에베르 지방의 로마네스크 양식 교회들을 찾아다니는 풍성한 사교생활을 하고 있다고는 생각지 않았지만, 아무튼 이 정도까지 철저하게 고립되어 살아가리라고는 상상하지 못했다. 나의아버지 역시 연락을 받았을 테지만 답을 하지 않았으리라. 어쨌든 어머니가 극빈자실(인터넷을 검색해본 결과, 예전에는 시립 공동묘지 지하의 공동 안치실을 이렇게 불렀다는 것을 알게 되었다)에 묻혀 있다고 생각하니 꺼림칙했다. 어머니가 기르던 프렌치불도그는 어찌되었는지도 궁금했다. (동물보호협회에 보내졌을까, 아니면 바로 안락사?)

이어 해당 서류함에 분류해놓으면 그만인 각종 청구서며 출금내역서며 대수롭지 않은 서류들을 한쪽으로 치워놓고서 핵심적발신처 두 곳, 인간의 삶을 구성하는 두 곳의 서류들만을 남겨놓았다. 바로 건강보험공단과 국세청에서 보낸 우편물들이었다. 곧바로 달려들 엄두가 나지 않았던 나는 그전에 파리를 한 바퀴 돌기로 마음먹었다. 그러나 사실 파리는 과한 구석이 있었다. 나는 집으로 돌아온 후 처음 며칠간 동네 주위만 산책했다.

엘리베이터의 버튼을 눌렀을 때에야 비로소 나는 대학 당국으로부터 아무 우편물도 받지 못했다는 것을 깨달았다. 나는 계좌 조회를 하기 위해 길을 거슬러올라갔다. 6월 말일에 월급이 전액 입금돼 있었다. 따라서 나의 입지는 여전히 모호한 상태였다.

거리에는 뚜렷한 정권 교체의 흔적이 보이지 않았다. 마권을 손에 쥔 중국인 무리가 여전히 경마소 주변에서 북적거렸고, 또 다른 중국인들은 활기차고 수선스럽게 쌀국수며 간장이며 망고를 나르고 있었다. 아무것도 달라진 것이 없었다. 이슬람 정권조차 이들의 끊임없는 활동에 제동을 걸 힘은 없는 듯 보였다. 이전에 기독교의 메시지가 그러했듯 이슬람의 열성적 포교도 아마이 거대한 문명의 바다 속에 흔적도 없이 용해되리라.

나는 차이나타운을 한 시간 넘게 누비고 다녔다. 생 이폴리트 성당에서도 꾸준히 중국어와 중국 요리 교습이 있었고, 파리 근교의 메종 잘포르에서 열리는 '아시아의 열기' 행사 홍보물들도 사라지지 않았다. 사실상 내가 발견한 뚜렷한 변화의 기운이라고는 오직 대형 슈퍼 '제앙 카지노'의 진열대에서 유대 율법에 따른 코셔 식품 코너가 사라진 것뿐이었다. 하지만 대형 쇼핑몰이야 워낙에 기회주의적 성향이 두드러지는 곳 아닌가.

이탈리2 쇼핑센터는 약간의 변화를 보였다. 나의 예상대로 여성 의류점 '제니페르'가 문을 닫고 대신 천연 오일이며, 올리브 오일과 꿀이 든 덤불숲 향 샴푸 등을 파는 프로방스산 천연 화장품 상점이 들어섰다. 보다 모호한 이유로, 아마 경제적인 원인이 가장 크겠지만, 3층의 그리 혜택받지 못한 위치에 자리잡은 남성 의류점 '롬므 모데른' 대리점도 문을 닫았다. 현재로서는 대신 입점한 업체가 없이 비어 있었다. 무엇보다 사람들 자체가 미묘하게 바뀌었다. 우선 모든 대형 쇼핑센터가 그러하듯 이탈리2 쇼핑센터 주변에도 늘 상당수의 부랑자들이 들끓었는데—그렇다 해도 파리 교외 신도시 라 데팡스나 파리 한복판에 있는 레 알의 쇼핑센터보다는 훨씬 덜 심각했지만—이들이 완전히 자취를 감추었다. 다음으로 여성들의 옷차림이 변했다. 이 변화는 즉각 감지되었지만 그게 무엇인지 구체적으로 설명할 길은 없었다. 이슬람식 베일의 수는 거의 증가하지 않았다. 그런 식은 아니었다. 하지만 거리를 배회한 지 거의 한 시간쯤 되었을 때 비로소 나는 문득 무엇이 변했는지를 알아차렸다. 여자들이 죄다 바지를 입고 있었다. 여자들의 허벅지를 관찰하고, 허벅지가 교차되는 지점에 있을 성기를 상상하고, 노출된 다리 길이에 비례해 성적 충동을 느끼는 이 모든 과정이 내게는 무의식적이고 기계적인, 일종의 생물학적 현상이었기에 즉시 인식하지 못했던 것이었다. 하지만 확실했다. 원피스며 치마가 사라졌다. 동시에 새로운 스타일의 옷이 확산되었다. 허벅지까지 내려오는 일종의 기다란 순면 블라우스로, 혹여 몇몇 여자들은 입었을지도 모를 딱 달라붙는 바지에 대한 객관적 호기심마저 거두어버리는 옷이었다. 당연히 반바지도 볼 수 없었다. 여자들의 엉덩이를 감상함으로써 느끼던 소소한 몽상적 위안 또한 불가능해졌다. 따라서 변화가 진행되고 있는 것이 확실했다. 객관적이고 뚜렷한 변화가 일어나기 시작했다. 집으로 돌아와 지상파 디지털 텔레비전 채널을 몇 시간이고 이리저리 돌려봤지만, 추가적으로 감지해낸 변화의 기운은 없었다. 하지만 어쨌거나 텔레비전에서 에로영화를 방영해주던 시대는 이미 지나 있었다.

내가 파리3대학으로부터 편지를 받은 것은 파리로 돌아온 지 딱 이 주일이 지났을 때였다. 파리-소르본 이슬람 대학이라는 새로운 위상으로 인해 나의 교육 활동이 금지된다는 내용으로, 새로 임명된 총장 로베르 르디제가 직접 서명을 했다. 그는 깊은 유감을 표하며 교수로서의 내 자질과는 하등 상관없는 결정임을 강조했다. 나는 당연히 정교분리 대학에서 교수 경력을 이어갈 수 있지만 만일 그럼에도 교수직을 그만둔다면, 파리-소르본 이슬람 대학은 당장 이번 달부터 내게 다달이 인플레이션에 연동하여 책정될 은퇴연금을 지급할 것이며, 이번 달에 받게 될 금액은 삼천사백칠십이 유로라고 했다. 필요한 절차를 위해서는 교무과에 연락하도록 했다.

나는 편지를 연속해서 세 번 더 읽은 뒤에야 그 내용을 믿을 수 있었다. 정확히 내가 경력을 꽉 채우고 예순다섯 살에 은퇴했을 때나 받게 될 금액이었다. 그들은 물의를 피하기 위해 정말이지 엄청난 재정적 손실을 감수할 준비가 된 듯했다. 틀림없이 대학교 선생들의 유해로운 영향력이나 시위 추진 역량을 과대평가한 듯했다. 주요 언론의 '논단'이나 '오피니언' 섹션에 접근하기에 오직 대학교수라는 타이틀만으로는 충분치 않게 된 지 이미 오래였다. 그 지면들은 엄격하게 닫힌 공간, 동족끼리만 소통하는 공간이 되어버렸다. 설사 대학교수들이 만장일치로 규탄한다 해도 거의 소리소문 없이 지나갈 터였다. 아마 이런 것은 사우디아라비아에서 알 수 있는 것이 아니었으리라. 어쨌든 그들은 아직도 엘리트 지식인들의 힘을 믿었고, 그건 거의 감동적이었다.

학교는 외관상 달라진 것이 전혀 없었다. 입구를 가로막은 '누벨 소르본 – 파리3대학'이라는 대형 간판의 한옆에 도금한 금속으로 별과 초승달* 모양이 덧붙여진 것 외에는. 하지만 건물 안 교무과의 변화는 보다 가시적이었다. 대기실에는 이슬람 성소인

---

* 이슬람의 상징.

카바의 주위를 원 모양으로 돌고 있는 순례자들의 사진이 걸려 있었고, 사무실은 코란의 구절들을 손글씨로 쓴 포스터들로 장식돼 있었다. 여직원들도 바뀌었다. 내가 아는 얼굴은 단 한 명도 없었고, 모두가 베일을 두르고 있었다. 그들 중 한 명이 내게 연금 요청서를 내주었다. 어안이 벙벙할 정도로 간단한 서류양식이었다. 나는 구석 테이블에서 즉시 서류를 작성한 뒤 서명하고 나서 도로 제출했다. 교정으로 나오면서 나는 나의 교수 경력이 단 몇 분 만에 끝났다는 것을 깨달았다.

상시에 지하철역에 이른 나는 주춤거리다가 계단 앞에서 걸음을 멈추었다. 아무래도 이대로 아무 일도 없었다는 듯 곧장 집으로 돌아갈 수가 없었다. 마침 무프타르 가에 장이 서 있었다. 오베르뉴 지방식 돼지고기 가공육상 근처를 어슬렁거리며 갖가지 식품(블루치즈, 피스타치오, 호두)을 가미한 소시지들을 멍하니 바라보고 있자니, 길가 저쪽에서 걸어오는 스티브가 보였다. 그도 나를 보았다. 그가 나를 피하기 위해 오던 길을 되돌아가려 한다는 느낌을 받았으나, 너무 늦었다. 나는 그를 향해 걸어갔다.

나의 예상대로 그는 새롭게 탈바꿈한 대학에서 교수직을 수락했다. 랭보 수업을 맡았다고 했다. 그는 이 말을 하며 티나게 곤혹스러워하더니, 묻지도 않았는데 대학의 새로운 경영진이 수업 내용에 대해서는 전혀 간섭하지 않는다는 설명을 덧붙였다. 물론 랭보가 말년에 이슬람으로 개종했다는 설이 논란의 여지에도 불구하고 확실한 사실로서 소개되기는 했다. 하지만 기본 내용에 대해서는, 시 해석에 대해서는, 결단코 어떤 개입도 없다, 라고. 내가 아무 적의도 드러내지 않고 잠자코 경청하자 그가 점차 느슨해지더니 급기야 커피나 한잔하자고 제안하기에 이르렀다.

"나도 정말 오랜 시간을 망설였네……" 그가 뮈스카데 화이트와인 한 잔을 주문한 뒤 털어놓았다. 나는 이해심 깊은 따뜻한 태도로 동의해주고 나서, 그가 망설인 시간을 가늠해보았다. 기껏해야 십 분쯤 되려나. "월급이 워낙에 세야 말이지……"

"은퇴연금도 그 정도면 나쁘지 않던데."

"월급은 그것보다 훨씬 세."

"얼마나?"

"세 배."

직함에 걸맞은 출판물 하나 없고 명성도 전혀 없는 보잘것없는 대학교수한테 한 달에 만 유로라니. 정말 재력이 막강한 것 같았다. 스티브가 말하기를 카타르인들이 마지막 순간에 가격을 높이는 바람에 옥스퍼드 대학을 아깝게 놓치자, 사우디아라비아인들이 소르본에 올인했다는 것이었다. 그들은 심지어 학교 근처인 파리 5구와 6구에 교수 사택용 아파트까지 구입했다. 당장 스티브만 해도 최소한의 사용료만 내고서 드라공 가에 위치한 매우 아름다운, 방 세 칸짜리 아파트에 살고 있었다.

"내 생각엔 그들이 자네가 남길 바란 것 같네…… 하지만 자네와 연락이 닿지 않았지. 사실 나한테도 자네한테 연락할 방도가 없느냐고 물었어. 모른다고, 학교 밖에서 만나는 사이가 아니라고 대답했지."

잠시 후 그가 상시에 역까지 나를 배웅했다. "여학생들은 어때?" 내가 지하철역 입구에서 묻자 그가 환하게 웃었다. "그거라면, 당연히 변화가 많지. 본질은 같지만 형태가 달라졌다고 할까. 나 결혼했네." 그가 끝말을 다소 급작스럽게 덧붙이더니 구체적으로 밝혔다. "여학생하고."

"그것도 학교에서 해주는 거야?"

"딱히 그렇다고 할 순 없어. 그저 그런 가능성을 말리지 않는 정도지. 나 다음달에 둘째 부인을 얻네." 그가 쐐기를 박고는 미르벨 가 방향으로 멀어졌다. 넋이 나간 채 그 자리에 못박힌 나를 계단 입구에 남겨둔 채.

나는 얼마간 미동도 없이 서 있다가 정신을 차리고 집으로 돌아가기로 마음먹었다. 승강장에 들어서서 열차 시간표를 확인하

니 우리집 방향인 메리 디브리행 열차는 칠 분 뒤에 도착할 예정
이었다. 열차가 들어오고 있었다. 하지만 빌쥐프*행이었다.

---

*프랑스어로 '유대인 마을'이라는 뜻이다.

나는 '한창나이'였다. 목숨을 위협받는 치명적인 질병도 없었고, 주기적으로 고통받는 건강 문제도 죄다 소소한 것들이었다. 질병 하나하나가 치명적인 것이 되고 각각의 질병이 거의 매번 이른바 '생사의 갈림길'이 되는 음울한 지대에 이르려면 아직 삼십 년, 나아가 사십 년은 더 있어야 했다. 나는 친구가 없었다. 그것은 확실했다. 하지만 언제는 있어봤던가? 육체적 쇠락이 어느 정도 진행된 시기에 이르면—이 쇠락은 점점 빨리 진행될 것이며, 이것이 가시적이 되고 사람들이 나를 '아직 젊다'고 평가할 날은 이제 십 년, 또는 그보다 더 적게 남았다—직접적이고, 실제적으로, 의미 있는 관계는 부부의 형태뿐이다(이 시기에도 육체가 섞이기는 한다. 어떤 의미로는 새로운 유기체가 형성되는 것이다. 그러니까 플라톤의 주장을 믿는다면 말이다). 그리고 이 부부관계의 관점에서 보면 나는 확실히 길을 잘못 들었다. 수 주일이 지나는 동안 미리암의 메일은 점점 드물어지고 간략해졌 다. 얼마 전부터는 '내 사랑에게' 대신에 보다 중립적인 '프랑수 아에게'라는 말로 서두를 달기 시작했다. 그녀도 이전의 모든 여 자들이 그러했듯, 불과 몇 주 뒤면 내게 '누군가를 만났다'고 선 언하게 되리라. 확신컨대, 그녀는 이미 누군가를 만났다. 왠지 잘은 몰라도 그녀가 선택하는 어휘라든가 메일 곳곳에 산재했던 웃음 이모티콘이나 하트의 수가 계속해서 줄어들고 있는 것으로 보아 그런 확신이 들었다. 그녀는 다만 내게 그 사실을 고백할 용기를 못 내는 것뿐이었다. 그녀는 내게서 헤어났고, 그게 전부 다. 그녀는 이스라엘에서 새로운 삶을 시작하는 중이었다. 달리 무엇을 바라겠는가? 그녀는 아름답고 총명하고 사근사근하며 압 도적인 성적 매력을 갖춘 여자였다. 그렇다, 달리 무엇을 바라겠 는가? 어쨌든 그녀는 이스라엘에 대해서는 늘 똑같은 열광적 태 도를 견지했다. "힘들긴 해, 하지만 우린 우리가 왜 여기에 있는 지 알아." 그녀는 이렇게 썼고, 나는 당연히 동조할 수 없었다.

교수로서의 경력이 끝나자—이 사실을 실감하기까지는 수주 가 걸렸다—여학생들과 접촉할 기회도 사라져버렸다. 그렇다면 어쩐다? 나 이전에 숱한 사내들이 그러했듯 '미틱'에 가입해야 할 것인가? 나는 수준이 있는 지식인이었고, 앞서 말했듯 '한창 나이'였다. 어떤 주제—예컨대 베토벤이 후기에 작곡한 현악 사 중주들이라고 하자—에 대해 열광하는 잠깐의 순간들이 커져가 는 전반적인 권태를 임시로 가리거나, 마법 같은 순간에 대한 기 대 혹은 감탄과 폭소 속에 형성되는 결속력에 대한 기대가 반짝 엿보이는, 힘겨운 대화를 나누며 몇 주가 흘렀다 치자. 그리고 그 몇 주가 흐르고 나서 나의 수많은 여성 동료 중 한 명을 만나 보기로 결심했다 치자. 그다음은 무슨 일이 일어날 것인가? 한쪽 의 발기불능과 다른 한쪽의 질 건조이리라. 이런 일은 피하는 것 이 상책이었다.

　내가 에스코트걸 사이트에서 여자를 구하는 것은 아주 어쩌다 였고, 보통은 한 학기가 끝나고 새로운 학기가 시작되기 전인 여 름 동안 좀더 자주 들락거렸다. 두 여학생 사이에 생긴 일종의 공백을 메우기 위해서였다고 할까. 그 경험은 대체로 만족스러 웠다. 나는 에스코트걸 사이트를 빠르게 일별했고, 그것만으로 도 새로 들어선 이슬람 정권이 이 사이트의 운영에 하등 영향을 미치지 않았다는 것을 알 수 있었다. 나는 수많은 프로필을 살피 다가 그중 어떤 것들은 다시 읽기 위해 프린트도 하면서 수주를 망설였다(에스코트걸 사이트는 얼마간 식당 가이드북과 비슷하 다. 기막힌 맛을 기대하게 하는, 메뉴에 대한 훌륭한 서정적 묘사가 실제보다 월등히 그럴듯하기 때문이다). 나는 마침내 '나디 아 뵈레트*'를 낙점했다. 현재의 정치적 상황과 맞물려 무슬림 여 자가 제법 자극적으로 느껴졌기 때문이다.

사실 나디아는 튀니지 출신으로 또래의 젊은이들을 강타한 이 재再이슬람화 경향에서 완전히 비켜나 있었다. 그녀는 방사선과 전문의의 딸로 어린 시절을 부촌에서 보냈고 베일을 두른다는 생각은 꿈에도 해본 적이 없으며, 현대문학 석사과정 2학년 학 생이었다. 그렇다면 나의 옛 제자일 법도 했겠지만, 그렇지 않았 다. 그녀는 파리 디드로 대학교(파리7대학)에서 수학했다. 성적 으로 그녀는 능숙한 프로였지만 상당히 기계적인 체위들만을 이 어갔고, 정신이 딴 데 가 있다는 인상을 주었다. 항문섹스를 했 을 때에야 겨우 희미하게 흥분했을 뿐이었다. 그녀의 엉덩이는 작고 항문은 좁았음에도 나는 왜인지 아무 쾌락도 느끼지 못했 다. 피로나 오르가슴 없이 몇 시간이고 그녀와 항문섹스를 할 수 도 있을 것 같은 기분이었다. 그녀가 가느다란 신음을 흘리기 시 작했을 때 나는 그녀가 쾌락—그리고 어쩌면 이어서 감정—을

---

* beurette. 프랑스어로 마그레브 이민자 2세를 지칭하는 뵈르(beur)의 여성형. '뵈르'는 아랍(arabe)의 알파벳 단어 배열을 변형하여 만든 신조어로, 버터 (beurre)와 동일하게 발음되고 경멸적인 의미를 내포하고 있는 까닭에, 젊은 마 그레브인들이 이 단어를 거부하는 움직임을 보이고 있다.

느낄까봐 두려워하기 시작했음을 감지했다. 그녀는 재빨리 돌아 누웠더니 자신의 입안에서 내가 일을 마치게 했다.

나는 떠나기 전에, 값을 지불한 한 시간을 마저 채우기 위해, '라 메종 뒤 콩베르티블' 가구점에서 구입한 침대 겸 소파에 앉 아 그녀와 얼마간 이야기를 나누었다. 그녀는 똑똑했지만 사고 방식이 꽤나 진부했다. 요컨대 모하메드 벤 아베스의 당선에서 부터 제3세계의 부채에 이르기까지 모든 주제에 대해 정확히 생 각해야 마땅한 그대로 생각했다. 그녀의 원룸아파트의 인테리어 는 세련됐으며 완벽하게 정돈돼 있었다. 나는 그녀의 생활방식 이 합리적일 것이며, 소비성향도 명품 옷을 사는 데 수입 전체를 써버리는 것과 거리가 멀고 대신 대부분의 수입을 소중하게 저 축할 것이라고 확신했다. 아니나다를까, 그녀는 사 년 동안—열 여덟 살에 일을 시작했다—일해서 번 돈으로 일터인 이 원룸아 파트를 구입했노라고 말함으로써 나의 짐작을 확인시켜주었다. 일은 학업이 끝날 때까지 계속하다가, 졸업 후 방송계에서 경력 을 쌓을 생각이었다.

며칠 뒤, 나는 '더러운 바베트'를 만났다. 사이트에 열광적 찬 사에 가까운 평가가 가득하며 "핫하고 금기 없는" 여자로 소개 되었다. 과연 그녀는 약간은 진부한 두 장의 예쁜 천 쪼가리, 즉 젖가슴을 드러낸 브래지어와 밑이 트인 티팬티만을 입은 채 나를 맞았다. 기다란 금발에 거의 천사 같은 천진한 얼굴의 여자였다. 그녀 또한 항문섹스를 좋아했고, 이를 드러내는 데 거리낌이 없었다. 한 시간이 흘렀건만 나는 여전히 절정에 이르지 못했다. 그녀는 내가 정말 저항적이라고 지적했다. 사실 이번에도 나의 발기상태가 전혀 약해지지 않았음에도 나는 단 한순간도 쾌락을 맛보지 못했다. 그녀가 혹시 자신의 젖가슴에 사정할 수 있는지 물었고, 나는 이행했다. 그녀는 젖가슴에 정액을 펴 바르면서 자기는 정액으로 뒤덮이는 걸 몹시 좋아한다고 말했다. 그러면서 '갱 뱅'*에도 정기적으로 참여한다고 밝혔다. 대개는 스와핑 클럽에서 이루어지지만 주차장 같은 공공장소를 이용하기도 한다는 것이었다. 비록 남자들의 참가비는 얼마 되지 않았지만―일인당 오십 유로―그녀에게는 그야말로 대목이었다. 왜냐하면 남자들이 그녀의 몸 위에 사정할 때까지 세 구멍에 차례로 삽입하게 하면서 때로 한 번에 마흔 명에서 쉰 명까지 상대했기 때문이다. 그녀는 다음번에 갱 뱅이 열리면 꼭 알려주겠노라고 약속했고, 나는 고맙다고 대답했다. 갱 뱅에 정말 관심이 있었던 것은 아니었지만 그녀는 호감 가는 여자였다.

결과적으로 이 두 명의 에스코트걸은 '괜찮았다.' 다시 만나

---

* 일종의 집단 섹스로 한 명이 여러 명의 파트너를 차례로, 혹은 동시에 상대한다.

고 싶다거나, 지속적인 관계를 유지하고 싶다거나, 함께 살고 싶다는 마음이 들 정도는 아니었지만 말이다. 그렇다면 나는 이제, 죽어야 할까? 결정을 내리기에 아직은 시기상조인 듯했다.

몇 주 뒤, 정작 죽은 사람은 나의 아버지였다. 아버지의 동반자 실비아로부터 소식을 들었다. 그녀는 전화로 우리가 서로 "대화를 나눌 기회가 많지 않았"음을 유감스러워했다. 그야말로 완곡어법이었다. 나는 그녀와 이야기를 나눠본 적이 '전혀' 없었고, 그녀의 존재조차 불과 이 년 전 아버지와 마지막으로 대화하는 중에 간접적 암시로 눈치챘기 때문이었다.

실비아가 브리앙송 역으로 마중을 나왔다. 나는 매우 불쾌한 여정을 마친 참이었다. 테제베 열차로 파리에서 그르노블에 갈 때까지만 해도 괜찮았다. 프랑스철도공사가 테제베까지는 최소한의 서비스 수준을 유지하니까. 하지만 그르노블에서 브리앙송으로 가려고 탄 지역고속철은 그야말로 방치상태로, 브리앙송까지 오는 동안 수차례나 고장을 일으켜 결국 한 시간 사십 분이나 늦게 목적지에 도착했다. 뿐만 아니라 화장실이 막혀서 똥물이 승강구로 넘쳐흐르고 객실까지 침범할 태세였다.

실비아는 미쓰비시 파제로 인스타일을 몰았다. 나는 호피무늬 덮개를 씌운 앞좌석에 크게 놀랐다. 미쓰비시 파제로는 "험난한 지형에서 매우 효과적인 오프로드 차량들 중 하나"였다. 나도 파리로 오는 길에 구입한 자동차 잡지 『로토 주르날』특별호를 통해 알게 된 사실이었다. 인스타일은 가죽 시트와 전자동 접이식 지붕, 후방 카메라, 그리고 860와트 앰프와 스물두 개의 스피커가 강력한 사운드를 내는 록퍼드 어쿠스틱 오디오 시스템으로 마감돼 있었다. 이 모든 것이 정녕 놀라울 따름이었다. 아버지는 과시욕까지 포함하여 평생토록―물론 내가 아는 아버지의 삶에 한해서지만―철저히 상투적인 부르주아 취향에서 벗어나본 적이 없는 분이었다. 가느다란 줄무늬의 회색―혹은 때에 따라 감색―스리피스 정장, 영국 명품 넥타이. 사실 아버지의 옷차림은 대기업 재무 부장이라는 당신의 직업과 정확하게 일치했다. 살짝 물결치는 금발에 쪽빛 눈동자와 잘생긴 얼굴은 재계나 '서브프라임', 월 스트리트를 중심으로 돌아가는, 난해하기 짝이 없으면서 동시에 지독하게 중요해 보이는 주제들을 다룬 할리우드 영화들 중 한 편에 출연하면 손색없을 외모였다. 아버지와 만나지 않은 지 근 십 년이었고 그간의 변화를 나로서는 알 길이 없었지만, 어쨌든 이와 같은 일종의 호전적인 시골 모험가로의 변신은 전혀 예상치 못한 일이었다. 실비아는 오십대로 아버지보다 스물다섯 살이 어렸다. 만일 내가 없었더라면 그녀는 아버지의 유산을 통째로 물려받았을 터였다. 아무튼 나는 외동아들이었던바 그녀는 나의 권리인 유산의 50퍼센트를 양보해야 하는 처지였다. 사정이 이렇다보니 그녀한테서 나에 대한 따뜻한 감정을 기대하기 어려울 수도 있었건만, 그녀는 적절히 처신했고 내게 말을 걸 때도 과도하게 불편해하는 기색이 없었다. 나는 반복되는 열차의 연착을 알리기 위해 그녀에게 수차례 전화를 걸었고, 공증인과의 만남은 저녁 여섯시로 미뤄졌다.

유언장이 개봉되었고 내용은 예상대로였다. 아버지의 재산은 우리 두 사람에게 균등하게 분배되었다. 별도의 유품은 없었다. 공증인이 유능했다. 그가 상속액을 산정하기 시작했다.

아버지는 유니레버 사에서 상당액의 은퇴연금을 받는데, 현금은 별로 없었다. 보통예금 계좌에 이천 유로, 오래전에 가입하여 잊은 듯한 증권투자신탁에 몇만 유로 정도가 전부였다. 아버지의 주 재산은 실비아와 아버지가 함께 살던 집이었다. 브리앙송의 부동산업자가 집을 방문한 뒤 집값을 사십일만 유로로 추산했다. 거의 새것인 미쓰비시 사륜구동 차량은 자동차 매매 잡지 『아르귀스』에 따르면 사만오천 유로 상당이었다. 가장 놀라웠던 것은 공증인이 가격별로 분류해놓은 고가의 총기 컬렉션이었다. 그중 베르네 카롱 사의 '플라틴'과 샤퓌 사의 '우랄 엘리트'가 가장 비쌌으며, 어쨌든 전체를 추산하면 팔만칠천 유로로 사륜구동차를 훌쩍 뛰어넘는 금액이었다.

나는 실비아에게 물었다. "아버지가 무기를 수집하셨어요?"

"수집용이 아니었어요. 사냥을 많이 다니셨고, 그분이 열광하는 취미생활이 되었죠."

인생의 황혼에 어느 지형이나 막힘없이 달리는 사륜구동차를 구입하여 사냥꾼 본능을 되찾은 전직 유니레버 재무 부장이라니. 놀라웠지만 불가능한 일도 아니었다. 공증인이 벌써 산정을 끝냈다. 상속은 절망적일 정도로 간단했다. 모든 절차가 순식간에 끝났지만 내가 이곳에 워낙 늦게 도착한 터라 당일 열차를 놓쳤고, 내가 타고 온 것이 막차였다. 이 상황은 실비아를 미묘한 처지로 내몰았고 우리는 차에 오르며 거의 같은 순간, 이 사실을 인식했다. 내가 선수를 쳐서 브리앙송 역에서 가장 가까운 호텔에 방을 잡는 것이 좋겠다고 단언함으로써 거북한 상황을 해결했다. 다음날 아침 일찍 파리행 열차가 있으며 파리에서 중요한 약속이 있기 때문에 이 차를 절대 놓치면 안 된다고 둘러댔다. 나는 이중으로 거짓말을 한 셈이었다. 다음날도 다른 어떤 날도 약속 따위는 없었을 뿐만 아니라, 파리행 첫차는 거의 정오가 다 되어 출발했다. 아무리 서둘러도 저녁 여섯시는 돼야 파리 근처에 도착할 터였다. 내가 머지않아 자신의 인생에서 사라진다는 것에 안도한 실비아는 거의 반색을 하며 '자기들의 집'—이 표현을 굳이 고집한다는 인상을 받았다—에서 뭐 좀 마시고 가라고

청했다. 그곳은 더이상 '그들의 집'이 아니었다. 아버지는 돌아
가셨고 이제 얼마 안 있으면 더이상 '그녀의 집'도 아닐 테니까.
내가 공증인에게 액수를 들은 마당이니만큼 그녀한테는 내 몫의
유산을 내주기 위해 이 집을 매각하는 것 외에 다른 선택의 여지
가 없었다.

프레시니에르 마을 골짜기의 언덕에 위치한 그들의 산장은 어
마어마했다. 지하 주차장은 차 열 대가 너끈히 들어갈 수 있을
정도로 광활했다. 나는 거실로 이어지는 복도를 통과하다가 박
제된 사냥 기념품들 앞에서 걸음을 멈추었다. 샤무아, 무플론,
그리고 이와 비슷한 유의 포유동물이 있었고, 좀더 알아보기 쉬
운 멧돼지도 있었다.

"편하게 외투 벗어놓으세요……" 실비아가 권유했다. "정말
유쾌하답니다, 사냥 말이에요. 저도 전에는 몰랐던 세계죠. 일요
일이면 다들 온종일 사냥을 하다가 다른 사냥꾼들과 그 부인들
까지 대략 열 커플이 함께 저녁식사를 해요. 대개는 여기서 아페
리티프를 마시고, 이웃 마을의 작은 식당에 가서 밥을 먹죠, 식
당을 아예 통째로 빌려서요."

따라서 아버지는 '유쾌한' 말년을 보냈다. 그것 역시, 놀라웠

다. 어릴 때 나는 아버지의 직장 동료를 단 한 명도 만나보지 못했고, 실제로 아버지가 직장 밖에서 따로 만나는 동료는 없었던 것으로 알고 있다. 나의 부모님은 친구가 있었을까? 그럴지도 모른다. 하지만 나로서는 부모님의 친구에 대한 기억이 없었다. 우리는 파리 근교 메종 라피트의 커다란 집에서 살았다. 물론 이 집에 비할 바는 아니었지만, 그래도 꽤 컸다. 누군가 우리집에 와서 저녁식사를 하거나 주말을 보낸 기억이, 요컨대 일반적으로 '친구' 사이에 행해지는 사교 행위에 대한 기억이 내게는 없었다. 더욱 놀라운 건 아버지한테 '정부'라고 부를 만한 여자도 없었다는 것이다. 물론 내가 확신할 수 있는 문제가 아니었고 증거도 전혀 없었다. 하지만 내 기억 속의 아버지와 정부는 전혀 겹쳐지는 것이 없었다. 결론적으로 아버지는 조금의 일치점도 없는 완전히 분리된 두 인생을 살았던 것이다.

층 전체를 차지한 거실은 드넓었다. 입구의 오른쪽에는 미국식 개방형 부엌과 커다랗고 견고한 식탁이 있었다. 나머지 공간은 낮은 탁자들과 하얀 가죽을 씌운 기다랗고 푹신한 소파들이 채웠고, 벽에는 또다른 사냥 기념물들의 목이 걸려 있었으며, 받침대에는 아버지의 총들이 주르르 놓여 있었다. 손잡이에 은은하게 빛나는 금속이 섬세하게 조각된 아름다운 물건들이었다. 바닥엔 갖가지 동물들의 가죽이 잔뜩 깔렸는데 주로 양인 듯했다. 조금은 알프스 티롤 지역의 사냥용 산장에서 사건이 벌어지는, 1970년대 독일 포르노영화 속에 들어와 있는 듯한 기분이 들었다. 나는 산의 풍경이 한눈에 들어오는, 안쪽 칸막이벽 전체를 차지한 창문 쪽으로 다가갔다. 실비아가 설명했다. "맞은편에 보이는 것이 라 메주 산봉우리예요. 북쪽으로 더 가면 에크랭 산이 있고요. 뭐 좀 마시겠어요?"

나는 그렇게 구비가 잘된 붙박이 바를 본 적이 없었다. 십여 종의 과일주와 나로서는 세상에 존재하는지조차 몰랐던 리큐어들이 즐비했다. 하지만 나는 마티니에 만족했다. 실비아가 머리맡의 전등을 켰다. 저무는 햇빛에 에크랭산맥을 뒤덮은 하얀 눈이 푸르스름해지면서 다소 슬픈 풍경이 되었다. 유산 분배 문제를 넘어 실비아가 과연 이 집에 혼자 머물고 싶었을까, 하는 생각이 들었다. 그녀는 아직 브리앙송에서 일하고 있었다. 기차역에서 만나 공증인이 상속액을 산정하기까지의 과정 동안 그녀한테 들은 이야기였으나, 직장이 어디인지는 잊었다. 설사 그녀가 브리앙송 시내에 쾌적한 아파트를 얻는다 해도 이제부터 그녀의 삶이 덜 재미있으리라는 것은 명약관화했다. 나는 조금은 마지못한 기분으로 소파에 앉아 마티니 두 잔째를 받아들었다. 하지만 이것이 마지막 잔이고 잔을 비운 다음엔 바로 호텔로 데려다달라고 말하리라 마음먹었다. 나는 결코 여자들을 이해하지 못할 터였고, 이런 생각은 점점 커져가는 확신으로 자리잡았다. 지금 내 앞에 있는 여자는 평범했다. 거의 지나치다 싶게 평범했다. 그런데 이 여자는 나도 내 어머니도 발견하지 못한 무언가를 내 아버지한테서 찾아냈다. 목적이 오로지 돈이었다는 생각은 들지 않았다. 심지어 돈은 중요하지 않아 보였다. 그녀는 고소득자였고 그 사실은 그녀의 옷차림이며 헤어스타일이며 말투에서도 드러났다. 그 평범하고 늙직한 남자한테서 그녀는 처음으로 사랑할 만한 무언가를 찾아냈던 것이다.

파리로 돌아오자 몇 주 전부터 받을까봐 조마조마했던 이메일
이 와 있었다. 아니, 어쩌면 이 말은 정확하지 않을 것이다. 사실
나는 이미 체념했으니까. 내가 정말로 궁금했던 것은 미리암도
과연 '누군가를 만났다'고 말할 것인지, 그 표현을 쓸 것인지 여
부였다.

그녀는 그 표현을 썼다. 이어지는 문장에서 그녀는 진심으로
미안하며, 이제부터는 어떤 슬픔 없이는 결코 나를 떠올릴 수 없
을 것이라고 썼다. 진담이라는 생각이 들었다. 비록 진실은 또한
그렇게라도 나를 떠올리는 일이 현저히 줄어들리라는 것이었지
만. 이어서 그녀는 프랑스의 정치 상황을 엄청나게 우려하는 척
하면서 화제를 전환했다. 세심한 배려였다. 우리의 사랑이 마치

역사적 격변의 혼란으로 인해 깨진 것처럼 굴다니. 매우 정직한 태도는 아니었지만 아무튼 세심한 배려였다.

나는 컴퓨터 모니터에서 고개를 돌려 창가로 몇 걸음을 옮겼다. 저무는 태양빛에 허리께가 주황색으로 물든, 렌즈 모양의 커다란 구름이 샤를레티 종합운동장 위 아주 높은 하늘을 항성 간 우주선만큼이나 미동도 없이 무심하고 고고하게 떠다녔다. 나는 고통에 무뎌지고 둔감해졌지만, 어쨌든 생각이 잘 정리되지 않을 만큼 고통스럽기는 했다. 떠오르는 생각이라고는 또다시 내가 혼자가 되었다는 것이었고, 내게 남은 건 더욱 줄어든 생의 의지와 다가올 숱한 곤경뿐이었다. 거기에 그 자체로는 절차가 극도로 간단했던 해직으로 인한 사회보장제도와, 부차적으로는 상호공제조합을 위한 갖가지 행정적 골칫거리들도 산재해 있었다. 도저히 손댈 엄두가 나지 않았지만, 아무튼 해야 했다. 은퇴연금이 충분한 액수라고는 해도 치명적 중병에 직면해서도 끄떡없을 정도는 아니었다. 반면 에스코트걸들을 다시 고용할 정도는 되었다. 사실 처음엔 아무런 욕구도 없었으나, '자신에 대한 의무'라는 모호한 칸트적 개념이 머릿속을 떠돌았을 때, 늘 이용하던 사이트를 검색해봐야겠다는 생각이 들었다. 결국 나는 "음란하고 거침없는 듀엣에게 매혹당해보라"고 제안한 두 여자, 스물두 살짜리 모로코인 라시다와 스물네 살짜리 스페인인 루이사를 선택했다. 당연히 비쌌다. 하지만 상황이 상황이니만큼 나를 위한 과한 지출이 다소 정당하게 느껴졌다. 우리는 당장 그날 밤으로 약속을 잡았다.

처음엔 여느 때와 다름없이 흘러갔다. 모든 것이 순조로웠다. 두 여자는 우리집에서 그리 멀지 않은 몽주 광장 근처의 예쁜 원룸아파트에서 나를 맞았다. 향을 방안 곳곳에 피워놓고 고래의 노래처럼 반복적이고 부드러운 음악까지 틀어놓았다. 나는 피로감이나 쾌감 없이 두 여자를 번갈아가며 앞뒤로 들락거렸다. 그렇게 삼십 분 남짓이 지나고 내가 루이사를 뒤에서 품었을 때 무언가 새로운 일이 일어났다. 라시다가 내게 비즈를 하더니 엷은 미소를 지으며 내 뒤로 가서 한 손을 내 엉덩이에 얹은 채 고개를 숙여 고환을 핥기 시작했다. 커져가는 놀람 속에 내 안에서 점차 잊혔던 쾌감의 전율이 되살아나는 것이 느껴졌다. 어쩌면 미리암의 메일이, 그녀가 공식적으로 나를 떠났다는 사실이 내 안의 무언가를 해방시켰을지도 모른다. 나는 고마움에 겨워 뒤로 돌아 콘돔을 벗겨내고는 라시다의 입에 나를 맡겼다. 이 분 뒤 나는 그녀의 입안에 사정했고, 그녀가 마지막 한 방울까지 세심하게 핥는 동안 그녀의 머리칼을 쓰다듬었다.

그들의 집을 나오며 나는 굳이 그들에게 각각 백 유로씩 팁을 주었다. 나의 부정적인 결론은 어쩌면 시기상조인 듯했고, 이 두 여자는 내 아버지의 생에 뒤늦게 찾아든 놀라운 변화에 더해 내게 또다른 증거를 선사했다. 어쩌면 나는 라시다를 다시 만날 수 있을 것이고, 마침내 우리 사이에 사랑의 감정이 싹틀 수 있으리라. 어떤 가능성도 철저히 배제되지 않았다.

그 짧은 희망의 약동은 보다 넓게는 프랑스가 약 반세기 전 '영광의 30년'*이 막을 내린 이후로 알지 못했던 낙관주의를 되찾은 순간에 찾아왔다. 모하메드 벤 아베스를 중심으로 수립된 국민연합 정부가 성공적이라는 만장일치의 평가를 받았다. 이제껏 새로 선출된 공화국의 어떤 대통령도 그 정도의 '영예로운 성공'은 누려보지 못했고, 모든 정치평론가들이 이에 동의했다. 나는 새로 선출된 대통령의 국제적 야심을 지적한 알랭 타뇌르의

---

* 2차대전 직후인 1945년부터 오일쇼크가 일어난 1973년까지, 주로 선진국에서 폭발적인 경제성장을 이룬 삼십 년 남짓의 기간을 말한다. 경제뿐만 아니라 정치, 사회, 문화적으로도 많은 변화와 발전을 이룬 시기이므로 '보이지 않는 혁명'이라고도 불린다.

말을 가끔씩 떠올렸고, 유야무야로 지나가버린 한 뉴스에 주목했다. 바로 모로코의 유럽연합 가입 협상 재개에 관한 소식이었다. 터키의 유럽연합 가입은 이미 기정사실로 시간문제였다. 따라서 로마제국의 재건설이 진행중이었고 벤 아베스의 내밀한 계획이 차질 없이 실현되고 있었다. 그의 당선으로 인한 가장 즉각적인 효과는 범죄의 감소였다. 그것도 엄청난 비율로. 특히 소외 지역의 범죄는 정확히 십분의 일로 격감했다. 또다른 즉각적인 성공은 실업률의 하향곡선이 급강하했다는 것이었다. 틀림없이 여성들이 노동시장에서 대대적으로 빠져나간 것에 기인할 터인데, 이것은 새 정부가 상징적으로 취한 첫 조치인 가족수당의 획기적 인상과도 관련이 있었다. 초기엔 직업 활동을 전면적으로 중단했을 경우에 한해 가족수당을 지급한다는 조건 때문에 좌파의 원성을 샀으나, 실업률이 대폭 감소하자 원성이 순식간에 잦아들었다. 국가예산 적자도 우려할 필요가 없었다. 가족수당 인상이 교육예산—앞선 정부에서는 단연 우선시하던 예산이었다—의 준엄한 삭감으로 상쇄되었기 때문이다. 새로운 교육제도에서는 의무교육이 초등교육에서—즉 거의 12세에서—멈추었다. 졸업증명서 제도도 부활시켰다. 중등교육부터는 의무교육이 아닌 이상, 이제는 시험이 아니라 졸업장이 교육과정을 인정하는 일반적 수단이 되었다. 다음으로 수공업 전문교육이 장려

되었고, 고등교육의 경제적 부담은 철저히 개인의 몫이 되었다. "우리 사회를 구성하는 기본단위인 가정에 본래의 자리와 존엄성을 돌려주는 것"에 목적이 있는 이 모든 개혁은 공화국의 새로운 대통령과 그가 임명한 총리가 공동연설을 통해 선언했다. 이 기묘한 연설에서 벤 아베스는 거의 신비적인 어조를 갖추었고, 만면에 행복한 미소를 활짝 띤 프랑수아 바이루는 주인공이 한 말을 과장된—그리고 다소 기괴한—표정과 동작으로 따라하는 옛 독일 팬터마임의 어릿광대 '한스부르스트'*, 즉 소시지 한스 비슷한 역할을 맡았다. 이슬람 학교는 확실히 전혀 두려워할 것이 없었다. 이 학교들을 지원하는 석유제국들의 관대함에는 한계가 없었다. 놀라운 것은 몇몇 가톨릭 학교와 유대교 학교가 각기 다른 기업 총수들에게 협조를 요청함으로써 용케 위기를 모면한 방식이었다. 아무튼 그들은 학교 후원회 설립 문제를 매듭지었고 다음 학기부터 정상적으로 개교할 것이라고 선언했다.

아득한 옛날부터 프랑스 정치사를 구성해왔던 중도좌파와 중도우파의 양당 정치 시스템이 갑작스럽게 파열되자, 처음엔 프랑스 언론 전체가 실어증에 가까운 마비상태에 빠졌다. 다만 빨

---

* '부르스트'는 독일어로 '소시지'라는 뜻으로, 어릿광대 한스의 뚱뚱한 모습에서 붙여진 명칭.

간 머플러를 조기弔旗처럼 두른 불행한 표정의 크리스토프 바르비에가 축 처진 채, 이 채널 저 채널을 오가며 그가 예견하지 못했던—사실 아무도 예견하지 못했던—역사적인 정치 변동에 대해 논평할 말을 찾지 못하고 아연해하는 모습만을 볼 수 있었을 뿐이다. 하지만 몇 주가 흐르면서 점차로 두 진영의 대립이 형태를 갖추기 시작했다. 우선 한쪽은 종교색이 없는 좌파였다. 장뤽 멜랑숑*과 미셸 옹프레** 같은 믿기지 않는 인물들의 주도로 저항을 위한 집회가 개최되었다. 좌파전선은 적어도 기록상으로는 늘 존재해왔고, 모하메드 벤 아베스가 2027년 대권에 도전하리라는 것은—당연히 국민전선의 여 후보와는 별개로—이미 예견된 사실이었다. 반대편에서는 살라피스트 학생연합 같은 몇몇 단체들이 지속되는 비도덕적 행태들을 고발하고 율법의 실질적 적용을 주장하면서 목소리를 높였다. 이런 식으로 점차 정치 토론의 핵심적 요소가 자리를 잡아갔다. 지난 수세기 동안 프랑스인들이 알던 것과는 전혀 다른, 차라리 대부분의 아랍 국가들에 존재하는 것과 흡사한 새로운 형태였지만, 어쨌든 토론은 토론

---

* 사회당 소속 정치인이었다가 사회당을 떠나 좌파전선이라는 당을 창설한 뒤 2012년 대선에 출마한 바 있다.

** 좌파 철학자로 니체의 영향을 받은 무신론자이며 개인의 행복과 쾌락을 추구하는 사회주의를 꿈꾼다.

이었다. 비록 인위적일지라도 정치 토론의 존재는 조화로운 언론의 기능에, 나아가 어쩌면 국민들이 적어도 민주주의의 형태가 남아 있다고 느끼게 하는 데 필수적이었다.

이와 같은 표면적인 혼란과는 별개로 프랑스는 빠르고 은밀하게 변화하고 있었다. 모하메드 벤 아베스에게 이슬람과도 독립적인, 별도의 사상이 있다는 것이 곧이어 드러났다. 그는 기자회견에서 분배주의에 영향을 받았다고 선언함으로써 좌중 전체를 경악 속에 빠뜨렸다. 사실 그는 대선 운동중에도 이 사실을 수차례 밝힌 바 있었으나, 자기들이 이해하지 못하는 정보는 무시해버리는 습성이 있는 기자들이 그의 선언을 문제삼거나 따로 들추지 않았다. 하지만 이번에는 현직 대통령의 선언이었고, 따라서 자료를 조사하여 기사를 작성하지 않을 수 없었다. 이어지는 몇 주에 걸쳐 분배주의란 20세기 초 영국에서 사상가이자 작가인 길버트 키스 체스터턴과 힐레어 벨록의 주도로 나타난 경제철학이라는 것이 대중에게 알려졌다. 분배주의는 자본주의와 공산주의를 동시에 배제하고 국가 자본주의라는 '제3의 길'을 지향한다. 기본적 사상은 자본과 노동의 분리를 없애는 것으로, 분배주의에 따른 표준적인 경제 형태는 가족기업이었다. 생산 품목에 따라 보다 광범위한 인원이 필요한 경우는 모든 노동자들이 기업의 주주이자 경영의 공동책임자가 되어야 했다.

벤 아베스는 나중에 분배주의가 이슬람의 가르침과 완벽하게 일치한다고 밝혔다. 이것이 불필요한 지적이 아니었던 것이, 체스터턴과 벨록은 특히 생전의 격렬한 가톨릭 논쟁가 활동으로 알려졌기 때문이다. 이 이론이 표방하는 반자본주의 노선에도 불구하고 유럽연합 당국은 프랑스 대통령의 선언에 대해 크게 우려하지 않아도 될 것으로 보였다. 과연 새로운 프랑스 정부의 주요 정책은 한편으로는 거대 기업들에게 국가적 지원을 전면 중단하는 것이었고—유럽연합 당국이 오래전부터 자유경쟁 원칙에 도달하는 방편으로서 도입을 주장한 정책이었다—다른 한편으로는 수공예 장인들과 자영업자들에게 유리한 세제를 채택하는 것이었다. 이 정책은 대번에 대중의 열띤 호응을 얻었다. 사실 수십 년 전부터 젊은이들이 보편적으로 표출해온 진로 희망 사항은 '자기 회사를 설립하는 것'이거나, 아니면 적어도 독립적인 노동자의 지위를 확보하는 것이었다. 게다가 이 정책은 국가 경제의 변화에도 완벽하게 부응했다. 막대한 비용을 들인 구제 정책에도 불구하고 프랑스에서 문을 닫는 거대 기업들이 속출하는 반면, 농업이나 수공업 종사자들은 위기를 용케 모면했고 심지어 세간의 표현대로 시장의 일부를 점령했다.

이 모든 변화가 프랑스를 새로운 사회의 유형으로 이끌었는데, 이러한 변화는 젊은 사회학자 다니엘 다 실바의 에세이가 출간되어 떠들썩해질 때까지 암묵적으로 진행되었다. 다 실바의 책은 『아들아, 어느 날 이 모든 것이 네 것이 될 것이다』라는 아이로니컬한 제목에 '정략가족을 향하여'라는 보다 명시적인 부제가 붙었다. 다 실바는 도입부에서 십 년 전쯤에 출간된, 철학자 파스칼 브뤼크네르의 에세이에 찬사를 보낸다. 브뤼크네르는 사랑으로 맺어진 결혼의 실패를 목도하면서 정략결혼으로 돌아가자고 주장하는데, 다 실바도 마찬가지로 가족관계, 특히 아버지와 아들 사이는 어느 경우에도 사랑이 바탕이 될 수 없으며 그보다는 지식과 재산의 전수가 바탕이 되어야 한다고 주장했다. 사회 전반에 보편화된 월급쟁이 생활은 필연적으로 가족의 붕괴와 사회의 철저한 분열을 초래하고, 이 해체는 표준적 생산 모델이 다시 개인기업에 기반을 둘 때 비로소 봉합된다는 것이었다. 이와 같은 반反낭만적인 주장들은 종종 파문을 일으키는 데 성공했으나, 다 실바 이전에는 언론의 지속적인 관심을 끌지는 못했다. 주요 언론에서 개인적 자유며 사랑의 신비며 그 밖의 것들에 대한 보편적 합의가 이루어졌기 때문이다. 명철한 지성의 소유자이자 능란한 토론자인 젊은 사회학자는 정치나 종교 이데올로기에는 어느 정도 무심한 태도를 견지하며 어느 경우에도 절대 자신의 전문 분야—가족 구성의 변화와 이 변화가 서구 사회의 인구 전망에 미치는 영향 분석—를 벗어나는 법이 없이 토론에 임했다. 그리고 그럼으로써 그를 중심으로 형성될 조짐을 보이던 우경화의 고리를 깨뜨리고서, 벤 아베스의 사회계획을 둘러싸고 싹트는 사회 토론(대체로 암묵적이고 무기력한 수용의 분위기 속에서 매우 느리게, 매우 점진적으로, 그다지 신랄하지 않게 이루어졌지만 어쨌든 싹트기는 했다)에 권위 있는 목소리를 싣는 데 처음으로 성공했다.

나의 가족은 다 실바의 주장을 뒷받침하는 완벽한 예시였다. 사랑에 있어서도 나는 이렇게까지 멀어진 적이 없었다. 라시다와 루이사를 처음 방문했을 때 체험했던 기적은 다시 일어나지 않았다. 나의 페니스는 다시 발기만 하는 무감각한 신체 기관으로 돌아왔다. 나는 절망에 가까운 상태에서 그녀들의 아파트를 나왔다. 내가 그녀들을 결코 다시 찾지 않을 것이며, 삶의 가능성이 나를, 위스망스라면 말했을 '무감하고 건조한' 상태로 버려둔 채, 손가락 사이로 점점 빠르게 빠져나가는 것을 인식하면서.

　얼마 뒤, 한랭전선이 수천 킬로미터를 급강하하면서 서유럽을 뒤덮더니 이후 며칠간 영국제도와 북부 독일 위에 머물렀고, 한 대기단이 하룻밤 만에 프랑스로 몰려내려와 계절에 비해 예외적인 기온 급감을 유발했다.

더는 쾌감의 원천이 되지 못했던 나의 몸뚱이는 고통의 그럴 듯한 원천이었고, 며칠 뒤 나는 내가 얼추 삼 년 안에 열번째로, 발한 이상 증상에 따른 물집성 습진의 희생양이 됐다는 것을 알았다. 발바닥과 발가락 사이에 다닥다닥한 작고 오돌토돌한 수포들이 맞붙어 큰 수포를 형성하며 곪거나 터져 있었다. 피부과에 갔더니 환부에 침투한 기회감염성 세균 때문에 사상균증으로 악화되었다고 했다. 치료법은 익히 아는 것이었으나, 오래 걸렸다. 수주는 지나야 가시적인 호전 증상을 보일 터였다. 매일 밤 통증 때문에 깨어나기 일쑤였고, 일시적 안정을 얻고자 피가 날 때까지 몇 시간이고 긁을 때도 있었다. 나의 발가락, 몸 끝에 달린 이 오동통하고 엉뚱한 살점이 그토록 끈질긴 고문에 시달릴 수 있다니, 놀라울 따름이었다.

잠에서 깨어나 피가 날 때까지 발을 긁어대는 광경을 연출하던 무수한 밤들 중 어느 날 밤, 나는 문득 일어나 창가로 갔다. 새벽 세시였지만, 파리가 늘 그렇듯 도시의 일부만이 어둠에 잠겨 있었다. 창문을 통해 수백여 채의 그만그만한 건물들 틈에 삐죽 솟은 십여 채의 고층 건물들이 눈에 들어왔다. 저 건물들 안에는 수천 개의 아파트와 수천 개의 '가구'가 있으리라. 가구라고는 해도 파리의 가구당 인구수는 대개 한 명 내지 두 명이었으며 그나마 한 명으로 점점 줄어드는 추세였다. 이 시간, 저 대부분의 감옥들은 불이 꺼져 있었다. 나에게는 저기서 살고 있을 대부분의 사람들보다 더 자살을 해야 할 특별한 이유가 없었다. 엄밀히 따지면 심지어 그럴 이유가 적기까지 했다. 나는 실질적인 학문적 업적을 인정받았으며, 사회에서 어느 정도 인정받고 심지어 존경까지 받는 세계—분명, 극도로 문이 좁은 세계이다—의 일원이었다. 물질적 측면에서도 불평할 거리가 없었다. 내게는 죽을 때까지 프랑스 평균 임금의 두 배가 넘는 고소득이 보장되었다. 그 대가로 아무 일도 하지 않고서. 그럼에도 나는 자살을 분명히, 가깝게 느꼈다. 절망감이나 심지어 특별한 슬픔을 느껴서가 아니라, 단지 비샤*가 말한 "죽음에 저항하는 활동의 총체"가 서서히 쇠락하고 있었기 때문에. 확실히 단순한 생의 의지만으로는 평균 서구인의 삶에 점철된 고통과 근심의 총체에 저항하는 것이 내게는 역부족이었다. 나로서는 나 자신을 위해서 사는 것이 불가능하다고 할까. 그렇다면 누구를 위해 살아야 할 것인가? 인류애는 나의 관심사가 아니었다. 하물며 역겹기까지 했다.

---

* 마리 프랑수아 자비에 비샤. 프랑스 해부학자, 생리학자. 인체 조직을 체계적으로 연구하고 조직학의 기초를 세우는 데 공헌했으며, 생명을 죽음에 저항하는 활동의 총체로 보았다.

나는 인류를 전혀 나의 형제로 여기지 않았으며, 나의 동향인들이나 나의 옛 동료들이 인류의 극히 제한된 한 부분을 구성한다고 생각하면 더더욱 그런 마음이 들지 않았다. 그럼에도, 불쾌하지만, 어떤 의미로는 이 인간들이 나와 흡사하다는 것을 인정해야만 했다. 실은 바로 이 유사함이 내가 그들을 피하는 이유였다. 결론적으로, 여자가 필요했다. 고전적이고 검증된 해결책이었다. 물론 여자도 인간이지만 조금 다른 유형의 인류에 속했다. 여자는 삶에 어떤 이국적인 향취를 가져다준다. 같은 시기에 위스망스도 의문을 품어보았음 직한 문제였다. 그때 이후로 상황이 전혀 진척되지 않았다. 아니면 차이점—하지만 이것조차 충분히 과장된 것이다—이 불확실하고 부정적인 방식으로 완화되고 서서히 마모된 것인지도 모른다. 위스망스는 결국 다른 길을 걸었다. '신神'이라는 보다 과격하게 이국적인 방법을 택했다. 하지만 나로서는 이 길 또한 여전히 혼란스러웠다.

또 몇 달이 흘렀다. 발한 이상 증상은 의학 치료에 결국 굴복했지만, 곧바로 급성 치질로 대체되었다. 날씨가 점점 추워졌고, 나의 행동반경도 점점 실용적이 되었다. 일주일에 한 번 음식물과 생활용품을 조달하기 위해 '제앙 카지노'에 들르는 것과, 아마존에서 구입한 도서들을 찾아오기 위해 매일 아파트 현관의 우편함에 다녀오는 것이 내 외출의 전부였다.

그럼에도 나는 과도한 절망감 없이 연말연시 축제 기간을 맞았다. 작년에는 이메일로 몇 통의 새해카드—특히 알리스와 몇몇 대학 동료들에게서—를 받았다. 올해는 처음으로 단 한 통의 카드도 받지 못했다.

1월 19일 밤, 예기치 못하게 울컥한 나는 끝 모를 오열을 터뜨렸다. 아침이 되어 파리 교외 남쪽의 르 크렘린 비세트르에서 밝아오는 여명을 보며 나는 위스망스가 제삼회인 생활을 했던 리귀제 수도원에 가기로 작정했다.

리귀제 수도원이 있는 푸아티에행 테제베의 무기한 연착을 알리는 안내 방송이 울렸다. 프랑스철도공사의 안전 요원이 플랫폼을 따라 순찰하며 누군가 담뱃불을 붙이려고만 해도 시도부터 차단했다. 요컨대 내 여행의 시작이 좋지 않았다. 열차 안에서도 또다른 성가신 일들이 나를 기다리고 있을 터였다. 짐칸이 지난번 여행 때보다 줄어들어 거의 없다시피 했다. 통로에 첩첩이 쌓인 트렁크와 여행가방들 때문에, 예전에는 철도 여행의 주된 낙이었던, 열차간 사이를 어슬렁거리는 일이 전쟁이 되어버렸고 얼마 못 가 그나마도 불가능해졌다. 무려 이십오 분이나 걸려 다다른 세르베르* 식당칸에서는 또다른 실망을 해야 했다. 가뜩이나 단출한 메뉴판의 음식 중에 서비스되는 것이 거의 없었다. 프

254

랑스철도공사와 세르베르 사가 일시적 불편을 끼친 데 대해 사과를 표했다. 별수없이 키노아 바질 샐러드와 이탈리아 탄산수로 만족해야 했다. 나는 출발할 때 역의 편의점 '를레'에서 다소 자포자기한 심정으로 사두었던 〈리베라시옹〉을 훑었다. 열차가 목적지에 가까운 생 피에르 데 코르를 지날 무렵, 기사 하나가 내 눈길을 끌었다. 신임 대통령이 표방한 분배주의가 알고 보면 언뜻 들었을 때보다 덜 무해해 보인다는 내용이었다. 체스터턴과 벨록이 도입한 정치철학의 핵심적 요소는 부차성의 원칙이었다. 이 원칙에 따르면 어떤 (사회, 경제, 정치적) 개체도 그보다 더 작은 개체가 책임질 수 있는 기능을 대신 맡아선 안 되었다. 교황 비오 11세도 자신의 회칙 '쿠아드라제시모 안노'**에서 이 원칙의 정의를 내렸다. "개인기업과 산업이 실행할 수 있는 일을 개인에게서 박탈하여 공동체에게 맡기는 것은 지극히 잘못이다. 마찬가지로 규모가 큰 상위 조직이 규모가 작은 하위 개체가 효과적으로 감당할 수 있는 기능들에 손을 대는 것 또한 대단히 부당하고, 중대한 잘못이며, 합리적 질서를 교란시키는 처사이다." 벤 아베스의 경우, "합리적 질서를 교란시키는", 지나치게 광범

---

* 에어프랑스 계열의 기내 음식 전문업체.
** 라틴어로 '40주년에'라는 뜻으로 교황 레오 13세의 노동 회칙 공포 40주년을 기념하여 붙여졌다.

위한 수준의 기능을 부여받은 것은 다름아닌 사회연대였다. 그는 최근의 연설에서, 연대가 가족 단위의 따뜻한 범주 안에서 이루어진다면 이 어찌 아름답지 않겠습니까! 라며 감동에 겨운 목소리로 말했다. 이쯤이면 "가족 단위의 따뜻한 범주"라는 것 또한 넓은 의미의 '정책'이었다. 보다 구체적으로는 정부의 새로운 예산 정책상 프랑스의 사회보장 예산이 삼 년 내에 85퍼센트 감축될 전망이었다.

무엇보다 놀라운 것은 신임 대통령이 취임 이래 발산하는 마취성 마법이 계속해서 효력을 발휘하고 있다는 것이었다. 그의 정책은 어떤 심각한 저항에도 부딪히지 않았다. 좌파는 우파에게서 나온 것이었다면 격렬하게 거부되었을 반사회적 개혁을 수용케 하는 능력이 언제고 탁월했는데, 이번에는 바로 이슬람 정당이 그러했고 더욱 능란했다. 해외 면을 보니 알제리와 튀니지의 유럽연합 가입 협상이 빠르게 진척되고 있었다. 내년 말이 되기 전에 이 두 나라가 모로코의 뒤를 이어 유럽연합에 안착할 듯했다. 다음은 레바논과 이집트 차례였다.

푸아티에 역에 도착하자 내 여정이 다소 호전될 기미를 보였다. 역에는 여러 대의 택시가 대기중이었다. 운전수는 내가 리귀제 수도원으로 가달라고 요청해도 전혀 놀라는 것 같지 않았다.

그윽하고 부드러운 눈매에 체격이 건장한 오십대 사내였다. 그는 모노스페이스형* 토요타를 매우 조심스럽게 몰았다. 그에 의하면 서구에서 가장 오래된 수도원에 머물기 위해 세계 방방곡곡의 사람들이 주말이고 주중이고 가리지 않고 매주 찾아들었다. 그는 멀리 갈 것도 없이 바로 지난주만 해도 유명한 미국 배우 한 명을 태웠노라고 덧붙였다. 이름은 기억나지 않지만 분명히 영화에서 보았던 얼굴이라는 것이었다. 그가 열거하는 영화들로 미루어 확실치는 않지만 브래드 피트인 듯했다. 그는 수도원 생활이 쾌적할 것이라면서 조용한데다 음식도 맛있다고 일러주었다. 나는 그의 이야기를 듣다가 순간, 그가 아는 사실을 말하는 것일 뿐만 아니라 실제로 그렇게 되기를 바란다는 것을 느꼈다. 그는 동족의 행복에 기뻐하는 드문 사람들에 속했다. 요컨대 이른바 '선량한 사람'이었다.

수도원 입구의 로비 왼쪽에는 수도원에서 생산하는 수제품들을 구입할 수 있는 상점이 있었다. 하지만 현재는 폐업중이었다. 오른쪽의 안내소는 비어 있었다. 대신 아무도 없을 시에는 벨을 누르라는 안내문이 붙었는데, 성무일도중에는 극도로 위급한 경

---

* 탑승 구간과 화물 적재 구간을 분리하지 않은 형태의 차.

우를 제외하고는 자제해달라는 당부도 포함돼 있었다. 이와 함께 매 성무일도 시간이 명시돼 있었으나 지속시간에 대해서는 별도의 언급이 없었다. 나는 식사시간까지 고려하여 한참을 계산한 끝에, 하루 안에 전부 마치려면 각 기도시간이 반시간을 넘지 않아야 한다는 결론에 이르렀다. 이번에는 오래지 않아 지금이 육시경과 구시경 사이라는 계산이 나왔다. 따라서 나는 벨을 누를 수 있었다.

잠시 뒤, 검은 수도복을 입은 키 큰 수도사가 나타났다. 나를 발견한 그가 환한 미소를 지었다. 이마가 훤히 벗어진 그의 머리 가장자리에는 이제 막 희끗희끗해지기 시작한 구불거리는 갈색 머리칼이 흘러내렸고, 역시 갈색인 턱수염이 목걸이처럼 늘어져 있었다. 기껏해야 쉰 살 정도 되었을까. "저는 조엘 수도사라고 합니다. 제가 형제님의 이메일에 답신을 보냈습니다." 그가 말하고 나서 나의 여행가방을 집어들었다. "방으로 안내해드리겠습니다." 그는 자세가 매우 곧았고, 무거운 내 가방을 전혀 힘겨워하지 않았다. 무척 건강해 보였다. "이렇게 다시 뵙게 되어 정말 기쁘군요. 벌써 이십 년도 넘었죠, 아마?" 나는 넋이 홀딱 나간 표정으로 그를 바라보아야 했다. 그의 다음 질문 때문이었다. "한 이십 년 전에도 이곳에 체류하셨잖아요, 그렇죠? 당시 위스망스에 대한 글을 쓰셨죠?" 사실이었다. 하지만 그가 나를 기억

한다는 것에 얼떨떨할 따름이었다. 나는 그의 얼굴이 전혀 기억에 없었다.

"수도사님이 흔히 말하는 접객 수도사이신가요?"

"아니, 아니요, 전혀 그렇지 않습니다. 형제님이 여기 오셨을 당시에는 그랬지요. 접객 수도사 임무는 주로 젊은 수도사들이 맡거든요, 물론 수도원 생활 기준으로 젊다는 것이지만요. 접객 수도사는 이곳에 오시는 형제님들과 소통하는 임무를 맡습니다. 아직은 세상과 접촉하는 것이죠. 접객 수도사는 수도사에게는 침묵 수행에 몰입하기 전에 경험하는 일종의 중간 단계, 갑문 같은 겁니다. 저는 한 일 년 넘게 접객 수도사 생활을 했습니다."

우리는 르네상스 양식 건물의 회랑을 따라 걸었다. 정원을 끼고 있는, 상당히 아름다운 건물이었다. 눈부신 겨울 태양이 낙엽이 흩뿌려진 좁은 길을 반짝반짝 비추었다. 저멀리 회랑과 거의 같은 높이의 후기 고딕 양식 예배당이 펼쳐졌다. 조엘 수도사가 말했다. "수도원에서 가장 오래된 예배당입니다. 위스망스가 여기 있었을 때만 해도 우리 예배당이었죠. 하지만 에밀 콩브가 정교분리법을 통과시킴에 따라 수도회가 흩어졌고 그뒤 다시 통합하는 데 성공했지만, 이 회랑 건물과는 달리 저 예배당은 되찾지 못했습니다. 할 수 없이 수도원 내에 새로 예배당을 지어야 했죠." 우리는 한 층짜리 작은 건물 앞에서 걸음을 멈추었다. "여기가 접객관입니다. 형제님이 머무실 곳이죠." 그때 역시 검은 수도복을 입은 사십대의 다부진 수도사가 회랑 저쪽 끝에서 달려오는 것이 보였다. 몸놀림이 날쌘 그의 민머리가 태양빛을 받아 번들거렸다. 그는 활기가 넘쳤고 매우 유능해 보였다. 재정부 장관, 혹은 나아가 예산부 장관을 떠올리게 한다고 할까. 그러니까 중요한 책무를 서슴없이 맡겨도 될 것 같은 인상의 사내였다. 조엘 수도사가 설명했다. "이분은 피에르 수도사이십니다. 새로 접객 수도사가 되셨죠. 형제님이 여기 머무시는 동안 수도원 생활과 관련된 모든 문제를 돌봐주실 겁니다. 저는 그저 인사를 드리러 온 것뿐이죠." 이 말과 함께 조엘 수도사는 내게 고개를 아주 깊이 숙여 보이고는 악수를 한 뒤, 회랑 쪽으로 다시 발걸음을 옮겼다.

"테제베를 타고 오셨습니까?" 접객 수도사가 물었고 나는 그렇다고 답했다. "네, 테제베가 정말 빠르지요." 그가 내 말을 받았다. 공감할 수 있는 주제로 대화를 잇고 싶어하는 기색이 역력했다. 그는 내 가방을 받아들고는 내가 묵을 방으로 나를 안내했다. 가로와 세로 길이가 약 3미터 정도 되는 정사각형 방이었다. 벽에는 연회색 꼬임무늬 벽지가 발려 있었고, 바닥에는 털이 꽤 빠진 중회색 카펫이 깔려 있었다. 장식품이라고는 작은 싱글 침대 위에 걸린 짙은색의 커다란 나무 십자가가 유일했다. 나는 세면대의 수도꼭지가 한 개뿐이고 찬물만 나온다는 것을 즉시 알아보았다. 천장에 연기탐지기가 있다는 사실 또한 바로 알아차렸다. 나는 피에르 수도사에게 방이 나한테 안성맞춤이라고 말했지만, 속으로는 그게 거짓말이라는 것을 알고 있었다. 위스망스는 『출행』에서 자신이 과연 수도원 생활을 견딜 수 있을 것인지 끊임없이 의문을 품곤 했고, 그때마다 위스망스에게 부정적인 생각을 하게 만드는 요인 중 하나가 수도원 건물 내 금연이었다. 바로 이런 종류의 문장이 나로 하여금 위스망스를 내내 좋아하게 만들었다. 그가 손이 닿는 곳에 담배 한 갑과 좋은 책들을 쌓아놓고 홀로 침대에 드는 순간이 지상의 삶에서 유일하게 순수한 기쁨 중 하나라고 선언하는 문장들도 마찬가지다. 아무렴, 여부가 있겠는가. 하지만 위스망스의 시대에는 연기탐지기가 없었다.

허술한 목제 책상 위에는 성경책과 수도원에서 은퇴 후의 삶을 보내는 것의 의미에 관한 얄팍한 소책자—리귀제 수도원장 돔* 장피에르 롱자의 저서인 듯했고, 표지에 '가져가지 마시오'라는 선명한 글귀가 붙어 있었다—그리고 성무일도 시간과 식사 시간 등 주요 사항들이 기재된 안내서가 놓여 있었다. 나는 안내

---

* 도미누스의 약칭. 대수도원의 수도자에 대한 경칭.

서를 잠깐 일별한 것만으로 곧 구시경이라는 것을 알았지만, 첫날인 오늘은 불참하기로 마음먹었다. 삼시경과 육시경과 구시경이 상징하는 바는 그다지 강력하지 않았다. 이 성무일도 기도는 '온종일 신의 존재를 느끼는 것'에 목적이 있었다. 하루에 총 일곱 번의 성무일도와 여기에 더해 한 번의 미사가 거행되었다. 이 점에서는 위스망스의 시대와 비교해 변한 것이 전혀 없었다. 유일하게 완화된 것이 독서기도인데, 예전에는 새벽 두시에 실행하던 것을 밤 열시로 앞당겼다. 처음 얼마간 나는 새로 시작되는 여명을 반기는 아침기도만큼이나 하루에 작별을 고하는 끝기도와도 시간 차가 있는, 명상적인 기나긴 시편을 읊조리는 이 한밤의 성무일도가 무척 마음에 들었다. 이 순수한 기다림의 성무일도가, 갈구할 어떠한 이유도 없이 갈구하는 이 최후의 시간이. 물론 예배당에 난방 설비조차 없던 예전에는 쉬운 시간이 아니었을 터였다.

가장 인상적이었던 것은 조엘 수도사가 이십 년 남짓의 세월에도 불구하고 나를 알아보았다는 것이다. 그가 접객 수도사직을 그만두고 난 이후의 시간 동안, 그리 많은 사건이 일어나지 않았던 것이리라. 그는 수도원의 공방에서 일하며 매일 성무일도를 실행했다. 평온하고, 아마 행복한 삶이었으리라. 나의 삶과는 확연히 대조되는.

나는 저녁식사 직전에 행하는 저녁기도 시간이 되기를 기다리는 동안, 여러 대의 담배를 태우며 정원을 오래도록 거닐었다. 점점 눈부신 광채를 뿜어대는 태양이 지상에 내려앉은 서리를 반짝이게 하는가 하면, 수도원 건물의 미색 돌벽에 황금빛 불을 밝혔고, 낙엽 카펫을 진홍색으로 물들였다. 이곳에 있으려니 내 존재의 의미가 더이상 뚜렷하게 잡히지 않았다. 그것은 때로 희미하게 어른거리는가 싶다가도 이어 곧바로 자취를 감추었다. 하지만 이제 더는 위스망스와 큰 상관이 없는 것만큼은 분명했다.

이어지는 이틀 동안 나는 성무일도의 기도송에 익숙해졌으나 진심으로 좋아하는 마음에는 이르지 못했다. 미사만이 유일하게 내가 알던 요소, 외부세계에서 예배라고 부르는 것과 맞닿은 유일한 지점이었다. 나머지 시간에는 각자 그때그때 적당한 시편을 낭독하고 노래했는데, 가끔씩 수도사 한 명의 짧은 성서 낭독이 군데군데 섞이기도 했다. 수도사의 낭독은 조용한 식사시간에도 빠지지 않았다. 수도원 안에 지어올린 현대식 예배당은 투박하고 조악했다. 건축양식이 약간은 파리 라농시아시옹 가의 '쉬페르 파시' 쇼핑센터 건물을 연상케 했고, 단순하고 추상적인 총천연색 얼룩 같은 스테인드글라스는 관심을 기울일 가치조차 없었다. 하지만 내겐 이 모든 것이 중요치 않았다. 나의 심미안은 위스망스의 그것에 훨씬 못 미쳤고, 현대 종교예술의 천편일률적인 조악함에도 거의 개의치 않았으니까. 수도사들의 목소리가 얼음장 같은 공기 속에서 높아졌다. 순수하고 겸허하고 온화한 그 목소리들에는 한없는 부드러움과 소망과 기다림이 가득했다. 주 예수가 돌아올 터였다, 머지않아 돌아올 터였다. 이미 주 예수의 존재의 온기가 그들 영혼을 기쁨으로 충만하게 했으니, 이것이야말로 바로 이 찬가, 근원적이고 부드러운 기다림의 찬가의 유일한 주제였다. 니체가 나이 지긋한 여편네의 예민한 후각으로 바로 보았다. 기독교는 사실상 여성적 종교였다.

이 모든 것에 동화될 수도 있었겠지만, 방으로 돌아온 것이 내게는 화근이었다. 연기탐지기의 작고 빨간 눈알 하나가 나를 주시했다. 나는 간간이 창가로 가서 담배를 태우며 위스망스 이후로 이곳 역시 훼손되었음을 목도했다. 테제베 철도가 정원 끄트머리를 일직선으로 가로질렀다. 철길을 전속력으로 달리는 열차의 소음이 때를 가리지 않고 수시로 수도원의 명상적인 고요를 깨뜨렸다. 한기가 점점 극렬해졌고, 이렇게 창가에 머물고 나면 이어서 바로 방안의 난방기에 한참 동안 몸을 비벼야 했다. 나는 신경이 날카로워졌다. 훌륭한 수도사임이 분명하고 한없이 선한 의도와 사랑으로 가득찬 돔 장피에르 롱자의 글이 점점 거슬렸다. 그는 이렇게 썼다. "너희가 시련 속에 있건 기쁨 속에 있건 삶은 끊임없는 사랑의 교환이어야 할지니, 말로써 행동으로써 사랑하고 사랑받을 수 있는 능력을 연마하는 시간으로 이 며칠 간을 누리도록 하라." 뭔 놈의 헛소리야, 얼간아, 난 이 방에 혼자라고. 나는 분노하여 빈정거렸다. 그는 또 이렇게 썼다. "너희가 이곳에 와 있으니 이는 여행가방을 내려놓고 자신의 내면, 욕망의 힘이 발현되는 이 근원적인 장소를 여행하기 위함이니라." 내 욕망은 이제 확실해졌어, 바로 담배를 피우는 거야, 알았니, 얼간아? 내 욕망, 내 근원은 그거라고! 나는 격분했다. 아무래도 나는 위스망스와 달리 "경건한 예식의 연기가 피어오르며 굳어지는" 심장을 느끼지 못한 듯했다. 하지만 담배 연기가 피어오르며 굳어지는 폐, 그건 확실히 느꼈다.

"들으라, 음미하고 마시라, 울고 노래하라, 사랑의 문을 두드려라!" 한껏 고양된 장피에르 롱자가 외쳤다. 셋째 날 아침, 나는 떠나야 한다는 것을 깨달았다. 나의 피정은 실패일 수밖에 없었다. 나는 피에르 수도사를 찾아가 학교에 문자 그대로 기막힌 일이 예기치 못하게 생겨 애석하게도 나의 여정을 여기서 끝내야겠다고 말했다. 나는 피에르 모스코비시*를 닮은 그가 나를 믿어

---

* 프랑스 전 경제·재정·대외무역부 장관, 현 유럽연합 경제담당 집행위원. 정수리가 벗어진 수도사 헤어스타일에 진지한 이미지이며, 유럽은 역사와 종교를 넘어 하나라고 간주하는 유럽통합의 입장을 고수해왔다.

줄 것을 알고 있었다. 그는 어쩌면 바로 직전 삶에서 일종의 피에르 모스코비시였는지도 모른다. 피에르 모스코비시끼리는 통하는 법, 나는 그와의 대화가 순조로울 것을 알고 있었다. 어쨌든 그는 내가 수도원 입구의 로비를 떠나려는 찰나, 그들 가운데 들어왔던 나의 길이 빛의 길이었으면 한다는 바람을 표했고, 나는 당연히 그렇다고 대답했다. 더할 나위 없이 좋은 분위기였건만, 나는 그 순간 내가 그의 기대를 조금 저버린 듯한 기분을 느꼈다.

밤사이 대서양에서 형성된 저기압권이 프랑스 남서쪽 11.25도 방향으로 이동해 기온이 10도 상승했다. 자욱한 안개가 푸아티에 주변의 들판을 뒤덮었다. 택시를 너무 일찍 부르는 바람에 역에서 거의 한 시간을 죽여야 했다. 나는 수도원에서 적어도 50여 미터는 떨어진 '바르 드 라미티에' 술집에서 레프와 호가든 맥주를 몇 잔씩 들이켜며 시간을 보냈다. 웨이트리스는 호리호리하고 화장이 너무 짙었으며, 대부분 부동산업자이거나 여행객인 손님들은 큰 소리로 떠들어댔다. 다시 나의 동족들 틈으로 귀환한 것이 조금도 기쁘지 않았다.

5부

"이슬람이 정치가 아니라면, 그것은 아무것도 아니다."

아야톨라 호메이니[*]

* 이란의 시아파 정치·종교 지도자. 1979년 이란에서 팔레비를 실각시키고 1989년 사망하기까지 최고의 권력을 행사했다. 호메이니는 이란에서는 이슬람 시아파의 고위 성직자를 부르는 존칭인 '아야톨라' 대신 이슬람교의 지도자를 뜻하는 '이맘'으로 불린다.

푸아티에 역에서 부득이하게 열차표를 바꿔야 했다. 곧 있을 파리행 테제베 보통석이 만석인 관계로 추가 요금을 지불하고 테제베 프로 프르미에르로 좌석을 변경했다. 프랑스철도공사에 의하면 프로 프르미에르는 특권층의 세계로, 확실한 와이파이 망, 자료를 늘어놓을 수 있는 보다 넓은 탁상, 노트북 사용이 중단되는 낭패를 피하기 위한 콘센트 설비가 보장된다. 이것 말고는 일반적인 일등석과 다를 바 없었다.

나는 다른 승객과 마주보지 않는 순방향의 외딴 자리를 찾아냈다. 통로 건너편에서는 희고 긴 젤라바*와 역시 하얀색인 케피에**를 두른 오십대의 아랍인 사업가가 탁상 위에 올려놓은 노트북 옆에 서류를 잔뜩 펼쳐놓고 있었다. 보르도에서 오는 듯했다. 그의 앞에는 이제 갓 청소년기를 벗어난 듯한 앳된 여자 둘이 서—아마 사업가의 아내들일 것이다—'를레'에서 산 잡지며 사탕 따위를 놓고 쟁탈전을 벌이고 있었다. 총천연색 드레스와 베일로 몸을 감싼 그들은 생기가 넘쳤고 연신 생글거렸다. 이제 한 명은 월간 만화 잡지『픽수 마가진』에, 다른 한 명은 격주간 연예 잡지『웁스』에 빠져들었다.

이들과는 대조적으로 사업가는 심각한 문제에 직면한 듯한 인상을 풍겼다. 그는 메일함을 열더니 여러 개의 엑셀 표가 압축된 파일을 내려받았다. 그 자료들이 그의 근심을 가중시켰다. 그는 휴대폰의 번호를 누르더니 목소리를 낮추어 기나긴 통화에 돌입했다. 나로서는 무슨 내용인지 알 수 없었다. 나는 심드렁한 마음으로 일간지〈르 피가로〉에 몰입해보려고 애썼다. 프랑스에 들어선 새 정부를 부동산과 명품 산업의 측면에서 조망한 기사가 눈에 들어왔다. 이쪽 관점에서는 전망이 더할 나위 없이 밝았다. 이제는 프랑스를 우방국으로 인식한 걸프제국의 국민들이 점점 파리와 프랑스 남부 휴양 도시 코트다쥐르에 부동산을 심어두기

---

* 긴 소매와 두건이 달린 북아프리카 전통 의상.
** 아랍 남자들이 모자처럼 머리에 두르는 천.

를 희망하는 추세인데다 중국인이나 러시아인들보다 높은 가격을 제시했다. 요컨대 시장이 활황이었다.

　어린 아랍 여자 두 명이 깔깔거리며 『픽수 마가진』의 다른 그림 찾기 게임에 빠져들었다. 사업가가 자료들에서 잠시 눈을 떼어 따끔하게 나무라는 미소를 던지자, 여자들이 배시시 웃어 보이더니 계속해서 저희들끼리 소곤거리며 장난을 쳤다. 사업가가 다시 전화기를 집어들고는, 첫번만큼이나 길고 비밀스럽게 또다른 통화를 이어갔다. 이슬람 체제에서 여자들은—그러니까 부자 남편의 욕망을 일깨울 정도로 미모가 출중한 여자들은—사실상 평생토록 아이로 살아갈 수 있었다. 유년기를 벗어나자마자 바로 엄마가 되어 다시 유년세계로 빠져드니 말이다. 그러다 자식들이 자라면 바로 할머니가 되고, 그렇게 그들의 삶은 흘러갔다. 섹시한 속옷을 구입하고 어린애들 놀이가 성적 놀이로 교체되는 몇 년의 세월이 있기는 하지만, 그 시절은 잠깐이고 결국은 거의 똑같은 일의 반복이었다. 물론 그녀들은 자율성이 없었다. 하지만 자율성이야 '개나 줘버릴' 일이었다. 나도 직업적인 면에서나 학문적인 면에서나 내가 쉽게, 심지어 진정으로 안도하며 모든 권한을 포기해버렸다는 것을 인정하지 않을 수 없었다. 나는 우리의 테제베 프로 프르미에르 열차간 통로 건너편에 앉아 계속되는 전화 통화에 낯빛이 거의 수심 어린 잿빛으로 변해가는 저

사업가가 조금도 부럽지 않았다. 사업이 위태로워지고 있다는 기미가 역력했다. 우리의 열차가 조금 전에 생 피에르 데 코르를 지났다. 그는 적어도 애교스럽고 매력적인 두 아내에게서 지친 사업가의 수심을 달래줄 위로를 받을 수 있을 터였다. 어쩌면 파리에 또다른 아내가 한두 명 더 있을지도 몰랐다. 이슬람 율법상 아내가 네 명까지 허용된다는 말을 들은 기억이 났다. 나의 아버지, 그에겐…… 나의 어머니, 그 신경과민증 창녀가 있었다. 생각이 여기에 이르자 몸서리가 쳐졌다. 여하튼 어머니는 죽었다. 그들 둘 다 죽었다. 나만이 그들 사랑의 살아 있는─최근에 조금 시들기는 했지만─유일한 증거물로 남았다.

파리도 추위가 누그러졌지만 그래도 푸아티에보다는 조금 서늘했다. 도시에 스산한 가랑비가 내렸다. 차이나타운에 들어서니 톨비아크 가의 교통이 매우 혼잡했다. 오늘따라 거리가 평소와 달리 길게 느껴졌다. 이토록 길고 음산하며 끝도 없이 계속되는 지루한 거리를 지나본 적이 없는 것 같았다. 나는 집으로 돌아오며 딱히 기대한 것이 아무것도 없었다. 단지 갖가지 성가신 일들만을 예상했을 뿐. 그런데 놀랍게도 우편함에 편지가 한 통 들어 있었다. 그러니까 전단지나 세금고지서나 행정자료 제출 요구서가 아닌 무엇 말이다. 집으로 돌아왔다고 해도 아무 특별한 기쁨도 느끼지 못할 것이 빤했다. 나는 이 명백한 현실을 피할 수 없다는 생각에 혐오 서린 눈으로 거실을 노려보았다. 이

아파트에서는 아무도 사랑하지 않았고, 이 아파트를 사랑하는 사람 또한 아무도 없었다. 나는 칼바도스를 한 잔 가득 따르고 나서 편지를 개봉했다.

편지의 발신인 이름은 바스티앵 라쿠로, 몇 년 전—나는 놓쳤던 사실이었지만—위그 프라디에*를 승계하여 플레이아드 총서 편집장이 된 듯했다. 그는 우선 이유를 알 수 없는 누락 때문에, 어느 모로 보나 위스망스가 프랑스 고전문학 전집에 한자리를 차지해야 마땅함에도 불구하고 아직 플레이아드 총서 목록에 없다는 사실을 지적했다. 나로서는 동의할 수밖에 없는 사항이었다. 그는 이어서 플레이아드 총서를 위해 위스망스의 작품 편집을 누군가에게 맡겨야 한다면, 세계적으로 명성을 떨친 나의 연구 업적으로 보아 나만한 적임자가 없다는 자신의 소신을 피력했다.

거부할 수 없는 종류의 제안이었다. 물론 당연히 거부할 수 있기는 하다. 하지만 그렇게 되면 모든 학문적, 혹은 사회적 야망, 아니 그냥 간단히 모든 야망을 포기하는 것일 터. 나는 정말로

---

* 1997년부터 갈리마르 출판사의 플레이아드 총서 편집장을 맡고 있다. 플레이아드 총서는 수록 작가들을 엄선하고 각 작가의 권위 있는 전문가들이 편집에 참여하는 세계문학 총서로, 독자와 연구자들에게는 믿을 만한 세계문학 전집이자 자료이며 작가들에게는 명예의 전당과도 같다.

그럴 준비가 되었을까. 이 문제에 답하기 위해서는 칼바도스를 한 잔 더 마셔야 했다. 나는 장고 끝에, 내려가서 술을 한 병 더 사 가지고 오는 것이 신중한 처사일 것이라고 판단했다.

이틀 뒤, 바스티앵 라쿠와의 면담이 쉽사리 성사되었다. 그의 사무실은 내 상상과 정확히 일치했다. 내부는 고풍스럽게 꾸며져 있었고, 4층 사무실에 이르는 접근 수단은 가파른 나무 계단이었다. 창밖으로 내다보이는 안뜰은 관리되지 않은 상태였다. 바스티앵 라쿠 또한 흔히 볼 수 있는 지식인 스타일이었다. 작은 타원형 무테안경을 쓴 다소 쾌활한 사내로, 자기 자신과 세상과 세상 속에서의 자신의 위치에 만족하는 듯한 인상이었다.

나는 면담에 대비하여 준비를 했던 터라 위스망스의 작품 전집을 분권할 것을 제안했다. 우선 『당과 항아리』부터 『부그랑 씨의 은퇴』까지를 1권에 모으고, 『저 아래로』부터 『제삼회인』까지 이어지는 뒤르탈 시리즈에 당연히 『루르드의 군중』을 포함시켜 2권에 수록하는 것이 좋겠다고 했다. 이 단순하고 논리적이며 심지어 당연하기까지 한 분권 제안은 어려움 없이 수락되었다. 주석 문제는 늘 그렇듯 좀더 까다로웠다. 사이비 학자들이 관여한 몇몇 출판사는 위스망스가 인용한 셀 수 없는 작가며 음악가며 화가 들에 대한 정보를 일일이 주석을 달아 설명하는 것이 옳다고 믿는 모양이었으나, 내게는 전적으로 불필요한 수고로 보였다. 혹여 주석들을 작품 말미에 몰아서 단다 해도 마찬가지였다. 주석 때문에 작품이 엄청나게 두꺼워질 수 있는 위험을 차치하고라도, 락탄티우스니 안젤라 다 폴리뇨니 마티아스 그뤼네발트에 대해 너무 자세히 설명하다보면―혹은 너무 빈약하게 설명해도―결코 본문의 올바른 의미를 전달할 수 없을 터였다. 더 자세히 알기를 원하는 사람들은 스스로 찾아보면 될 일이었다. 그것으로 그만이었다. 위스망스와 동시대 작가들―졸라, 모파상, 바르베 도르비이, 구르몽, 블루아―의 관계를 설명하는 것은, 내 생각에 서문이 할 역할이었다. 이 부분에 대해서도 바스티앵 라쿠는 즉시 내 의견에 동의했다.

반면 위스망스가 사용한 어려운 단어들이나 신조어들은 주석―독서가 과도하게 늘어지지 않도록 그때그때 페이지 하단에 각주로―을 달아 충분히 설명해야 했다. 라쿠가 열광적으로 호응하며 신이 나서 말했다. "그 부분에 대해선 선생님께서 이미 『현기증나는 신조어들』에서 뛰어난 업적을 이룩하셨잖습니까!" 나는 완강한 겸양의 표시로 오른손을 들어 보이며, 그가 친절하게 언급해준 작품에서는 뛰어난 성과는커녕 주제를 그저 훑는 수준으로밖에 다루지 못했다고 강조했다. 기껏해야 위스망스적 언어세계의 사분의 일 정도에 근접했다고 말이다. 그가 완강한 위안의 표시로 왼팔을 들어 보이고 나서, 당연히 자기는 이 총서 작업을 위해 내가 들일 상당한 노고를 어떤 경우에도 과소평가할 생각이 없기에 마감 기한을 따로 확정하지 않은바, 기한에 대해서는 어떤 부담도 느낄 필요가 없다고 덧붙였다.

"네, 영원토록 작업하셔도 좋습니다."

"이런 말은 늘 얼마간 사치스럽게 들리지만, 네, 어쨌든 영원토록 작업하는 것이 우리 같은 사람들의 야심이기는 합니다."

딱 필요한 만큼의 비장함이 가미된 이 선언 뒤에 짧은 침묵이 흘렀다. 나는 면담이 순조롭다고 생각했다. 우리는 공동의 가치로 하나가 되었고, 이 총서 작업은 만사형통일 터였다.

라쿠가 착잡해진 목소리로 말을 이었다. "로베르 르디제 신임 총장이 선생님이 소르본을 떠나신 걸 대단히 애석해합니다…… 뭐랄까, 이렇게 말해도 될지 모르겠지만, 체제 변화 후에 말입니다. 제가 잘 알죠, 친구거든요, 사적으로 만나는 친구요." 그가 살짝 도발적인 어투로 덧붙였다. "매우 수준 높은 교육자들이 남았지만, 마찬가지로 매우 수준 높은 교육자들이 떠났지요. 로베르한테는 선생님을 포함해서 훌륭한 교육자들이 학교를 떠난 것이 개인적 상처로 남았습니다." 마치 그의 내면에서 의무적 예의와 우정 사이에 어려운 싸움이 시작되기라도 했다는 듯, 그는 다소 급작스럽게 결론지었다.

나로서는 대꾸할 말이 전혀 없었고, 일 분 남짓 침묵이 흐른 뒤 그도 이 사실을 깨달았다. "아무튼 선생님이 제 소박한 계획에 동참해주셔서 기쁘기 그지없습니다!" 그는 우리가 학자들의 세계에 신선한 장난이라도 꾸몄다는 듯 두 손을 비비며 외쳤다. "저는 선생님 같은 분이…… 그러니까 선생님 수준의 고매한 학자가 하루아침에 교직을 잃고 아무 출간 계획도 없이, 빈손으로 내몰렸다는 것이 정말이지 말도 안 되고 애석한 일이라고 생각합니다!" 이 말을 끝으로 그는 자신의 어투가 다소 과하게 극적이었음을 인식했는지 미세하게 엉거주춤한 자세를 취했다. 내가 반응할 차례였다. 나는 좀더 힘차게 먼저 자리에서 일어나주었다.

분명 우리가 맺은 기약 없는 협정을 확인하는 차원에서일 텐데, 라쿠는 나를 사무실 문 앞까지 배웅하는 데 그치지 않고, 나와 함께 1층까지 내려오더니("조심하세요, 계단이 가파릅니다!") 복도를 지나("여긴 미롭니다, 미로!" 그가 유머러스하게 경고했지만 사실 미로까지는 아니었다. 두 개의 복도가 수직으로 교차하면서 곧장 안내데스크가 있는 로비로 이어졌다) 가스통 갈리마르 가에 면한 갈리마르 출판사 입구까지 동행했다. 공기가 도로 더욱 냉하고 건조해졌다. 나는 문득 우리가 보수 문제에 대해서는 전혀 접근하지 않았다는 것을 깨달았다. 라쿠가 내 생각을 읽기라도 한 듯, 내 어깨 쪽으로 한 손을 뻗다가, 어쨌든 건드리지는 않고 그대로 내려뜨리더니 말했다. "조만간 조건들을 명시해서 계약서를 보내드리겠습니다." 그러고 나서 거의 숨도 쉬지 않고 덧붙였다. "참, 돌아오는 토요일에 소르본 대학 재개교를 기념하여 작은 파티가 열립니다. 계약서와 함께 초청장도 보내드리겠습니다. 선생님께서 시간을 내주시면 로베르가 크게 기뻐할 겁니다." 라쿠는 이번에는 확실하게 나의 어깨를 두드리고는 악수를 청했다. 그는 이 마지막 문장이 전적으로 즉흥적인 제안이라는 듯 가볍게 말했지만, 그 순간 나는 실은 이 마지막 문장이 그 밖의 모든 것을 설명하고 가능케 했다는 기분에 휩싸였다.

연회는 저녁 여섯시에 시작되었고, 행사를 위해 장소를 대여한 아랍세계연구소 꼭대기 층에서 열렸다. 과연 누구를 만나게 될 것인가? 나는 입구에서 초대장을 내밀며 다소 불안해졌다. 사우디아라비아인들은 자명했다. 초대장에 나도 확실히 이름을 아는 사우디아라비아 왕자가 참석한다고 예고돼 있었다. 새로운 파리-소르본 대학의 핵심 출자자였다. 아마 나의 옛 동료들, 즉 새로운 시스템 안에서 일하기를 받아들인 자들도 참석하리라. 하지만 나는 그들이 누구인지 스티브 이외에는 단 한 명도 알지 못했고, 스티브는 요즘 같아선 가장 만나고 싶지 않은 인물이었다.

어쨌거나 샹들리에로 환히 밝혀진 대형 연회장에 들어서서 몇 걸음을 옮기자니 아는 얼굴 하나가 눈에 들어왔다. 옛 동료인 베르트랑 드 지냐크로, 사실 나와는 개인적 친분이 거의 없는 자였다. 기껏해야 한두 번 이야기를 나누어본 정도랄까. 그는 중세 문학 분야에서 세계적인 명성을 떨치고 있었고, 컬럼비아나 예일 대학에서 정기적으로 콘퍼런스를 열었으며, 『롤랑의 노래』*에 대한 대표적 참고 서적의 저자였다. 사실상 새로이 단장한 대학의 신임 총장이 단행한 인사에서 단연 돋보이는, 진정 유일한 성공 사례라고 할 수 있었다. 하지만 이것을 제외하면 나는 그에게 별달리 할말이 없었다. 중세 문학은 내겐 대체로 불모의 영역이었다. 따라서 나는 메제** 몇 가지를 얌전히 받아들였다. 찬 음식이건 따뜻한 음식이건 할 것 없이 죄다 맛있었고, 곁들여 나온 레바논산 레드와인도 꽤 훌륭했다.

그럼에도 연회가 그리 성공적이라는 기분은 들지 않았다. 세 명 내지 여섯 명이 짝을 이룬 소규모 그룹—아랍인과 프랑스인이 뒤섞였다—이 멋지게 장식된 연회장을 이리저리 몰려다니며 뜨문뜨문 대화를 나누고 있었다. 스피커에서 흘러나오는 처연하

---

* 프랑스 최초의 무훈시. 스페인 전역에서 이슬람 세력을 토벌한 프랑크왕국의 카롤루스대제가 간신에게 속아 이슬람 군대가 퇴각한 줄 알고 마무리를 맡기고 떠난 전투에서 이슬람 군대와 싸우다 장렬하게 전사한 충신 롤랑을 기린 노래.
** 근동 및 발칸 지역의 전통적인 잔치에 나오는 애피타이저로 작은 그릇들에 여러 가지 음식이 담겨 나온다.

고 음울한 아랍풍 안달루시아 음악도 분위기 개선에 도움이 된다고 할 수는 없었지만, 문제는 거기에 있지 않았다. 나는 열 종류가량의 메제와 네 잔의 레드와인을 마시며 사십오 분 남짓 연회장을 어슬렁거린 끝에 문득 무엇이 문제인지 깨달았다. 여자가 없었다. 여자들 없이—그리고 축구에 기대지 않고서, 어쨌든 축구는 대학과는 무관하더라도—그럴듯한 사회생활을 유지하기란, 이기기 힘든 내기였다.

곧이어 연회장 구석에 몰려 있는 좀더 밀집한 그룹 속에서 바스티앵 라쿠가 보였다. 그룹 속에는 라쿠 외에 십여 명의 아랍인과 다른 프랑스인 두 명이 더 있었는데, 모두가 굉장히 열심히 떠들고 있었다. 오십대로 보이는 투실하고 근엄한 얼굴의 매부리코 남자 한 명을 제외하고는. 그는 기다란 흰색 젤라바만 걸친 단순한 옷차림이었지만 나는 그가 그룹에서 가장 중요한 인물, 아마도 왕자일 거라는 사실을 한눈에 알아보았다. 다른 이들이 차례로 열과 성을 다해 아마도 변명을 하는 동안에도 그만은 침묵을 지키며 간간이 고개만 까딱거릴 뿐이었다. 하지만 굳은 표정은 풀리지 않았다. 무언가 문제가 있는 것이 확실했다. 나와는 상관없는 일이었기에 나는 가던 길을 되돌아 치즈 사모사와 다섯번째 와인 잔을 받아들었다.

키가 몹시 크고 비리비리하며 기다란 턱수염을 듬성듬성 기른 나이 지긋한 남자가 왕자에게 다가가자 왕자가 그룹에서 떨어져 나와 그와 단둘이 이야기하기 시작했다. 졸지에 중심을 잃은 그룹은 곧바로 뿔뿔이 흩어졌다. 두 프랑스인 중 한 명과 함께 연회장을 무작정 어슬렁거리던 라쿠가 나를 알아보고는 희미하게 알은체를 하며 다가왔다. 그는 정말로 경황이 없어 보였고, 동행한 프랑스 남자와 나를 서로에게 소개하는 목소리도 거의 알아들을 수 없을 정도로 건성이었다. 나는 정수리 뒤로 정성껏 빗어넘긴 머리칼에 포마드를 바른 듯한 남자의 이름조차 제대로 알아듣지 못했다. 남자는 보일 듯 말 듯한 가느다란 세로줄무늬가 있는 아주 멋진 짙은 감색 스리피스 정장을 입었는데, 아마도 실크인 듯한, 살짝 광택이 흐르는 양복 천이 어찌나 반들반들하던지 그만 만져보고 싶은 마음이 드는 것을 간신히 자제했다.

문제는 왕자가 진노했다는 데 있었다. 애초에 그에게 공식적으로 전달된 내용과 달리 교육부 장관이 연회에 참석하지 않았기 때문이었다. 장관뿐만 아니라 교육부를 대표하는 누구도 나타나지 않았다. 정말이지 교육부 관계자가 단 한 명도 없었다. "하다못해 대학담당 정무차관조차 말입니다……" 라쿠가 황망해하며 탄식했다.

"지난 개편 이후로 대학담당 정무차관은 이제 없다고 이미 말씀드렸잖습니까!" 동행한 남자가 짜증을 내며 라쿠의 말을 잘랐다. 남자의 생각엔 라쿠가 생각하는 것보다 상황이 훨씬 심각했다. 교육부 장관은 기실 참석할 의향이 있었고, 이는 바로 전날까지만 해도 그가 장관에게 직접 확인받은 사항이었다. 그런데 벤 아베스 대통령이 직접 나서서 제동을 걸었다. 사우디아라비아인들에게 모욕을 안기려는 명백한 의도에서였다. 이것은 민간 핵 프로그램 활성화라든가 전기 자동차 개발 원조와 같은 최근의 조치들과 궤를 같이하는 것으로, 사우디아라비아의 석유에 대해 가까운 시일 내에 전적인 에너지 독립권을 확보하려는 정부의 의지와도 관련이 있었다. 물론 이것은 파리-소르본 이슬람 대학의 문제는 아니었으나 내게는 특히 이 대학 총장과 관계가 있는 것으로 보였다. 바로 그때 라쿠가 연회장에 들어서서 우리 쪽으로 성큼성큼 다가오는 오십대의 사내를 돌아보더니, 마치 구세주라도 본 듯 크게 안도한 목소리로 "저기 로베르가 오는군요!"라고 외쳤다.

어쨌든 라쿠는 총장에게 저간의 사정을 설명하기에 앞서, 이번에는 좀더 명확한 목소리로 총장과 나를 서로에게 소개하는 여유를 보였다. 로베르 르디제가 억센 손아귀로 내 손을 짓이기기라도 할 듯 힘차게 쥐고서, 만나게 되어 매우 반가우며 이 시간을 오래전부터 기다려왔노라고 말했다. 그는 퍽 인상적인 신체의 소유자였다. 거의 190센티미터는 돼 보일 만큼 어마어마한 장신에 체격 또한 다부졌다. 사실을 말하자면 떡 벌어진 가슴과 잘 발달된 근육으로 그는 대학교 선생보다는 럭비 선수에나 어울릴 법한 신체 조건을 갖고 있었다. 구릿빛으로 그을린 얼굴에는 깊은 주름이 팼고, 짧게 깎은 머리는 완전히 백발이었으나 숱이 매우 많았다. 청바지에 검은색 가죽 항공점퍼를 걸친 옷차림도 전형성을 탈피해 있었다.

라쿠가 그에게 문제를 빠르게 설명했다. 르디제가 고개를 끄덕이며 그렇지 않아도 이 비슷한 난관을 낌새챘다고 투덜거리고는 몇 초간 생각한 뒤 결론지었다. "내가 델로메*한테 전화할게. 그라면 방법을 알 거야." 그는 항공점퍼에서 케이스를 씌운, 여성스러우리만큼 작디작은 휴대폰—그의 손에 있으니 더 작아 보였다—을 꺼내더니 몇 미터쯤 떨어져서 번호를 눌렀다. 라쿠와 스리피스 정장 남자는 불안한 기다림 속에서 르디제를 바라보기만 할 뿐 감히 가까이 다가가지 못했다. 나는 그들의 문제에 슬슬 싫증이 났고, 특히 머저리들도 이런 머저리들이 없다고 생각했다. 석유달러는 당연히 거스르지 말아야 하는 것이니, 아무나 한 명 끌어다가, 장관은 텔레비전에서 보았을 테니 안 되고 장관의 비서실장이라고 소개하면 될 일이 아니겠는가. 당장 멀리 갈

---

* 피에르 앙투안 델로메. 경제부 기자. 금융시장과 통화 문제 전문가.

것도 없이 스리피스 정장을 입은 꼭두각시가 완벽한 비서실장이 될 수 있을 것이고, 사우디아라비아인들은 감쪽같이 속아넘어갈 터였다. 내 생각엔 정말이지 별것 아닌 일로 골머리를 썩고 있었지만, 결국 그들의 문제였다. 나는 와인 잔을 마지막으로 받아들고서 테라스로 나갔다. 반짝거리는 노트르담 성당의 전경은 그야말로 장관이었다. 추위가 조금 더 누그러들었고, 비도 그쳤다. 달빛이 센 강 물결 위에서 흔들거렸다.

나의 야경 구경이 한참 동안 계속되었던 듯했다. 다시 안으로 들어가니 당연하게도 여전히 남성뿐인 연회장이 한산했다. 라쿠도 스리피스 정장도 보이지 않았다. 나는 레바논 음식 전문업체의 팸플릿을 주워들며 생각했다. 그래도 이곳에 온 것이 완전히 허탕은 아니었군, 이 집의 메제는 정말 맛있었던데다 집으로 배달까지 하니 말이야, 나도 이제 인도 음식에서 좀 바꿔볼 수 있겠어. 내가 물품 보관소에서 옷을 찾고 있을 때 르디제가 다가왔다. "가시게요?" 그가 애석하다는 듯이 양팔을 약간 벌려 보이며 물었고, 나는 그들의 의전 문제가 해결되었는지 물었다. "네, 어찌어찌 해결됐습니다. 장관이 오늘밤에 오지는 못했지만, 왕자에게 직접 전화를 걸어 내일 아침 교육부에서 조찬 회동을 제안했거든요. 슈라맥*의 말이 옳았고, 오싹한 순간이었습니다. 날이 갈수록 젊은 시절에 맺었던 카타르인들과의 우정에 점점 더 열중하는 벤 아베스 대통령이 고의적으로 모욕을 주려 한 것이 사실이었지요.** 요컨대 우리의 고난은 이것으로 끝이 아니라는 얘깁니다." 그가 이 성가신 화제를 쫓아버리려는 듯 오른손으로 손사래를 치더니 내 어깨에 얹었다. "이런 사소한 골칫거리로 인해 선생님과 조용히 이야기도 나누지 못하다니 애석하기 짝이 없군요. 언제 한번 우리집으로 오셔서 함께 차라도 들며 시간을 가집시다……" 그가 뜬금없이 미소를 지었다. 매우 해맑고 아이같이 천진한 매력적인 미소였다. 그처럼 남성적인 외모의 남자에게서 나온 것이라고 믿을 수 없을 정도로 놀라웠다. 그도 이 사실을 알고 있고 이를 이용할 줄 안다는 생각이 들었다. 그가 명함을 내밀었다. "다음주 수요일, 오후 다섯시경에 어떠세요? 시간을 내실 수 있으신지요?" 나는 그렇게 하겠다고 대답했다.

---

* 올리비에 슈라메. 1981년부터 국가자문위원회 위원이며, 리오넬 조스팽 총리 시절에 총리 비서실장을 지냈고, 2013년 프랑수아 올랑드 대통령의 임명으로 시청각고등위원회 위원장을 맡고 있다.

** 아랍 지역에서 카타르는 풍부한 천연자원을 바탕으로 꾸준히 독자적인 행보를 보여오다가, 아랍 왕실에 대해 성역 없는 비판을 감행하는 알 자지라 방송과 혁명적인 무슬림형제단을 지원함으로써, 아랍 사회의 서구화와 자유화를 경계하는 사우디아라비아와 본격적인 갈등관계가 되었다. 2014년 3월에는 사우디아라비아가 카타르에 알 자지라 방송국 폐쇄와 무슬림형제단 지원 중단을 요구하며 카타르 주재 자국 대사를 소환했고, 국경도 차단하겠다고 경고했다.

지하철역에 다다른 나는 나의 새로운 인맥의 명함을 관찰했다. 내가 아는 한에선 우아하고 세련돼 보이는 명함이었다. 한 개의 개인 전화번호와 두 개의 학교 전화번호, 그리고 두 개의 팩스번호(개인 번호와 학교 번호 각각 하나씩), 구분이 불분명한 세 개의 인터넷 사이트 주소, 두 개의 휴대폰번호(하나는 프랑스, 다른 하나는 영국 번호), 스카이프 아이디가 나열돼 있었다. 자, 그는 어쨌든 연락할 수단이 이 정도쯤 되는 남자였다. 확실히 라쿠 이후로 나의 인맥이 상류층으로 뻗어나가기 시작했다. 이것은 거의 불안하기까지 한 일이었다.

명함엔 주소도 한 군데 명시돼 있었다. 파리 5구 아렌 가 5번지. 그리고 이것이 지금으로서는 내게 유일하게 필요한 정보였다. 아렌 가는 내 기억 속에 뤼테스 원형경기장 광장에 면한 작고 매력적인 거리로 남아 있었고, 뤼테스 원형경기장 광장 자체도 파리에서 가장 매력적인 골목 중 하나였다. 아렌 가에는 장뤽 프티르노나 질 퓌드로프스키[*]가 추천한 정육점과 치즈 가게들이 있었으며, 이탈리아 식품들에 대해선 두말하면 잔소리였다.[**] 이 모든 것이 극도의 안도감을 주었다.

플라스 몽주 지하철역에서 나는 '뤼테스 원형경기장' 출구로 나가야겠다는 그릇된 판단을 했다. 물론 지형적 측면에서만 보자면 곧장 아렌 가로 떨어지니 옳은 선택이었으나, 이쪽 출구엔 엘리베이터가 없었고 플라스 몽주 지하철역은 지상에서 50여 미터 아래에 있었다. 정원의 담벼락 속에 박힌 희한한 형태의 구조물인 지하철 입구로 겨우 나왔을 때, 나는 기진맥진하여 숨을 헐떡거렸다. 두꺼운 주랑 기둥이며 입체파 화가들에게 영감을 준 METRO 활자가 대체로 신新바빌론제국의 건축양식을 연상시키는 정원의 구조물은 파리에서 완전히 생뚱맞게 느껴졌다. 하기

---

[*] 프랑스 기자, 음식평론가. 식당 및 여행 안내서 시리즈인 '퓌드로'를 비롯하여 수많은 음식 관련 저서를 출간했다.

[**] 뤼테스는 옛 로마인들이 파리를 부르던 이름의 프랑스식 명칭이며, 뤼테스 원형경기장은 로마제국의 유적이 남아 있는 곳이다.

는 유럽 어디에 있었대도 거의 마찬가지 결과를 낳았을 터였다.

아렌 가 5번지에 이르렀을 때 나는 로베르 르디제가 파리 5구의 매력적인 거리에 기거할 뿐만 아니라, 파리 5구 매력적인 거리의 '대저택', 나아가 '역사적인' 대저택에 기거한다는 사실을 깨달았다. 5번지의 대저택은 고성의 모서리에 둥글게 쌓아올린 탑을 연상시키려는 듯 측면에 각진 형태의 탑이 붙어 있는 신고딕 양식의 기묘한 건축물일 뿐만 아니라, 작가이자 출판인인 장 폴랑이 1940년부터 사망한 해인 1968년까지 기거하던 곳이었다. 나는 개인적으로 장 폴랑을 작품만큼이나 '배후 조종자'적 측면에서도 전혀 지지할 수 없었지만, 그가 전후 프랑스 출판계의 막강한 실력자 중 한 명이었음은 인정하지 않을 수 없었다. 더불어 그가 매우 아름다운 저택에 살았다는 것도. 사우디아라비아인들이 새로운 파리-소르본 대학에 쏟아부은 재원에 대한 나의 놀라움은 더욱 커져갈 뿐이었다.

나는 초인종을 눌렀다. 리비아의 옛 독재자 무아마르 알 카다피의 복장을 어렴풋이 연상시키는, 아이보리색 정장에 차이나칼라 재킷을 걸친 집사가 나와서 맞아주었다. 내가 신원과 용건을 밝히자, 그가 몸을 약간 굽히며 그렇지 않아도 기다리고 계신다며 나를 넓은 창틀으로 햇살이 환히 비쳐드는 작은 홀로 안내했다. 그러고는 르디제 교수님께 알리고 오겠으니 잠시 기다려달라고 청했다.

르디제를 기다린 지 이삼 분쯤 지났을까. 왼쪽 문이 열리더니 열다섯 살쯤 돼 보이는 어린 소녀가 홀에 들어섰다. 밑위가 짧은 청바지에 '헬로 키티'라는 글자가 프린트된 티셔츠를 입고 있었고, 길고 검은 머리칼이 어깨에서 자유롭게 물결쳤다. 그녀는 나를 보자 비명을 내지르며 양손으로 서툴게 얼굴을 가리더니 오던 길을 달려 도망쳤다. 같은 순간, 로베르 르디제가 위층 계단에서 모습을 드러냈고 계단을 내려와 나를 맞으러 왔다. 난데없는 사건을 목격한 그가 내게 한 손을 내밀며 체념 어린 표정을 지어 보였다.

"아이샤라고, 새로 들인 제 처입니다. 지금쯤 당황해 있을 겁니다. 베일을 두르지 않은 맨얼굴을 외간남자한테 보이면 안 되거든요."

"정말 죄송합니다."

"아닙니다. 선생님이 사과하실 일이 아닙니다. 제 처의 잘못이죠. 로비로 내려오기 전에 혹시 손님이라도 와 있는지 물었어야 했으니까요. 그게 다 아직 이 집에 익숙지 않아서 그렇습니다. 곧 괜찮아지겠죠."

"네, 무척 어려 보이는군요."

"이제 막 열다섯 살이 되었죠."

나는 르디제를 따라 2층에 있는 널찍한 거실 겸 서재로 갔다. 벽이 매우 높았고 천장은 5미터 가까이 될 성싶었다. 벽의 한 면은 전면이 책으로 뒤덮였는데 한눈에 보기에도 고서, 특히 19세기 작품들이 대거 포진해 있었다. 레일식으로 설치된 두 개의 튼튼한 철제 사다리로 높은 칸에도 접근이 가능했다. 맞은편에는 벽을 따라 부착된 격자 형태의 짙은 색 목제 구조물에 녹색식물 화분들이 갖가지 높이로 걸려 있었다. 송악이며 고사리며 담쟁이덩굴 잎들이 지상에서부터 벽을 따라, 코란의 한 구절을 옮긴 손글씨라든가 무광택지에 인화한 은하계나 초신성이나 와상성운의 대형 사진 등 다양한 액자들을 뱀처럼 휘감으며 천장까지 뻗어올라갔다. 구석에는 비스듬히 놓인 회의용 대형 탁자가 정면으로 보였다. 르디제는 나를 반대편 구석의 소파로 이끌었다. 구리 상판으로 마감된 낮고 넓은 탁자 주위에 해진 빨간색과 초록색 줄무늬 천을 씌운 소파들이 놓여 있었다.

르디제가 내게 앉으라고 권하며 말했다. "말씀드린 대로 원하시면 차도 있고, 위스키나 포트와인 같은 술도 있습니다. 원하시면 말입니다. 아, 맛이 기가 막힌 뫼르소 화이트와인도 있고요."

"그럼 뫼르소로 하죠." 나는 대답하면서도 약간은 의아했다.

이슬람에서는 음주가 금지돼 있는 것으로 알았으니까. 내가 아는 바로는 그렇지만 실은 이 종교에 대해 나는 잘 알지 못했다.

그가 사라졌다. 아마도 마실 것을 가져오게 하려는 듯싶었다. 내가 앉은 소파 맞은편에 있는 옛날식의 높은 납창살 격자 창문으로 원형경기장이 보였다. 멋진 전경이었다. 원형경기장을 계단식 좌석까지 전체적으로 조망하는 것은 아마 처음이지 싶었다. 하지만 몇 분이 지나자 나의 발걸음은 책장으로 향하고 있었다. 책장 또한 인상적이기는 매한가지였다.

아래층 두 단이 21×29.7센티미터 크기의 제본된 책들로 빼곡했다. 유럽의 각종 대학에서 통과된 논문들이었다. 내 시선이 그중 몇 권의 제목을 훑다가 벨기에 루뱅 라 뇌브 가톨릭 대학교에서 통과된 철학 논문에 가서 멎었다. 로베르 르디제가 작성한 것으로 '니체의 독자, 게농*'이라는 제목이었다. 내가 책장에서 논문을 막 꺼내들었을 때, 르디제가 서재에 모습을 드러냈다.

나는 잘못을 하다 들키기라도 한 것처럼 소스라치며 논문을 책장에 도로 꽂으려 했다. 르디제가 미소지으며 다가왔다. "괜찮습니다, 편하게 보십시오. 아무 비밀도 없는걸요. 더구나 선생님

---

* 르네 게농. 프랑스의 형이상학자이자 작가. 형이상학과 비교(秘敎)학, 영지(靈智)주의 관련 저서 및 현대 문명을 비판하며 동양 정신의 회복을 주장하는 다수의 저서를 남겼다.

같은 분이 책장에 호기심을 느끼는 건 거의 직업적 의무에 가깝 지요."

그는 더 바짝 다가와서야 논문의 제목을 보았다. "아, 제 논 문을 찾아내셨군요." 그가 고개를 설설 저었다. "박사학위를 받 기는 했지만, 썩 잘된 논문은 아닙니다. 어쨌든 선생님 논문에 는 한참 못 미치죠. 텍스트와 약간의 타협을 했다고 할까요. 깊 이 생각해보면 게농은 니체한테 그리 영향을 받았다고 할 수 없 습니다. 그도 니체만큼이나 현대사회에 대한 거부감이 극렬했 지만, 두 사람은 출발점이 근본적으로 다르죠. 아무튼 만일 지금 다시 쓴다면, 절대 그런 식으로 쓰지는 않을 겁니다. 여기 선생 님 것도 갖고 있습니다⋯⋯" 그가 책장에서 다른 논문을 꺼내며 말을 이었다. "대학마다 논문을 다섯 부씩 소장하는 것 아십니 까? 선생님 논문은 해마다 찾는 연구자들이 많다보니 제가 아예 한 부 소장하는 것이 낫겠다고 생각했죠."

그의 말이 거의 귀에 들어오지 않았다. 허탈, 온몸에 힘이 빠 져 빈사 직전이었다. 나는 근 이십 년 만에 처음으로 「조리스카 를 위스망스, 혹은 터널의 출구」와 마주했다. 논문의 두께가 가 히 놀라웠고, 나아가 거북할 정도였다. 정확히 788페이지였다. 숫자가 전광석화처럼 기억에서 되살아났다. 어쨌거나 인생의 칠 년을 쏟아부은 논문이 아닌가.

르디제는 여전히 내 논문을 손에 쥔 채 소파로 돌아갔다. "정말 괄목할 만한 작업입니다." 그가 강조했다. "젊은 시절의 니체, 그러니까 『비극의 탄생』 시절의 니체를 자꾸만 떠올리게 한다고 할까요?"

"과찬이십니다."

"아니, 그렇지 않습니다. 『비극의 탄생』도 어쨌거나 일종의 논문이었거든요. 두 작품 모두에서 놀라운 풍요가 엿보이죠. 작가가 집필 단계에서 전혀 준비하지 않은 사상의 홍수가 페이지마다 넘쳐난다고 할까요? 사실 이 때문에 작품을 읽어내기가 거의 힘들 지경이죠. 첨언하자면, 선생님의 경우 놀랍게도 그런 리듬을 800여 페이지에 걸쳐 한결같이 유지한다는 겁니다. 니체는 『반시대적 고찰』부터는 잠잠해지죠. 독자들한테 사상을 과잉으로 주입하는 것이 불가능하며, 독자가 스스로 생각을 정리하고 호흡을 고를 시간을 주어야 한다는 걸 깨달은 겁니다. 선생님 또한 『현기증나는 신조어들』에서 똑같은 발전을 보입니다. 그래서인지 실제로 훨씬 가독성이 좋아요. 차이점이라면 니체는 그후에도 작품 활동을 계속했다는 것이죠."

"저는 니체가 아닙니다……"

"네, 물론 선생님은 니체가 아닙니다. 하지만 선생님도 뭔가 특별한 사람이에요. 급작스럽게 이런 말씀을 드려 죄송합니다만, 선생님은 제가 원하는 사람입니다. 이미 죄다 눈치채셨을 테니 제가 가진 패를 전부 내보이도록 하죠. 선생님이 제가 운영하는 파리-소르본 대학의 교수직을 다시 수락했으면 합니다."

그때 문이 열렸고, 나는 대답을 회피할 수 있었다. 상냥한 인상의 오동통한 사십대 여자가 따뜻한 작은 파이들과, 르디제가 얘기한 뫼르소 화이트와인 병을 담은 아이스버킷이 놓인 쟁반을 들고서 나타났다.

여자가 나가고 나자 르디제가 설명했다. "제 첫째 부인 말리카예요. 아무래도 오늘 선생님이 제 처들을 차례로 만나보게 되는 날인가봅니다. 말리카와는 제가 벨기에에 있던 시절 결혼했지요. 네, 저는 벨기에 출신입니다…… 여전히 벨기에인이고요, 프랑스에서 산 지 이십 년이 되었지만 귀화하지 않았죠."

따뜻한 작은 파이들은 맛있었다. 향신료가 첨가되었으나 과하지 않았다. 나는 그중에서 고수 맛을 식별해낼 수 있었다. 와인도 더할 나위 없이 훌륭했다. "뫼르소는 맛에 비해 충분한 주목을 받지 못하는 것 같습니다!" 내가 느닷없이 열정적으로 말했다. "뫼르소는 맛의 총체예요, 혼자서 갖가지 와인의 맛을 품고 있지요. 그렇지 않습니까?" 나는 나의 미래의 교수직에 대한 것만 아니라면 무슨 말이라도 할 용의가 있었지만 곧 체념했다. 그는 다시 자신의 본론으로 되돌아갈 터였다.

잠시 온당한 침묵이 흐른 뒤 그가 본론으로 돌아갔다. "플레이아드 총서 감수를 수락하신 건 참으로 잘하신 결정입니다. 따지고 보면 당연하고 순리적인 일이지만, 아무튼 잘됐습니다. 라쿠가 선생님 얘기를 꺼냈을 때 제가 뭐라고 대답한 줄 아십니까? 당연하고, 합당한 선택이라고, 게다가 최고의 선택이기도 하다고요. 탁 터놓고 말씀드리죠. 베르트랑 드 지냐크 교수를 제외하면 저는 아직까지 진정으로 세계적인 신망을 얻은, 진짜 존경받는 교육자들을 임용하는 데 성공하지 못했습니다. 하지만 그리 절망할 일은 못 되죠. 학교가 이제 막 문을 열었으니까요. 우리의 관계에서 부탁하는 사람이 저이다보니 사실 제 쪽에서는 선생님께 제안할 것이 그리 많진 않습니다. 아, 있긴 하죠. 경제적 측면에서는 많은 걸 해드릴 수 있어요. 선생님도 잘 아시겠지만요. 어쨌든 이 문제도 중요한 겁니다. 하지만 학문적 측면에선 누벨 소르본 교수직이 플레이아드 총서 감수보다 덜 화려하죠. 저도 이 점을 충분히 인식하고 있고요. 그래서 말인데, 제가 적어도 제 개인 권한으로 선생님의 실질적인 연구가 방해받지 않도록 해드리겠다는 약속은 드릴 수 있습니다. 선생님은 그저 수월한 수업 몇 개만 맡으시면 됩니다. 1, 2학년들의 교양 수업 정도만요. 박사과정 학생들 지도는—정말 소모적인 일이죠, 저도 충분히 압니다—면제해드리겠습니다. 그 정도는 제 선에서 얼마든지 조절이 가능합니다."

그가 말을 뚝 그쳤다. 그의 일차 설득의 논거가 소진된 것이
확연했다. 그가 뫼르소를 처음으로 한 모금 삼켰다. 나는 내 잔
에 두 잔째 뫼르소를 따랐다. 이 정도로까지 남이 나를 '원한다'
는 느낌을 받은 건 처음이지 싶었다. 영광의 메커니즘이란 허술
하기 짝이 없었다. 어쩌면 그의 주장대로 내 논문이 뛰어날지도
모르지만 솔직해지자면 나는 내가 쓴 논문이 거의 기억나지 않
았다. 젊은 시절에 이룩한 지적 도약이 내게는 이제 멀게만 느껴
지는데, 나는 아직도 그 옛날의 '오라' 덕을 보고 있다니. 이제는
그저 오후 네시부터 담배 한 갑과 도수 높은 술병을 끼고 잠자리
에 들면서 책이나 조금 훑을 수 있기를 바랄 뿐이며, 이 리듬으
로 빠른 시일 내에, 불행하게 혼자 죽으리라는 것을 인식할 뿐인
데 말이다. 나는 과연 정말 이 리듬으로 빠른 시일 내에, 불행하
게 혼자 죽고 싶은 것이었을까? 답을 말하자면, 반반이었다.

나는 잔을 비우고 나서 세 잔째 따랐다. 유리창을 통해 원형
경기장 위로 해가 기우는 것이 보였다. 침묵이 다소 거북해졌다.
좋다, 그가 자기 패를 죄다 내보였다면 이제는 나 역시 그럴 차
례이리라.

"어쨌든 조건이 있습니다……" 나는 조심스럽게 말을 꺼냈
다. "절대 가볍지 않은 조건이지요……"

그가 천천히 고개를 주억거렸다.

"총장님은…… 총장님은 제가 이슬람으로 개종할 수 있는 인간이라고 생각하십니까?"

그가 심오한 개인 명상에라도 잠긴 듯 고개를 떨어뜨렸다. 이윽고 그가 나를 향해 시선을 들며 대답했다. "그렇습니다."

대답 직후, 그가 예의 천진하고 환한 미소를 활짝 지어 보였다. 나로서는 두번째 당하는 일이었다. 첫번보다는 충격이 다소 덜했지만 어쨌든 그의 미소는 지독히도 효과적이었다. 이젠 그가 말할 차례였다. 나는 이제는 미지근해진 파이 두 조각을 차례로 우물거렸다. 태양이 원형경기장의 계단식 좌석 뒤로 사라지고 밤의 어둠이 원형경기장을 뒤덮었다. 지금으로부터 약 이천 년 전에 이곳에서 실제로 검투사들과 맹수들의 싸움이 벌어졌다고 생각하니 새삼스레 놀라웠다.

르디제가 부드럽게 말을 이었다. "선생님은 가톨릭 신자가 아니잖습니까? 그랬다면 장애가 될 수 있었겠지요……"

과연, 그러했다. 나를 가톨릭 신자라고는 할 수 없었다.

"그렇다고 진정한 무신론자도 아닐 것 같고요, 진짜 무신론자는 극히 드물죠."

"그렇게 생각하세요? 전 외려 무신론이 서구 사회에 만연해 있다는 인상을 받았습니다만."

"제 생각에 그건 피상적인 것일 뿐입니다. 제가 만난 진짜 무신론자들은 '혁명가들'이 유일합니다. 그들은 신의 부재를 냉담하게 목도하는 데 그치지 않고 미하일 바쿠닌*식으로 신의 존재를 아예 거부해요. '설령 신이 존재한다 할지라도 신으로부터 벗어나야 한다'라고요. 요컨대 키릴로프** 유의 무신론자들이죠. 그들은 신을 거부하며 신의 자리에 인간을 앉히려 하고, 인간의 자유와 존엄성에 숭고한 의미를 부여합니다. 그것 역시 선생님과는 거리가 있다고 생각되는데요, 안 그렇습니까?"

그랬다, 과연 그것 역시, 나와는 거리가 멀었다. 나로서는 단순히 휴머니즘이라는 말만으로도 희미한 욕지기가 일었으나, 어쩌면 따뜻한 파이들을 너무 많이 먹었기 때문일 수도 있었다. 나는 속을 달래기 위해 뫼르소를 한 잔 더 삼켰다.

르디제가 말을 이었다. "사실 대부분의 사람들은 이런 문제들에 크게 연연하지 않은 채 살아갑니다. 보통 사람들한테는 지나치게 철학적인 문제들이거든요. 대개는 심각한 병에 걸렸다거나

---

* 제정러시아의 혁명가. 유럽 각지를 떠돌며 무정부주의 원칙을 정립했고, 마르크스와 이념적으로 대립하여 유럽 사회주의의 분열을 초래했다.

** 도스토옙스키의 『악령』에 등장하는 인물로 극단적 무신론자이다. 신이 없다면 인간 스스로 신이 된다고 주장하며, 인간이 신에게서 벗어나 스스로를 지배할 수 있다는 것을 증명하기 위해 자살을 택한다.

친한 사람이 죽는다거나 하는 비극적 사건에 직면했을 때나 비로소 떠올리는 문제들이죠. 어쨌든 서구 사회에서는 그렇습니다. 그 밖의 세계 도처에서는 이 문제 때문에 인간들이 죽어가고 살인을 하고 유혈 전쟁을 벌이기도 하니까요. 인류의 기원으로 거슬러올라가는 문제죠. 인간이 싸우는 건 형이상학적인 문제 때문이거든요, 세를 불린다거나 사냥 영역을 확보하기 위해서가 아니라. 무신론은 실은 서구에서조차 기반이 허약하죠. 저는 사람들에게 신에 대해 이야기할 때는 대개 천문학 서적을 빌려주는 것으로 시작합니다……"

"그렇지 않아도 벽에 걸린 사진들이 무척 아름답다고 생각했습니다."

"네, 우주의 아름다움이란 이루 말로 형용할 수 없죠. 특히 그 광활함은 경이로울 따름입니다. 각각 수천억의 별들로 이루어진 수천억의 은하계가 존재하고 그중엔 수십억 광년, 즉 수해垓 킬로미터 이상 떨어져 있는 것들도 있죠. 그리고 이 수십억 광년의 거리를 따라 펼쳐지는 은하성단에 일정한 규칙이 생겨나기 시작합니다. 미로 같은 그래프를 그리며 정렬되는 거죠. 거리로 나가 지나가는 사람들 백 명한테 이 과학적 사실에 대해 한번 이야기해보세요. 그중에 과연 몇 명이나 감히 이 모든 것이 '우연의 산물'이라고 이야기할지. 더구나 우주의 나이는 비교적 젊단 말이죠, 기껏해야 백오십억 년이거든요. 저 유명한, 타자를 치는 원숭이 논법*도 있긴 하죠. 그런데 원숭이가 타자기를 아무렇게나 두드려서 셰익스피어의 작품을 재탄생시키려면 과연 얼마의 세월이 필요할까요? 마찬가지로 우주가 재창조되려면 얼마의 세월 동안 우연이 거듭되어야 할까요? 확실한 건 백오십억 년은 훨씬 더 걸린다는 것이죠!…… 게다가 이건 비단 거리를 지나다니는 보통 사람들의 의견만이 아니라, 저명한 과학자들의 연구 결과이기도 합니다. 인류 역사상 아이작 뉴턴보다 더 뛰어난 천재는 아마 찾기 힘들 텐데요. 당장 지구상의 물체들 간에 작용하는 중력을 행성들의 움직임에도 똑같이 적용시킨, 역사에 영원히 기억될 저 경이로운 학문적 성과를 생각해보십시오! 그런 뉴턴도 신을 믿었습니다. 그것도 생애 마지막 해들을 온통 성서 해석에 바쳤을 만큼 굳은 신념으로요. 성서만이 뉴턴에게는 실제로 접근 가능한 유일한 종교 서적이었죠. 게다가 아인슈타인 또한 무신론자가 아니었습니다. 비록 그의 신앙의 성격은 정의 내리기가 보다 복잡하지만 말입니다. 하지만 그가 '신은 주사위 놀이를 하지 않는다'며 양자물리학의 대가 닐스 보어를 반박할 때,

---

* 무한 원숭이 정리. 무한성에 기초한 정리로, 원숭이에게 타자기를 주고 무한한 시간 동안 자판을 치게 하면 특정한 텍스트를 완성해낸다는 이론이다.

그의 말에는 조금의 장난기도 없었습니다. 우주의 법칙이 우연에 의해 지배된다는 생각은 그에게는 있을 수 없는 일이거든요. 볼테르*조차 반박하지 못한 '시계를 만든 신'**의 원리 또한 18세기 못지않게 오늘날에도 강력한 힘을 발휘하고, 나아가 과학이 천체물리학과 양자역학 사이에 점점 더 조밀한 관계를 정립해감에 따라 더욱 확고한 타당성을 확보하는 형편이지요. 사실 일반적인 은하계에서 동떨어진 평범한 작은 행성에 사는 이 보잘것없는 피조물이 두 팔을 벌리고 똑바로 서서 '신은 존재하지 않는다'라고 외치는 모습이라니, 무언가 조금 우스꽝스럽지 않습니까? 이런, 죄송합니다, 제가 너무 말이 많군요……"

"아니요, 별말씀을요, 정말 흥미로운 이야기인걸요." 나는 진심을 이야기했다. 반면 조금씩 취기가 오르기 시작하는 건 사실이었다. 슬쩍 곁눈으로 확인하니 뫼르소 와인병이 비어 있었다.

나는 말을 이었다.

---

* 18세기 프랑스의 대표적인 계몽주의 철학자. 그는 타종교를 무조건 배척하고 자신의 종교만 맹신하는 신앙 태도에 맞서 타종교를 존중하는 이성적 태도, 즉 종교적 관용을 주장했고, 오늘날까지도 관용 정신의 상징적 인물로 존경받고 있다. 말년에는 과학으로 설명할 수 없는 자연의 오묘한 법칙이 신의 섭리임을 받아들이고 신의 존재를 인정했다.
** 시계의 존재는 곧 시계를 만든 사람의 존재를 의미하듯, 잘 만들어진 우주와 만물은 곧 이것을 창조한 신의 존재를 증명한다는 원리.

"사실 제 무신론의 기반은 그리 탄탄하지 못합니다. 그러니 무신론자라고 주장하는 것은 오만이 될 겁니다."

"오만이라, 네, 틀린 표현은 아니군요. 사실 무신론적 휴머니즘에는 놀라울 정도의 오만과 교만이 내포돼 있거든요. 마찬가지로 예수의 강생 이론도 다소 코믹한 오만을 드러내는 것이 사실이고요. 신이 인간의 모습으로 세상에 태어나다니…… 그렇다면 왜 시리우스나 안드로메다은하의 주민으로 태어나지는 않은 겁니까?"

"총장님은 외계인의 존재를 믿으십니까?" 내가 놀라서 그의 말을 끊으며 불쑥 물었다.

"글쎄요, 그 문제에 대해선 자주 생각해보지 않았습니다. 다만 산술적인 측면에서 본다면, 우주엔 무수한 별들이 있고 또 이 별들의 주위를 도는 무수한 행성이 있으니, 오직 지구에만 생명체가 있다면 그것이 더 놀라운 일이 되겠죠. 하지만 아무래도 상관없습니다. 제가 말씀드리고 싶은 것은 우주가 어떤 지혜로운 그림의 증명, 엄청난 지력으로 설계된 계획의 구현임이 자명하다는 것이니까요. 이 단순한 생각이 이르든 늦든 다시 전면에 등장하게 될 겁니다. 저는 이것을 아주 젊을 때 깨달았죠. 20세기의 모든 지적 토론은 공산주의—휴머니즘의 '강경한' 버전이라고 할까요—와 자유민주주의—휴머니즘의 말랑한 버전이고요—의 대립으로 요약됩니다. 어쨌든 지독히도 단선적인 구분이죠. 저는 벌써 열다섯 살 때부터 우리가 말하기 시작한 종교로의 회귀가 불가피하리라는 것을 깨달았습니다. 우선은 가톨릭 집안에서 자랐기 때문에—벌써 먼 얘기가 되는군요, 특히 조부모님이 독실했죠—자연스럽게 가톨릭 신앙에 관심을 갖기 시작했어요. 그러다 대학교에 들어가자마자 정체성 운동에 빠져들었죠."

내 얼굴에 놀라는 표정이 역력했던 듯했다. 르디제가 말을 멈추고 반쯤 웃는 얼굴로 나를 물끄러미 응시했기 때문이다. 같은 순간 문 두드리는 소리가 들렸다. 그가 아랍어로 대답하자 그의 첫째 부인 말리카가 새로운 쟁반을 들고 들어왔다. 쟁반에는 커피포트와 커피잔 두 개, 피스타치오 바클라바*와 브릭**이 놓였다. 부카*** 병과 두 개의 작은 유리잔도 있었다.

르디제가 두 개의 잔에 차례로 커피를 따르고 나서 말을 이었다. 커피는 몹시 진하고 쌉쌀했지만, 나에겐 무척 좋았다. 머릿속이 단번에 또렷해졌다.

"저는 이제껏 젊은 시절의 전적을 숨겨본 적이 없습니다……

---

* 아랍식 파이.
** 원뿔 모양의 아랍식 군만두.
*** 무화과로 담그는 튀니지 브랜디.

제 새로운 무슬림 친구들도 그걸 빌미로 절 비난하는 일은 결코 없고요. 그 친구들은 무신론적 휴머니즘에서 벗어나고자 방법을 모색하는 과정에서 제일 처음 자신의 기원과 관련 있는 전통에 관심을 갖는 것을 자연스럽다고 여겼어요. 게다가 우리는 인종차별주의자도 파시스트도 아니었고요. 아니, 툭 터놓고 말하자면 몇몇 정체성 운동원들은 그러한 개념들과 멀지 않았죠. 하지만 저는 결단코 그렇지 않았습니다. 파시즘은 제겐 늘 죽은 국가에 다시 생명을 불어넣으려는 으스스하고 소름 끼치는 그릇된 시도 같은 것이었으니까요. 기독교 없이 유럽의 국가들은 영혼 없는 육체에 불과합니다. 한마디로 좀비죠. 그래서 말인데, 기독교는 과연 되살아날 수 있을까요? 저는 예전엔 그렇게 믿었습니다. 몇 년 동안은 커져가는 의심 속에서도 그렇게 믿었지요. 그러다 점점 토인비의 사상에, 문명은 살해당하는 것이 아니라 자살하는 것이라는 그의 생각에 동화되었고, 어느 날, 단 하루 만에 모든 것이 와르르 무너져버렸죠. 정확히 2013년 3월 30일의 일입니다. 부활절 주말이었던 것으로 기억합니다. 당시 저는 브뤼셀에 살았고 가끔씩 메트로폴 호텔 바로 한잔하러 가곤 했어요. 예전부터 죽 아르누보 스타일을 좋아했거든요. 프라하나 빈에도 훌륭한 것들이 수두룩하고, 파리나 런던에도 흥미로운 몇몇 건물들이 있지만, 옳든 틀리든 제게 아르누보 스타일의 최고

봉은 단연 브뤼셀의 메트로폴 호텔이고 그중에서도 특히 그 호텔의 바였죠. 2013년 3월 30일 오전에 저는 메트로폴 호텔 바 앞을 우연히 지나다 호텔 바가 바로 그날 밤으로 영원히 문을 닫는다는 안내문을 발견했습니다. 경악이었죠. 바로 웨이터에게 달려가 확인했더니 그렇다고 하더군요. 그들도 정확한 이유는 알지 못했어요. 생각해보십시오, 그때껏 이 이론의 여지 없는 장식 예술의 걸작 속에 앉아 샌드위치며 맥주며 비엔나커피며 생크림 케이크를 주문할 수 있었는데, 아름다운 것에 둘러싸여 일상을 영위할 수 있었는데, 이 모든 것이 유럽의 수도 한복판에서 하루 아침에 사라져버리다니요!⋯⋯ 네, 바로 그 순간 저는 깨달았어요. 유럽이 이미 자살을 감행했다는 것을요. 선생님도 위스망스의 독자로서 틀림없이 저처럼, 그의 고질적인 염세주의나 시대의 비루함에 대한 반복적인 푸념이 거슬리셨을 겁니다. 왜냐하면 그는 유럽의 국가들이 거대한 식민제국의 선두 자리를 지키며 세계를 지배하고 전성기를 구가하던 시기에 살았으니까요! 그야말로 기술적인 면—철도, 전기, 전화, 축음기, 에펠의 철제 구조물—에서나 예술적인 면—이 부분에서는 정말 문학이나 미술이나 음악이나 분야를 가리지 않고 거론할 이름들이 넘쳐납니다—에서나 모자람 없이 똑같이 찬란하던 시기였습니다."

르디제가 확실히 옳았다. 심지어 보다 한정적인 '생활양식' 면에서도 쇠락의 정도가 상당했다. 나는 르디제가 건네는 바클라바를 받아들며 몇 년 전에 읽은 매음굴에 관한 책을 떠올렸다. 책의 도판들 중에는 벨 에포크 당시 파리의 매음굴 전단지 사본도 포함돼 있었는데, '마드무아젤 오르탕스'가 특별히 제안하는 몇 가지 성 접대 방식을 발견하고는 진정으로 충격을 받았었다. 내게는 전혀 생소한 것들이었기 때문이다. "노란 땅으로의 여행"이니 "최고급 러시아 비누질"이니 하는 것들이 무엇을 뜻하는지 나로서는 전혀 감도 잡히지 않았다. 이런 식으로 몇몇 성적 행위들이 한 세기 만에 남자들의 기억 속에서 사라져버리다니, 약간은 카리용* 연주자나 나막신 제조자의 그것처럼 몇몇 장인들의 기술이 사라져버리는 것과 비슷하게 느껴졌다. 사정이 이럴진대 어떻게 유럽이 쇠락하고 있다는 생각을 하지 않을 수 있겠는가?

"인류 문명사의 최고봉이었던 그 유럽은 불과 몇십 년 만에 자살하고 말았습니다." 르디제가 서글픈 목소리로 말을 이었다. 그는 불을 켜지 않았고, 오직 그의 책상에 놓인 전등빛만이 어렴풋하게 방안을 밝혔다. "유럽 전역에 무정부주의와 허무주의의 바람이 거세게 불면서, 폭력 선동, 모든 도덕률에 대한 거부의 움

---

* 여러 개의 종을 음계순으로 달아놓고 두드려 연주하는 악기.

직임이 일었습니다. 몇 년 뒤, 1차대전이라는 정당화될 수 없는 광기에 의해 그 모든 것이 막을 내렸고요. 프로이트가 틀리지 않았죠, 토마스 만도 마찬가지고요. 프랑스와 독일, 유럽에서 가장 문명이 발달했고 가장 앞선 나라였던 이 두 나라가 그와 같은 무분별한 살육전에 뛰어들 수 있었던 것은, 유럽이 죽었기 때문입니다. 저는 메트로폴이 문을 닫을 때까지 그곳에서 마지막 밤을 보내다가, 유럽연합 기구들이 모여 있는 구역—빈민촌에 둘러싸인 그 음울한 요새—을 따라 브뤼셀의 심장부를 가로질러 집으로 터덜터덜 걸어돌아왔습니다. 그리고 바로 다음날 자벤텀으로 이맘을 찾아갔고, 그다음 날—부활절 월요일—에 십여 명의 증인이 지켜보는 가운데 이슬람교 개종식에서 선서를 했지요."

나는 1차대전의 결정적 역할에 대해서는 르디제와 조금 다른 의견이었다. 물론 변명의 여지가 없는 대학살이었음에는 틀림없다. 하지만 그전에 발발한 1870년 프로이센-프랑스 전쟁에서부터 부조리는 이미 시작되었다. 어쨌든 위스망스가 묘사한 바에 의하면 그러했고, 그때부터 이미 애국심의 형태가 심각하게 왜곡되었다. 국가란 살인적인 부조리의 총체와 다름없었으며, 1871년 이후로 조금이나마 의식이 있는 사람들은 죄다 이 사실을 깨달았다. 아마 거기서 허무주의니 무정부주의니 하는 온갖 쓰레기들이 흘러나왔지 싶다. 나는 예전의 문명에 대해서는 별반 아는 것이 없었다. 뤼테스 원형경기장 광장에 밤의 어둠이 내려앉았다. 마지막 관광객들이 떠나갔다. 뜨문뜨문 서 있는 가로등들이 원형경기장의 계단 좌석에 어슴푸레한 빛을 퍼뜨렸다. 분명 로마인들은 제국의 몰락 직전까지도 그들의 문명이 영원하리라 믿었으리라. 그들도 자멸한 것이었을까? 로마제국은 군사적 측면에서는 극도로 우월한 거친 문명이었다. 백성에게 제공된 오락이 인간들끼리, 혹은 인간과 야수가 문자 그대로 죽도록 싸우는 것이었으니 또한 잔인한 문명이기도 했다. 로마인들에게도 사라지고 싶다는 욕망, 균열에 대한 은밀한 바람이 있었을까? 르디제는 아마 에드워드 기번의 『로마제국 쇠망사』나 내가 기껏해야 이름 정도나 아는 비슷한 유의 다른 작가들의 저서를 읽었을 터였다. 나는 그와의 대화를 온전히 감당할 수 없을 것 같은 기분이었다.

"제가 정말 말이 너무 많았습니다……" 르디제가 민망한 표정으로 말하더니, 내게 부카 한 잔을 따라주고는 다시 파이 접시를 내밀었다. 맛이 훌륭했다. 파이의 달달함이 무화과주酒의 쌉쌀함과 대조를 이루며 기막힌 맛을 냈다. "날이 저물었군요. 저는 이만 가봐야 할 것 같습니다." 나는 주저하며 말했다. 사실 그리 떠나고 싶은 기분이 아니었다.

"잠깐만요!" 르디제가 일어나 사전들이며 수시로 보는 책들이 꽂힌, 책상 뒤의 책장으로 가더니 작은 책을 들고 돌아왔다. 『이슬람에 관한 열 가지 질문』이라는 문고본으로, 그의 이름이 박혀 있었다.

"제가 이미 이렇게 책을 써놓고도 포교를 한답시고 선생님을 세 시간 동안이나 괴롭혔군요. 아무래도 제2의 천성이 된 것 같습니다. 그런데 혹시 이 책에 대해 이미 들어보시지 않았습니까?"

"네, 베스트셀러 아닙니까?"

그가 겸연쩍어하며 대답했다. "삼백만 부 나갔습니다. 아무래도 제가 대중적인 입문서에 뜻밖의 재능이 있었던 것 같습니다. 물론 지독하게 도식적이긴 합니다…… (그가 다시 한번 겸연쩍어했다.) 그래도 적어도 빨리 끝내실 수는 있을 겁니다."

총 128페이지의 분량에 의당 이슬람 예술품들의 도판이 상당량 섞여 있었다. 아닌 게 아니라 읽는 데 많은 시간이 걸리지는 않을 것 같았다. 나는 메고 온 배낭에 책을 집어넣었다.

르디제가 우리의 잔에 또다시 부카를 채웠다. 창밖으로 높이 솟은 달이 원형경기장의 계단을 환히 비추었다. 이제는 달빛이 가로등 불빛보다 훨씬 밝았다. 나는 녹색식물들로 뒤덮인 벽 한복판에 걸린 코란의 글귀며 은하계 사진 액자들이 개별 부착된 작은 램프들로 빛나고 있음을 발견했다.

"정말 아름다운 집에 살고 계십니다……"

"이 집을 얻는 데 수년이 걸렸습니다. 정말 쉽지 않았죠." 그가 몸을 뒤로 젖히며 소파에 묻혔다. 나는 이번에야말로 그가 처음으로 자신을 내려놓았음을 느꼈다. 이제부터 그가 말할 것은 그에게 중요한 것임이 틀림없었다. "당연히 장 폴랑한테 흥미를 느껴서는 아닙니다. 대체 누가 장 폴랑한테 흥미를 느끼겠습니까? 그보다는 폴랑의 숨겨진 연인 도미니크 오리*가 『O 이야기』를 집필했던 이 집에 순간순간 깃들었을 행복에 이끌렸다고 할까요? 어쨌든 오리가 사랑 때문에 이 소설을 썼고, 그 사랑을 받은 남자가 살던 집이잖습니까? 정말 매혹적인 책 아닙니까?"

나도 같은 생각이었다. 『O 이야기』는 원칙적으로 내가 싫어할 만한 모든 요소를 갖추었지만—노골적인 판타지는 역겨웠고, 파리의 세련된 부촌 생 루이 섬과 포부르 생 제르맹에 각각 위치한 아파트와 사택이며 스테판 경** 등 메스껍기 그지없는 그 모든 소설적 요소들은 과시적인 키치의 총합이었다—그럼에도 이 책을 관통하는 열정과 뜨거운 숨결이 그 모든 것을 뒤덮었다.

---

* 도미니크 오리는 1954년에 '폴린 레아주'라는 필명으로 『O 이야기』를 출간했고, 그로부터 사십 년 뒤인 1994년에 자신이 이 책의 저자임을 밝혔다.
** 『O 이야기』의 등장인물.

"복종에 대한 책이죠." 르디제가 부드럽게 말했다. "그전까지는 인간의 행복의 정점은 완전무결한 복종에 있다는 이 충격적이고 단순한 생각이 그토록 강렬한 힘으로 표현된 적이 없었어요. 실은 같은 신앙인들 앞에서는 여간해서 내비치지 않는 생각입니다만―그들한테는 불경하게 보일 수 있거든요―제가 보기에 『O 이야기』에 묘사된 남자에 대한 여자의 절대적 복종과 이슬람에서 이야기하는 신에 대한 인간의 복종 간에는 유사성이 있습니다. 생각해보십시오, 이슬람은 세상을 받아들입니다, 온전히, 그 자체로서요. 니체식으로 말하면 '있는 그대로' 받아들이죠. 불교의 관점은 세상이 고품라는 것입니다. 세상은 불완전하고 고통스러운 것이죠. 기독교는 세상을 극도로 경계합니다. 기독교에서 세상은 성령을 거부하고 인간의 법이 지배하는 어둠의 왕국이지요. 오죽하면 사탄을 '이 세상의 왕자'라고 칭하겠습니까? 반면 이슬람에서 신의 창조물은 완벽하며 절대적인 걸작입니다. 사실 코란이 신을 찬양하는 장엄한 시가 아니라면 무엇이겠습니까? 코란은 조물주에 대한 찬양과 그의 법에 대한 복종이나 다름없어요. 저는 대개는 이슬람에 다가가고자 하는 사람들한테 코란부터 읽을 것을 권하지 않습니다. 물론 아랍어를 배우고 싶어하고 원전에 빠져들고자 하는 이들의 경우는 또 다르지만요. 우선은 수라* 독송을 듣고, 수라를 반복해서 읽으며 그

호흡과 숨결을 느끼는 것에서부터 시작하라고 권합니다. 어쨌거나 이슬람은 경전의 사용에서 일체의 번역을 금하는 유일한 종교예요. 왜냐하면 코란은 처음부터 끝까지 운율과 각운과 모운母韻의 반복과 후렴구가 정확하게 지켜지거든요. 시를 기반으로 한 생각, 의미와 소리가 조화된 생각에 기대어 세상을 이야기하는 것이죠."

그가 다시 한번 겸연쩍은 표정을 지어 보였다. 자신의 포교를 다소 쑥스러워하는 척하면서 동시에, 자신의 장광설이 이제껏 포섭하고자 했던 숱한 교수 후보들에게 이미 써먹은 것임을 그가 너무도 분명하게 인식하고 있다는 생각이 들었다. 예컨대 코란의 번역 금지에 대한 지적은 베르트랑 드 지냐크처럼 자신의 연구 과제가 현대 프랑스어로 옮겨지는 것을 종종 백안시하던 중세 문학 전문가에게 제대로 적중했을 터였다. 결국 그의 논지는 숙달된 것이든 아니든, 효력을 발휘했다. 나는 그의 삶의 방식에 대해 생각해보지 않을 수 없었다. 요리를 위해서는 마흔 살짜리 아내를, 다른 것을 위해서는 열다섯 살짜리 아내를 둔 삶에 대해…… 아마 중간 나이대의 아내가 한둘 더 있을 것이라 생

---

* 코란의 장(章). 코란은 114수라로 이루어졌으며, 각 수라의 분량은 천차만별이며, 성경과 달리 연대순으로 배열되어 있지 않다.

각되었지만 차마 묻지는 못했다. 나는 다시 한번 이만 가보겠다고 말하며 이번에는 미련 없이 자리에서 일어났다. 그리고 저녁 늦게까지 연장된 열정적인 오후시간을 보내게 해준 데 대해 감사를 표했다. 그가 자신도 매우 즐거운 시간이었다고 답했다. 문 앞에서 나누는 의례적인 인사치레의 측면도 있었지만, 우리 둘 다 진심이었다.

나는 집으로 돌아와 침대에서 한 시간 남짓 이리저리 뒤척이다
가 결국 도저히 잠들지 못하리라는 것을 깨달았다. 집에는 럼주
한 병 외에는 별반 마실 것이 남아 있지 않았다. 럼이 오후에 마
신 부카와 썩 좋은 조합이 되지 못하리라는 것은 알았지만, 알코
올이 필요했다. 나는 난생처음 신에 대해 생각하기 시작했다. 우
주를 창조하고 나의 일거수일투족을 감시하는 일종의 창조주에
대해 진지하게 고민해보았다. 나의 첫 반응은 명확했다. 한마디
로, 공포였다. 나는 술의 도움을 받아 점차로 안정을 되찾으며 나
는 비교적 무의미한 존재다, 창조주는 나 같은 것 따위에 신경쓰
기보다는 더 나은 다른 할 일이 많을 것이다, 등등의 말을 되뇌어
보았지만, 어쨌든 신이 어느 날 문득 나의 존재를 인식하고서 나

를 '손볼지' 모른다는 끔찍한 생각이 머리에서 떠나질 않았다. 가령 나도 위스망스처럼 구강암에 걸릴 수 있었다. 애연가들에게 흔한 암인데다, 프로이트 또한 구강암이 아니었던가. 그랬다, 구강암이 그럴듯했다. 만일 하악골이라도 절제하면 어쩐다? 어떻게 외출을 하고, 슈퍼에 가고, 장을 보고, 동정과 혐오의 시선을 견딘단 말인가? 만일 내가 더는 장을 볼 수 없게 된다면 누가 대신 장을 봐줄 것인가? 밤은 아직 길었고, 나는 가슴 시리도록 혼자라는 기분에 젖어들었다. 적어도 내가 자살이라도 할 최소한의 용기는 낼 수 있을 것인가? 그마저도 확신이 서지 않았다.

새벽 여섯시 무렵 나는 지독한 두통을 느끼며 잠에서 깨어났다. 커피가 추출되는 동안 나는 『이슬람에 관한 열 가지 질문』을 찾다가 십오 분 남짓이 흐른 뒤에야 명백한 사실을 깨달았다. 내 배낭은 집에 없었다. 르디제의 집에 두고 왔던 것이다.

아스페직 진통제 두 알을 삼킨 뒤, 나는 1907년에 출간된 희곡 용어 사전에 빠져들 수 있을 만큼의 원기를 회복했고, 위스망스가 사용했던 희귀한 단어 두 개를 찾아낼 수 있었다. 쉽사리 신조어로 치부될 수 있는 단어들이었다. 내 작업 중에 재미난 부분, 재미나면서도 비교적 쉬운 부분이랄까. 부담스러운 건, 서문이었다. 이 부분에서 나에 대한 기대치가 높을 터였고, 나는 그점을 분명히 인식하고 있었다. 이르든 늦든 내가 쓴 논문을 다시 읽어보아야 하리라. 800페이지 남짓의 분량에 나는 질겁했고 거의 중압감마저 느꼈다. 기억을 돌이켜보면 나는 위스망스의 작품 전체를 훗날 그의 개종에 초점을 맞추어 다시 읽곤 하던 경향이 있었다. 작가 자신이 그럴 것을 유도했고 아마도 나는 작가에게 말려들었던 듯했다(작가가 『거꾸로』 출간 이십 년 뒤에 직접 써붙인 책의 서문에서 이 작품이 자신의 개종의 전조라고 밝혔다). 정말 『거꾸로』가 그를 불가피하게 교회의 품으로 돌아가도록 이끈 것이었을까? 그는 결국 교회의 품으로 돌아갔고, 그 진심에는 의심의 여지가 없었다. 그의 마지막 작품인 『루르드의 군중』도 인간혐오에 빠진 고독한 유미주의자가 생 쉴피스회 교인들의 과시적 신앙에 대한 반감으로 들끓다가 결국 루르드의 순례 행렬 속에서 근원적 신앙에 감화된다는 내용으로, 진정한 기독교인의 작품이었다. 한편 실생활 면에서 보자면 위스망스는 개종으로 인해 그다지 막대한 희생을 치르지는 않았다. 리귀제 수도원의 제삼회인 신분이었던 그는 수도원 바깥에서 생활했다. 개인 하녀가 있어서 그의 삶에서 매우 중요한 역할을 했던 간소한 소시민적 요리들을 매일 준비해주었고, 서재와 네덜란드 담배들도 늘 가까이 있었다. 그는 매 성무일도에 참석했고 그것에서 기쁨을 느꼈다. 거의 관능적이기까지 한 그의 가톨릭 예배의식에 대한 심미적 사랑은 후기작들의 페이지 곳곳에서 드러난다. 하지만 위스망스는 전날 로베르 르디제가 들춰냈던 형이상학적 질문들에 대해서는 결코 언급한 적이 없었다. 파스칼을 두렵게 만들었고, 뉴턴과 칸트에게 경이와 존경을 자아냈던 무한한 우주를 위스망스만은 전혀 안중에 두지 않았다. 위스망스는 분명히 개종을 했으되, 샤를 페기나 폴 클로델식으로는 아니었다. 그는 우주에 대해 신 중심적인 사고를 갖지는 못했다. 순간 나는 내 논문도 나의 고민에 그리 큰 도움이 되지 못할 것이며, 위스망스의 언어들은 더욱 그러하리라는 것을 깨달았다.

오전 열시 무렵, 나는 아렌 가 5번지를 방문할 시각으로 지금쯤이 적당하리라고 판단했다. 전날의 집사가 미소로 나를 맞아주었다. 여전히 차이나칼라 의복 차림이었다. 그가 르디제 교수는 부재중이며 내가 두고 간 물건은 자기가 보관하고 있다고 말하더니, 삼십 초도 안 되어 나의 아디다스 배낭을 가지고 왔다. 아마 아침 일찍부터 따로 보관하고 있었던 듯했다. 그는 정중했고 유능했으며 신중했다. 어떤 의미로는 르디제의 부인들보다 그가 훨씬 인상적이었다. 그러면 어떤 행정절차도 손가락으로 딱 소리를 냄으로써, 단번에 해결할 수 있을 것 같았다.

카트르파주 가를 걸어내려오며 나는 의도치 않게 파리의 커다란 이슬람사원과 마주하게 되었다. 내 생각은 혹시 모를 우주의 창조주를 향한 것이 아니라, 상당히 저속하게도 스티브를 향했다. 어쨌든 학교의 교육자 수준이 낮아진 것은 사실이라는 생각이 들었다. 나는 베르트랑 드 지냐크의 명성에는 못 미쳤지만, 복귀를 결심하기만 한다면 환대를 받을 수 있을 터였다.

나는 이번에는 다분히 의도적으로 파리3대학 방향인 도방통 가를 계속해서 걸었다. 학교 안까지 들어갈 생각은 아니었고 그저 교문 앞을 어슬렁거릴 요량이었다. 하지만 세네갈 경비원을 발견하자 진심으로 반색이 되는 것은 어쩔 수 없었다. 그 역시 얼굴이 환해졌다. "정말 반갑습니다, 선생님! 이렇게 돌아오시다니 정말 잘됐습니다!……" 그의 착각을 바로잡아주고 싶은 생각이 들지 않았다. 나는 그가 권하는 대로 교정으로 들어갔다. 어쨌든 내 인생의 십오 년을 보낸 학교였다. 최소한 한 명이라도 아는 얼굴을 만났다는 것이 기뻤다. 문득 그도 다시 채용되기 위해 개종을 했을지 궁금해졌다. 어쩌면 그는 이미 무슬림이었을 수도 있었다. 몇몇 세네갈인들은 무슬림이니까. 어쩐지 그럴 것 같은 기분이 들었다.

교정의 철제 아치 밑을 십오 분 남짓 거니는 동안 내내 건물이 지독히도 흉하다는 생각을 하면서, 나는 불쑥 고개를 쳐드는 나 자신의 노스탤지어에 적이 놀랐다. 이 흉측한 건물들은 모더니즘이 최악으로 치닫던 시기에 건축되었다. 하지만 노스탤지어는 미적 감정과는 별개였고, 심지어 행복의 기억과도 관련이 없었다. 장소에 대한 노스탤지어는 단순히 그곳에서 지냈던 경험에 기인한다. 좋았든 나빴든 상관없이 과거는 늘 아름다우며, 미래 또한 그러하다. 오직 현재만이 힘들다. 우리는 무한하고 평화로운 두 행복 사이에 수반되는 고통의 종양으로서 현재를 받아들인다.

철제 아치 사이를 걸은 덕분에 노스탤지어가 점차로 사라졌고 나는 생각하기를 거의 멈추었다. 미리암과 처음 만난 1층 구내식당 앞을 지날 때는 잠깐이나마 매우 고통스럽게 미리암을 떠올렸다. 이제는 의당 베일―대개는 흰색―을 두른 여학생들이 둘이나 셋씩 짝을 지어 아치 밑을 거닐었다. 다소 수도원이 연상되는 광경이었으나 어쨌든 전체적으로 부인할 수 없는 면학 분위기였다. 보다 오래된 파리4대학은 과연 어떨 것인지, 혹시 아벨라르와 엘로이즈*의 시대로 되돌아간 듯한 분위기는 아닐지 자못 궁금했다.

---

* 각각 중세 프랑스의 수도사와 수녀.

『이슬람에 관한 열 가지 질문』은 과연 단순하지만 매우 효과적으로 구성된 책이었다. '우리의 신앙, 이슬람이란?'이라는 물음에 답하는 1장은 내게 거의 아무것도 가르쳐주지 않았다. 대략 르디제가 전날 그의 집에서 우리가 만났을 때 했던 이야기들로, 우주의 광활함과 조화라든가 완벽한 그림 등등의 내용이었다. 다음으로는 마지막 선지자 마호메트까지 이어지는 선지자들의 간략한 소개가 이어졌다.

아마 대부분의 사람들이 그러할진대, 나 역시 종교적 의무나 이슬람의 덕목이나 금식에 관한 장들을 건너뛰고서 곧장 7장인 '왜 일부다처제인가?'로 넘어갔다. 논거가 그야말로 독창적이었다. 르디제는 우주의 창조주가 숭고한 그림을 완성하기 위해 생명이 없는 외계의 것들은 기하학의 법칙(물론 유클리드의 기하학도 비가환 기하학도 아니었지만, 어쨌든 기하학이었다)으로 다스린다는 주장을 펼쳤다. 반면 생명체들에 대해서는 창조주의 그림이 자연선택을 통해 표현된다는 것이었다. 생명이 있는 창조물들은 바로 자연선택을 통해 그들의 아름다움과 생명력과 힘의 정점에 도달하고, 이와 같은 법칙은 인간을 포함한 동물들에게도 똑같이 적용되었다. 따라서 오직 몇몇 개체만이 종자를 퍼뜨리고, 계속해서 무한의 세대로 뻗어나갈 미래의 자손을 번식시킬 수 있었다. 포유류의 경우, 암컷의 한정적인 수태 기간에 비해 수컷의 생식력은 거의 무한한바, 자연선택은 무엇보다 수컷들 사이에서 이루어졌다. 따라서 수컷들 사이의 불평등—일부 수컷이 여러 암컷에게 쾌락을 부여함에 따라 다른 수컷들은 필연적으로 이를 누리지 못하는—은 일부다처제라는 패덕적 결과가 아니라 실질적 목적 그 자체로 간주되어야 했다. 종種의 운명이 이런 식으로 결정되었다.

이와 같은 희한한 주장은 보다 공감할 수 있는, 8장 '생태학과 이슬람'으로 이어졌다. 르디제는 여기서 부수적으로 할랄 식품문제도 다루면서 이를 일종의 개선된 유기농 식품과 결부시켰다. 경제와 정치제도에 할애된 9장과 10장은 모하메드 벤 아베스를 대선 후보로 추대하기 위해 의도적으로 기획한 듯했다.

폭넓은 독자층을 대상으로 하고 그 소기의 목적을 달성한 이 책에서 르디제는 무신론적 휴머니스트 독자들을 염두에 둔 타협 장치를 곳곳에 깔아두었으며, 이슬람을 이슬람 이전의 야만적인 유목 문명과 비교하는 것도 잊지 않았다. 그는 이런 식으로 이슬람은 일부다처제의 기원이 아니라 다만 이 관습을 제도화했을 뿐이라고 강조했다. 마찬가지로 투석형이나 할례의식도 이슬람이 기원이 아니며, 선지자 마호메트는 노예해방을 칭송받을 만한 업적으로 간주했고 창조주 앞에서 모든 인간이 평등하다는 원칙을 수립함으로써 그가 통치하는 나라에서 모든 형태의 인종차별에 종지부를 찍었다는 것이었다.

내가 익히 알고 있던 논지였다. 수천 번도 더 들은 이야기였고, 매번 판에 박은 듯 똑같았다. 르디제와의 만남에서 내가 강한 인상을 받았고 이 책에서 다시 한번 더 강한 인상을 받은 것은, 바로 르디제를 불가피하게 정치권과 연결시키게 되는 이 '숙련된 연설'이었다. 아렌 가의 저택에서 그와 만났던 날, 우리는 정치에 대해서는 단 한 마디도 언급하지 않았다. 그럼에도 일주일 뒤, 소폭의 정부 개편에서 르디제가 이번 기회에 다시 생겨난 교육부의 대학담당 정무차관으로 임명되었을 때 나는 전혀 놀라지 않았다.

그동안 그가 『팔레스타인 연구지』나 『움마*』와 같은 좀더 전문적인 잡지의 칼럼들에서 덜 신중한 태도를 확연하게 드러내 보였음을 목도해왔던 터였다. 기자들의 호기심 결여는 지식인들에게는 그야말로 축복이었다. 왜냐하면 오늘날에는 이 모든 것을 인터넷에서 손쉽게 검색할 수 있었고, 누군가 그 칼럼들 중에 몇 개만 들춰내더라도 그를 곤란하게 만들 수 있었을 테니까. 하지만 이것도 어쩌면 나의 착각일는지 몰랐다. 20세기에 스탈린이나 마오쩌둥이나 폴 포트**를 지지했던 숱한 지식인들이 언제 제대로 호된 비난을 받아본 적이나 있었던가. 프랑스에서 지식인들이란 '책임'을 지지 않는 자들이었다. 책임감은 그들의 천성이 아니었다.

『움마』에 실린 한 칼럼에서 르디제는 과연 이슬람이 세상을 지배할 종교인지 자문하고는 결국 긍정적인 답을 내놓는다. 서구 문명은 그에게 사멸할 운명이 확실해 보이는바, 그는 서구 문명의 경우는 거의 언급하지 않는다(자유주의적 개인주의가 승승장구하며 국가니 조합이니 계급이니 하는 중간 단계의 조직들을 와해시키다가 결국 가족이라는 최종 단위, 따라서 인구를 무너뜨리고 최후의 실패가 자명해지면, 자연스럽게 이슬람의 시대가

---

* 아랍어로 '이슬람 공동체'라는 뜻이다.
** 캄보디아의 공산주의 혁명가. 집권 기간중 반대파를 숙청하고, 집단 농업화 정책인 소위 '킬링필드'로 무수한 국민들을 죽였다.

도래할 터였다). 그보다는 인도와 중국의 경우에 대해 더욱 장황해진다. 르디제는 만일 인도와 중국이 그들 고유의 문명을 간직했다면, 그들은 일신론과 무관한 채로 이슬람의 지배에서 벗어날 수 있었을 것이라고 썼다. 하지만 그들이 서구적 가치관에 물든 그 순간부터 그들 역시 사멸할 운명에 처하게 되었다. 르디제는 그 과정을 낱낱이 기술하면서 사멸이 예견되는 시기를 제시했다. 자료조사가 철저하고 논지가 명확한 그의 칼럼은 모든 전통 문명과 현대 문명 사이의 근원적 차이를 주장한 게농의 영향에서 명백히 벗어난 것이었다.

또한 다른 칼럼에서 르디제는 극단적인 부의 불균형에 대해 뚜렷이 옹호하는 입장을 취했다. 진정한 이슬람 사회에서라면 엄밀한 의미의 빈곤이 퇴출되어야 하듯이(자선에 의한 빈자 구제는 이슬람의 다섯 기둥* 가운데 하나다), 인간의 존엄성을 잃지 않을 정도의 가난 속에서 살아가는 대다수의 국민과, 예술품 및 명품의 존속을 보장하는 상식 이상의 과도한 소비가 가능한 천문학적 재산을 지닌 극소수의 부자들 사이의 차이도 유지되지 않으면 안 되었다. 이와 같은 귀족적 입장은 니체의 사상과 직결되는 것으로, 르디제는 실은 젊은 시절에 추종했던 철학자에게

---

* 이슬람교의 가장 기본적인 다섯 의례. 신앙고백, 예배, 희사, 단식, 성지순례.

놀라울 정도로 충실하게 남아 있었다.

니체주의자는 또한 기독교에 대해 모욕적이고 냉소적인 적의를 드러냈다. 그에 의하면 기독교는 오직 예수라는 퇴폐적이고 주변적인 인물에만 기대고 있었다. 르디제는 기독교의 창시자가 여자들 속에서 즐거워했고 '이것이 느껴진다'고 쓰고는, 『안티크리스트』의 작가의 말을 인용했다. "이슬람교는 기독교를 경멸하고 있는데, 이것은 천 번이라도 그럴 만하다. 이슬람교는 첫째로 남자를 전제로 하기 때문이다……" 르디제는 이어서 예수의 신격화는 불가피하게 휴머니즘과 '인권'으로 연결되는 근본적인 오류였다, 고 썼다. 이것 또한 니체가 좀더 신랄한 표현으로 이미 했던 말이었다. 따라서 그도 이슬람이 해로운 갱생의 교리를 퇴치함으로써 세상을 정화시키는 임무를 갖는다는 생각에 틀림없이 동조했을 터였다.

나 또한 나이를 먹으며 니체에 가까워졌다. 배관에 문제가 발생했을 때 이를 피할 수 없는 것과 같다고 할까. 나는 우주의 숭고한 주관자, '엘로힘'*에게 관심이 있었다. 그의 따분한 아들에게보다는 말이다. 예수는 인간을 지나치게 사랑했고, 바로 그것이 문제였다. 인간을 위해 십자가에 못박혀 죽은 것은 나이 지긋

---

* 히브리어로 '하느님'이라는 뜻이다.

한 여편네가 할 법한 표현으로 '천지분간 못하는' 행동이었다.
그 외 그의 행동 또한, 예컨대 간음한 여인을 두고 '누구든 죄 없
는 자'를 운운해가며 용서한 일화도 그다지 훌륭한 분별력을 보
여주지는 못했다. 더구나 어려운 일도 아니었는데. 그저 일곱 살
짜리 어린애를 불러다놓기만 하면 그만일 일이었다(그 망할 녀
석이 여자한테 돌을 던질 테니까).

　무척 잘 쓴 책이었다. 논지가 명료했고 총괄적이었으며, 간간
이 유머도 엿보였다. 가령 그의 동료 중 한 명—아마도 그의 경
쟁자인 듯한 무슬림 지식인—이 '이맘 2.0'이라는 용어를 도입하
여 이들 '이맘 2.0' 세대들에게 이슬람 이민자 가정의 젊은 프랑
스인들을 개종시키는 임무를 부여해야 한다고 주장한 칼럼을 인
용하고는 그것을 살짝 꼬집으면서, 지금은 그보다는 '이맘 3.0'
세대들에게 프랑스 토박이 가정의 젊은이들을 개종시키게 해야
할 때라고 그를 비꼬는 대목이 그러했다. 하지만 르디제는 유머
를 결코 오래 끄는 법이 없었고, 곧바로 진지한 고찰을 이어나갔
다. 그의 신랄한 냉소의 표적은 무엇보다 이슬람 극좌파였다. 그
에 의하면 이슬람 극좌파는 이슬람의 상승세에 매달려 사망 판
정을 받은 육체를 이끌고 역사의 쓰레기통 바깥으로 기어나오기
위해 필사의 몸부림을 치는, 변질되고 타락한 마르크스주의자들

이었다. 계속해서 르디제는 그들이 실소를 금할 수 없게도 개념 정립을 위해서 저 유명한 '좌파 니체주의자'* 개념을 끌어들였다고 주장했다. 니체는 확실히 그의 강박관념인 듯했다. 니체의 사상에 경도된 그의 글에 나는 얼마 못 가 피로감을 느꼈다. 아무래도 나부터도 니체를 너무 많이 읽은 탓이리라. 나는 니체를 알았고, 완벽하게 이해했다. 따라서 더는 니체에게 아무 매력도 느끼지 못했다. 나는 이상하게도 르디제의 게농적 감성—사실 게농은 전 작품을 독파하기엔 상당히 지루한 작가였으나, 르디제가 접근 가능한 버전, 보다 '라이트'한 버전을 제공해주었다—에 더 매혹을 느꼈다. 특히 잡지 『전통 연구』에 실린 '관계의 기하학'이라는 제목의 칼럼이 마음에 들었다. 르디제는 여기서 트로츠키가 결국 스탈린을 눌렀다는 것을 강조하기 위해 공산주의—어쨌거나 자유주의적 개인주의에 맞선 최초의 시도였다—의 실패를 다시 한번 거론한다. 공산주의는 세계적으로 확산된다는 전제하에 성공할 수 있는 개념이었다. 르디제는 이슬람에도 같은 법칙이 적용된다고 경고했다. 요컨대 전 세계적인 기류가 되거나, 그렇지 않거나였다. 하지만 칼럼의 핵심은, 주석을 비롯

---

* 권력 회의주의에서 비롯되어, 일체의 독단적 권력으로부터의 자유를 주장하며 정치에도 비교적 무관심한 무정부주의적 성향의 좌파.

하여 그 밖의 온갖 것들과 함께 일종의 스피노자적 키치가 배제되지 않은, 그래프이론*을 둘러싼 주의깊은 명상이었다. 르디제는 칼럼을 통해 종교만이 개인들 사이에 완벽한 관계를 창조할 수 있다는 것을 증명하려 했다. 그는 만일 우리가 관계의 그래프를 사적인 관계들로 맺어진 개인들(점들)로 간주한다면, 개인들 전체 간의 관계를 그리는 그래프를 구축하는 것은 불가능하다고 썼다. 유일한 해결책은 신神이라 불리는 유일한 점을 포함하는 상위 그래프로 넘어가는 것이었다. 여기서는 개인들 전체가 관계를 맺고, 이 매개체를 통해 사적으로도 관계를 맺었다.

이 모든 것이 상당히 흥미로운 독서 체험이었지만, 동시에 내 생각에는 기하학적 접근에 의한 증명법은 틀린 것 같았다. 그래도 어쨌든 이 칼럼이 나를 배관 문제에서 잠시 벗어나게는 해주었다. 그 외 나의 학문적 삶은 정체기였다. 위스망스 플레이아드 총서를 위한 주석 작업에는 얼마간 진전을 보였지만, 서문과 관련해서는 여전히 고갈상태였다. 게다가 희한하게도 인터넷에서 위스망스에 대한 자료를 검색하다가 르디제가 쓴 가장 뛰어난 칼럼과 맞닥뜨리게 되었다. 이번에는 『유럽 잡지』에 실린 글이었다. 이 칼럼에서 위스망스는 지극히 당연한 수순으로 막다른 길

---

* 유한개의 점으로 이루어진 집합과 점들 사이의 관계를 연구하는 학문.

에 접어든 자연주의와 유물론의 시기를 통과한 작가로서 부수적으로 언급되었을 뿐이다. 하지만 칼럼은 전체적으로 르디제의 옛 전통주의 정체성 운동 동지들에게 보내는 강력한 호소문의 성격을 띠었다. 르디제는 이슬람에 대한 비이성적 적대감이 옛 동지들로 하여금 이 명백한 사실, 즉 그들이 기본적으로 이슬람과 완벽하게 일치한다는 사실을 못 보게 하는 것이 비극적일 따름이라고 장탄식했다. 무신론과 휴머니즘의 거부, 여성의 절대적 복종, 가부장제로의 복귀. 그들의 쟁점은 모든 면에서 정확하게 일치했다. 그리고 문명의 새로운 유기적 위상 구축을 위한 이 필연적 투쟁은 오늘날 더는 기독교의 이름으로 지휘될 수 없었다. 보다 근대적이고 보다 진실된 형제의 종교, 이슬람이어야 했다(예컨대 왜 게농이 이슬람으로 개종했겠는가? 누구보다도 과학적인 정신의 소유자인 게농이 경제적 원칙에 의해 과학적으로 이슬람을 선택했다. 이것은 또한 유카리스트라고 하는 성찬식 중에 예수가 실재한다는 따위의, 몇몇 소수에게만 받아들여지는 비이성적인 믿음을 피하기 위함이기도 했다). 따라서 오늘날 횃불을 이어받을 종교는 이슬람이었다. 로마교회는 진보주의자들의 수치스러운 아양과 감언이설과 아첨 탓에 문란한 품행에 제동을 거는 것이, 동성 결혼이며 낙태며 여성의 노동을 단호하고 완강하게 금지시키는 것이 불가능해져버렸다. 이제 명백한 현실을 직시해야 했다. 요컨대 혐오스러운 붕괴의 단계에 다다른 서유럽은 5세기에 고대 로마가 그러했듯 더는 몰락으로부터 스스로를 구할 수 있는 상태가 아니었다. 여자의 복종과 선조에 대한 존경 등 여전히 자연적인 위계질서에 의해 지배되는 전통문화를 고수하는 이민자의 대량 유입은 유럽이 가족적, 도덕적으로 재무장하기 위한 역사적인 기회였으며, 구대륙의 새로운 황금시대에 대한 전망을 활짝 열어주었다. 이 백성들 중엔 간혹 기독교인들도 있었지만, 대부분은 무슬림이라는 것을 인정해야만 할 터였다.

중세 기독교는 그 예술적 성취가 사람들의 기억 속에 영원토록 생생하게 남을 위대한 문명이라는 것을 르디제 그 자신이 제일 먼저 인식하고 있었다. 하지만 기독교는 점차로 영역을 잃었고 이성주의와 타협해야 했으며 교황의 지상권을 포기해야 했다. 그리고 이렇게 차츰차츰 사멸할 운명에 처했다. 왜 이 모든 일이 벌어졌을까? 참으로 미스터리였다. 신이 그렇게 결정해버렸다.

며칠 뒤 나는 오래전에 주문했던 뤼시앵 리고의 『현대 은어 사전』을 받았다. 1881년에 올랑도르프 출판사에서 출간된 것으로, 이 사전의 도움을 받아 몇 가지 불확실한 것들을 확인할 수 있었다. 내 짐작대로 '클라크당claquedent'은 위스망스의 조어가 아니라 매음굴을 의미했고, '클라피에clapier'는 보다 넓은 의미로 매춘이 이루어지는 장소였다. 위스망스의 성관계 상대는 대부분이 매춘부였고, 유럽의 매음굴에 관한 장은 그가 네덜란드인 작가 친구 아레이 프린스와 나누었던 서신들로 완벽하게 보완되었다. 이 서신을 읽고 있자니 불현듯 브뤼셀에 가야겠다는 생각이 들었다. 뚜렷한 이유가 있어서는 아니었다. 물론 위스망스의 작품들이 브뤼셀에서 출간되긴 했지만, 사실 19세기 후반의 중요한 작가들 대부분이 검열을 피하기 위해 한동안 벨기에 편집자들에게 의지했고 위스망스도 그들 중 한 명이었다. 나는 위스망스에 대한 논문을 쓰던 시절에도 브뤼셀 여행의 필요성은 느끼지 못했다. 내가 정작 브뤼셀에 갔던 건 그 몇 년 뒤 보들레르 작업 때문이었다. 나는 특히 파리나 런던에서보다도 더 생생하게 체감되던 시민들 간의 증오심 못지않게, 도시의 불결함과 음울함에도 강한 인상을 받았다. 브뤼셀은 유럽의 그 어떤 수도보다 내전의 기운이 강했다.

최근 벨기에에서도 이슬람당이 정권을 잡았고, 이 사건은 유럽의 정치적 균형 측면에서 대체로 의미심장하게 받아들여졌다. 물론 영국이나 네덜란드나 독일에서도 이슬람당들이 정부와 동맹관계를 맺고 있지만, 벨기에는 프랑스에 이어 이슬람당이 여당이 된 두번째 국가였다. 유럽 우파의 참담한 패배는 벨기에의 경우, 이유가 간단했다. 각자의 지역에서도 제1당과 거리가 먼 플랑드르와 왈롱의 극우 민족주의 정당이 연합은커녕 진정한 대화에도 이르지 못한 반면, 플랑드르와 왈롱의 이슬람당은 공통의 종교를 바탕으로 쉽게 연합 정부 합의에 이를 수 있었기 때문이다.*

---

* 벨기에는 플랑드르와 왈롱으로 지역과 민족이 양분돼 있으며, 플랑드르에서는

모하메드 벤 아베스는 벨기에 이슬람당의 승리에 즉시 따뜻한 축하 메시지를 보냈다. 벤 아베스의 비서실장 레몽 스투브낭의 이력은 로베르 르디제의 이력과 몇 가지 공통점이 있었다. 요컨대 레몽 스투브낭도 이슬람으로 개종하기 전에 정체성 운동에 가담했고, 간부—노골적인 신파시스트 성향에도 불구하고 아무문제 없이—로 활동한 전적이 있었다.

파리-브뤼셀 간을 운행하는 급행열차 탈리스의 식당칸에서는 이제 전통 음식과 할랄 중에 메뉴를 선택할 수 있었다. 최초의 가시적—또한 유일하기도 한—변화였다. 거리는 여전히 지저분했고, 메트로폴 호텔 역시 바는 폐업했을망정 대체로 예전의 광휘를 간직했다. 나는 저녁 일곱시 무렵에 호텔에서 나왔다. 날씨가 파리보다 더 냉했고, 보도는 거무스름한 눈으로 뒤덮여 있었다. 몽타뉴 오 제르브 포타제르 가의 식당에서 치킨 와테르조이와 허브 소스 장어 요리 중에 무얼 먹을지 고민하다가 나는 문득, 내가 위스망스를 완벽하게, 위스망스 본인보다 더 잘 이해한다는 확신에 사로잡혔다. 이제는 플레이아드 총서의 서문을 쓸

네덜란드어에서 파생된 플라망어를 사용하고, 왈롱에서는 독일어를 쓰는 극소수를 제외하고는 프랑스어를 사용한다.

수 있었다. 메모를 하기 위해 호텔로 돌아가야 했다. 나는 주문을 하지 않은 채 식당에서 나왔다. 오늘의 호텔 '룸서비스' 메뉴가 치킨 와테르조이여서 나의 고민이 단번에 해결되었다. 위스망스가 긍정적으로 언급했던 '방탕한 놀음'이나 '종교의식'에 지나친 중요성을 부여하는 것은 오류일 수 있었다. 이것은 무엇보다 스캔들을 일으키고 부르주아들에게 충격을 안겨야 할 필요성, 요컨대 작가 경력과 관계된 자연주의파의 습성, 당시의 문단을 지배하던 상투성의 발로로 보아야 했다. 왜냐하면 위스망스가 설정한 속세의 육욕과 수도원의 엄격한 생활 간의 대립이그다지 타당하지 않았기 때문이다. 금욕은 문제가 아니었다. 모든 남자들에게 그렇듯 위스망스에게도 금욕이 특별히 문제된 적은 없었고, 리귀제 수도원에서의 짧은 체류로 나는 이 사실을 다시 한번 확인했을 뿐이다. 남자한테 성적 충동거리(더구나 이것은 극도로 표준화되었다. 깊게 팬 가슴골과 미니스커트, 즉 스페인식으로 말하자면 '테타스 이 쿨로'*는 늘 효력을 발휘한다)를 던져줘보라. 그는 성적 욕망을 느낄 것이다. 앞서 말한 조건들을 제거해보라. 그는 몇 달 만에, 때로는 몇 주 만에 성에 관해서는 기억조차 잃을 것이다. 사실상 이런 것은 수도사들에게 전

---

* 스페인어로 '젖가슴과 엉덩이'를 뜻한다.

혀 문제가 되지 않았다. 당장 나부터도 이슬람 정권이 여성들의 옷차림을 정숙하게 만들어놓은 뒤로 점점 성충동이 줄어드는 것을 느꼈고, 이제는 종종 종일토록 그 생각을 한 번도 하지 않고 지나가는 날도 생겨났다. 여자들의 경우는 아마 조금 다르지 않을까. 여자들의 성충동은 남자들보다 잔잔하게 퍼지는 대신 물리치기가 더 어려울 터였다. 어쨌거나 주제 외의 문제를 깊이 파고들 시간이 별로 없었던 터라 나는 이 문제를 접어두고서 열정적으로 메모를 하기 시작했다. 와테르조이를 다 먹은 뒤에는 치즈를 시켰다. 위스망스가 생각했던 것만큼 그에게 있어 중요하지 않았던 것은 섹스의 문제만이 아니었다. 죽음의 문제 또한 마찬가지였다. 존재의 불안은 그의 관심사가 아니었다. 마티아스 그뤼네발트의 유명한 예수 수난상에서 위스망스를 충격에 빠뜨린 것은 예수의 죽음이 아니라 육체적 고통이었고, 이 점에서 위스망스는 그의 종족인 다른 사람들과 하등 다를 바 없었다. 인간은 실은 자신의 죽음 자체에는 거의 무관심하다. 인간의 유일하고 실제적인 관심사, 그들의 진짜 근심은 바로 가능한 한 육체적고통을 피하는 것이다. 미술비평 분야에서까지 위스망스의 입장들의 오류가 나타났다. 그는 당시의 아카데미즘과 충돌하면서 인상파 화가들을 극렬하게 옹호했으며, 귀스타브 모로나 오딜롱 르동 같은 상징주의 화가들의 그림을 수페이지에 걸쳐 찬양했다. 하지만 정작 그 자신은 소설을 통해, 인상주의나 상징주의보다는 그보다 훨씬 오래된 그림의 전통, 예컨대 중세 플랑드르파 회화들에 더 강한 애착을 보였다. 아닌 게 아니라 상징주의 회화의 기묘함을 연상시키는 『좌초된』의 몽환적 묘사는 그다지 성공적이지 못했다. 어쨌든 『저 아래로』에서 주인공 뒤르탈이 성당의 종지기 카레의 집에서 나누는 따뜻하고 친밀한 식사 장면 묘사보다는 덜 강렬한 기억을 남겼다. 그러고 보니 『저 아래로』를 깜빡 잊고 파리에 두고 왔다. 파리로 돌아가야 했다. 인터넷을 검색하니 첫 열차가 새벽 다섯시에 있었다. 오전 일곱시, 나는 파리의 내 집에 돌아와 있었고, 『저 아래로』에서 위스망스가 부른 대로 '카레 엄마'의 부엌을 묘사하는 대목을 펼쳐들었다. 위스망스의 유일한 진짜 주제는 소시민적 행복이었다. 상류층의 행복이 아닌, 독신자에게는 절망적으로 접근이 불가능한 소시민적 행복. 『저 아래로』에서 상찬된 부엌은 문자 그대로 살림 부엌이라고 부를 만한 곳이지, 귀족의 그것과는 거리가 있었다. 위스망스가 『제삼회인』에서 비판적으로 묘사한 "귀족 가문의 문장이 새겨진 섬세한 물병"에는 오직 경멸감만이 드러날 뿐이었다. 그의 눈에는 예술가들끼리, 혹은 친구들끼리 둘러앉아 '적당한' 와인을 곁들여 고추냉이 소스에 포토푀를 찍어먹는 즐거운 식사시간이야말로 진짜 행복을 대변하는 풍경이었다. 그리고, 창밖으로는 한겨울의 돌풍이 생 쉴피스 성당 탑을 때리는 가운데, 난롯가에 앉아 담배를 피우며 자두주酒 한 잔을 걸치면 그만이었다. 삶은 이 단순한 기쁨을 위스망스에게 허락하지 않았다. 1895년 그가 유일하게 지속적인 연인관계를 맺었던 여인 아나 뫼니에가 사망했을 때 그의 슬픔이란. 레몽 블루아만큼이나 무정하고 거친 자만이 눈물을 흘리는 그의 모습을 보며 의아해했으리라. 아나 뫼니에는 위스망스가 짧게나마 함께 '살림을 차렸던' 유일한 여인이었으며, 이후 그는 당시에는 불치병이었던, 아나 뫼니에의 신경질환이 심해지자 부득이하게 그녀를 생트 안에 있는 요양원에 보내야 했다.

낮에는 나가서 담배 다섯 보루를 사왔고, 집으로 와서는 레바논 음식점의 팸플릿을 훑었다. 보름 뒤, 나는 서문을 매듭지었다. 포르투갈 아소르스 제도에서 형성된 저기압이 프랑스로 이동했다. 대기에 희미한 습기와 봄기운이 감돌았다. 미심쩍은 온화함이랄까. 작년만 같았어도 이런 날씨였으면 거리에 미니스커트들이 하나둘 등장하기 시작했을 터였다. 나는 집에서 나와 슈아지 대로를 지난 뒤, 고블랭 대로를 계속 걸어 몽주 가에 이르렀다. 그리고 아랍세계연구소 근처 카페에 자리를 잡고서 40페이지 남짓의 서문을 다시 훑어보았다. 손보아야 할 구두점들과 명시해야 할 참고 서적들 몇 가지가 눈에 띄었다. 하지만 의심의 여지가 없었다. 이 서문은 내 작업 중에 가장 성공적이었고, 또한, 이제껏 누구도 쓰지 못한 위스망스에 대한 최고의 글이었다.

　나는 노인네처럼 느릿느릿 걸어서 집으로 돌아왔다. 점차 이번에야말로 나의 학문적 삶이 완전히 끝났으며, 또한 조리스카를 위스망스와의 길고 길었던 관계도 끝났다는 자각이 들었다.

바스티앵 라쿠한테는 이 소식을 알릴 생각이 전혀 없었다. 그는 적어도 일 년, 어쩌면 이 년은 지나야 작업이 마무리되어가는지 궁금해할 터였다. 따라서 나는 각 페이지 하단의 주석들을 무한정 다듬을 수 있었다. 바야흐로 내 인생에서 최고로 쿨한 시기가 시작되려 하고 있었다.

쿨 그 이상은 아니야. 나는 브뤼셀에서 돌아온 이후 처음으로 우편함을 열며 고양된 기분을 다스렸다. 행정적 문제들이 아직 끝나지 않았다. 관공서는 '절대 잠들지 않는다.'

지금으로서는 이 봉투들 중 어떤 것도 개봉할 엄두가 나지 않았다. 어찌 보면 나는 지난 보름 동안 '이상적인 영역으로 이동해 있었'던바, 나의 초라한 현실을 '새로 설정해야' 했다. 따라서 아무 준비도 없이 대뜸 평범한 행정 대상의 위치로 되돌아오는 것은 다소 가혹하게 느껴졌다. 나는 파리-소르본 대학으로부터 온, 나와 현실을 매개해주는 편지를 발견했다. 이런, 이런, 이라는 생각이 절로 들었다.

"이런, 이런." 내용을 확인하자 생각이 확실한 소리가 되어 입밖으로 새나왔다. 나는 바로 다음날에 열리는, 장프랑수아 루아즐뢰르의 대학교수 임명식에 초대되었다. 리슐리외 대강의실에서 임명식을 치른 뒤, 옆 강의실에서 이를 기념하는 칵테일파티가 열릴 예정이었다.

나는 루아즐뢰르를 확실히 기억했다. 수년 전 나를 『19세기 문학저널』로 이끈 사람이 바로 그였다. 그는 르콩트 드 릴의 마지막 시들에 관한 매우 독창적인 논문을 쓴 뒤, 대학에서 교육자 경력을 시작했다. 르콩트 드 릴은 호세 마리아 데 에레디아와 함께 19세기 프랑스 고답파의 기수로 알려졌는데, 대체로 사화집 작가들을 일컫는 경멸적 호칭인 '재능 없는 성실한 장인'으로 간주되었다. 그럼에도 그는 노년에 일종의 신비주의적 우주론의 영향을 받아 그가 이전에 쓴 모든 것과 전혀 다르고 당시의 시풍과도 같지 않으며 사실 거의 어떤 것과도 같지 않은, 언뜻 보아 '완전히 돌았다'는 말밖에 나오지 않는 기이한 시들을 썼다. 장프랑수아 루아즐뢰르의 첫번째 업적은 잊혔던 이 시들을 되살려

냈다는 것이고, 두번째 업적은 이것들에 대해 좀더 많은 것을 이야기했다는 것이었지만, 실제 문학사조에 포함시키는 데까지는 이르지 못했다. 루아즐뢰르에 의하면 그 시들은 문학사조보다는 신지학神知學이나 강신술과 같이, 연로한 고답파 시인의 어떤 동시대적 지적 사상과 결부시키는 편이 옳았다. 이와 같이 루아즐뢰르는 경쟁자가 전혀 없는 이 분야에서 어느 정도 명성을 얻었고, 베르트랑 드 지냐크의 국제적 위상을 흉내내려는 욕심 없이, 옥스퍼드나 세인트 앤드루스 대학에서 콘퍼런스에 참여하도록 정기적으로 초청받았다.

루아즐뢰르 개인도 그의 연구 주제와 놀랄 정도로 일치했다. 나는 이제껏 이 정도로까지 『과학자 코사인의 편견』*의 등장인물을 연상시키는 사람을 만나본 적이 없었다. 길고 지저분한 회색 머리칼, 커다란 안경, 짝이 맞지 않는 정장과 때때로 견딜 수 없을 만큼 위생상태가 불량한 그는 일종의 동정 어린 존중심을 불러일으켰다. 분명 '어떤 캐릭터를 연기'하려는 의도가 있는 것이 아니라, 그저 태생이 그럴 뿐이고 달리 어쩔 수 없었으리라. 게다가 그는 일체의 허영심도 찾아볼 수 없는, 세상에서 가장 선하고 부드러운 사람이었고, 직업상 다양한 성격의 사람들과 접촉

---

* 1893년에 발행된 프랑스 만화가 크리스토프의 만화.

해야 하는 것에 늘 질겁했다. 르디제는 어떻게 그를 설득한 것일까? 좋다, 적어도 칵테일파티에는 가봐야겠다. 나는 그 이유가 궁금했다.

곳곳에 밴 역사적 흔적으로 진정한 위엄이 느껴지는 명소 파리-소르본 대학의 연회장들은 내가 교수이던 시절에는 절대 대학 연회를 위해 사용된 적이 없었다. 그보다는 패션쇼나 다른 '쇼 비즈니스' 행사를 위해 터무니없이 높은 가격으로 대여되었다. 그다지 명예롭지 못한 일이었을 수는 있으나 대학의 예산 충당에는 상당히 유용했다. 새로운 사우디아라비아 주인들은 이 모든 상황을 깨끗이 정리했고 덕분에 학교는 아카데믹한 품격을 어느 정도 되찾았다. 첫 연회장으로 들어간 나는 서문을 쓰는 내내 나와 함께했던 레바논 음식 업체의 깃발들을 발견했다. 반가운 마음이 들었다. 이제는 메뉴를 아예 외우고 있었기에 나는 당당하게 음식을 주문했다. 연회장은 프랑스인 대학 관계자들과 아랍인 고관들이 뒤섞인 흔한 풍경이었으나, 이번에는 프랑스인이 더 많았다. 교수란 교수는 다 모인 듯한 분위기였다. 충분히 이해할 만한 일이었다. 새로운 사우디아라비아 체제에 굴복하는 것이 아직은 많은 사람들에게 약간은 수치스럽게, 이를테면 '협력' 행위처럼 여겨졌던바, 그들은 그들끼리라도 많은 수가 모여

서로에게 용기를 북돋고 싶었을 것이고, 연회를 빌려 기쁜 마음으로 새로운 동료를 맞을 수 있게 되었을 것이다.

주문한 메제 몇 가지를 받아들자마자 나는 루아즐뢰르를 코앞에서 부딪쳤다. 그는 변했다. 완전히 말쑥해진 건 아니었지만 외관이 확실히 개선된 모습이었다. 머리칼은 여전히 지저분하고 길었으나 빗질이 되어 있었고, 정장의 재킷과 바지 색깔은 거의 같은 톤이었으며 어떤 음식 기름 자국이나 담뱃불 자국도 보이지 않았다. 적어도 여자의 손길이 미치기 시작했음이 감지되었다고 할까.

"네, 그래요……" 아무것도 묻지 않았건만 그가 나의 짐작을 확인시켜주었다. "'강을 건넜습니다', 결단을 내렸죠. 희한한 건 그전엔 꿈도 꾸지 않았던 일이라는 겁니다. 결론적으로, 아주 좋아요. 아무튼 다시 뵙게 돼서 반갑습니다. 선생은 어떻게 지내십니까?"

"그러니까 지금 '결혼했다'는 말씀이세요?" 나는 확인이 필요했다.

"네, 네, 결혼했어요. 그거예요. 사실 낯설긴 해요, 다른 사람과 한 몸이라는 것이. 안 그래요? 하지만 아주 좋더라고요. 선생은요, 잘 지내십니까?"

설사 그가 '마약중독자'나 스키선수가 되었다 한들, 나는 놀라지 않았을 터였다. 루아즐뢰르가 나를 놀라게 할 일은 정말 아무 것도 없었으니까. 하지만 어쨌든 충격이었다. 나는 그의 역겨운 녹청색 재킷에 장식된 레지옹 도뇌르 훈장의 리본을 뚫어져라 바라보며 멍청하게 되뇌었다. "결혼요? 여자하고요?" 아무래도 내가 예순 살의 그를 동정이라고 생각했던 듯했다. 어쨌든 모든 것이 가능했다.

"네, 네, 여자하고요. 그들이 나한테 여자를 찾아줍디다." 그 가 힘차게 고개를 끄덕이며 덧붙였다. "2학년짜리 여학생을요."

나는 말을 잃었다. 이윽고 다른 동료가 다가와 루아즐뢰르에 게 말을 붙였다. 나름의 괴짜 분위기를 지닌 나이 지긋한 자로 아무튼 루아즐뢰르보다는 깨끗했다. 아마 17세기 문학, 뷔를레 스크* 전문가로 폴 스카롱** 을 연구하지 않았나 싶었다. 잠시 뒤 나는 연회가 열리는 복도 끝의 소그룹 속에서 로베르 르디제를 발견했다. 지난 몇 주간 서문에 빠져 지내느라 그를 거의 잊고 있던 타라, 다시 보게 되자 진심으로 반가웠다. 그도 반색을 하 며 내게 인사했다. "이제 곧 장관님이라고 불러야 되는 거 아닙 니까?" 나는 농담을 하고 나서 좀더 진지하게 물었다. "정치는

---

* 심각하고 장엄한 주제를 희극적으로 재해석한 희곡 문학으로 일종의 익살극.
** 17세기 뷔를레스크 작가.

어떻습니까? 많이 힘드시죠?"

"네, 세간에 들리는 얘기들이 전혀 과장이 아니에요. 저도 나름대로 학계에서 권력 다툼에 익숙해졌다면 익숙해진 사람인데, 거긴 그 모든 걸 뛰어넘어요. 그러니 벤 아베스가 정말 얼마나 뛰어난 인물인지 알 수 있지요. 그와 함께 일한다는 것이 자랑스럽습니다."

문득 알랭 타뇌르가 떠올랐다. 로트 지방의 그의 집에서 함께 저녁식사를 했을 때 그가 벤 아베스를 아우구스투스 황제와 비교했던 것이. 그 비교가 르디제를 흥미롭게 만들고 생각거리를 던져준 듯했다. 그가 내 말을 받아 이야기하기 시작했다. 레바논과 이집트와의 협상이 진척되고 있었지만 첫번째 접촉은 시리아 및 리비아와 이루어졌다. 벤 아베스가 그 나라들의 무슬림형 제단과의 개인적 친분을 다시 이용했기 때문이다. 사실 그는 로마제국이 수세기에 걸쳐 이룩한 것을 단 한 세대 만에, 그것도 외교라는 유일한 길을 통해 재현하려 하고 있었다. 게다가 거기에 더해 아무런 힘도 들이지 않고서 북유럽의 광활한 영토부터 에스토니아와 스칸디나비아반도와 아이슬란드까지 뻗어나가려는 계획이었다. 또한 상징적 의미의 중요성을 인식하는바, 유럽의 지도부에 로마의 위원회나 아테네의 의회와 같은 역할을 이입하자는 제안을 할 태세였다. 르디제가 생각에 잠기며 덧붙였다. "제국 건설은 그야말로 아무나 할 수 있는 일이 아니에요. 정말 극소수만이 해낼 수 있죠…… 종교와 언어가 제각각인 여러 국가들을 하나로 통합하여 공통의 정치 시스템으로 통치한다는 건, 녹록지 않은 예술입니다. 로마제국을 제외하고는 거의 예를 찾아볼 수도 없어요. 좀더 한정적 차원에서 기껏해야 오토만제국 정도라고 할까요. 아마 나폴레옹이 필요한 자질을 갖췄던 인물일 거예요. 그의 유대인 정책은 괄목할 만하며, 이슬람을 다루는 능력 또한 이집트 원정 당시 완벽하게 보여주었죠. 벤 아베스한테도, 네…… 벤 아베스한테도 나폴레옹의 기질이 보인다고 할 수 있겠습니다."

나는 열정적으로 고개를 주억거렸다. 비록 오토만제국 인용은 다소 어불성설로 느껴졌지만, 이 나풀거리는 듯한 경쾌한 분위기와 교양 있는 사람들 사이의 예의바른 대화에서 나는 편안함을 느꼈다. 우리의 대화는 의당 나의 서문으로 이어졌다. 수년 동안 이럭저럭 은근히 내 삶을 지배한 위스망스 연구 작업에서 벗어나는 일이 내게는 쉽지 않았다. 사실 내 삶엔 그것 외에 다른 목표가 없었다는 것을 나는 약간의 우울감과 함께 곱씹었지만, 상대방에게는 이런 감정까지 드러내지는 않았다. 다소 감정의 과잉일 수도 있었으나, 그럼에도 진실은 진실이었다. 르디제는 조금의 지루한 기색도 없이 내 말을 주의깊게 경청했다. 웨이터가 지나가며 우리에게 술과 음식을 제공했다.

"총장님의 저서를 읽었습니다."

"아…… 제 책에 시간을 내셨다니 기쁩니다. 그런 대중서 작업은 저한테는 예외적인 시도였어요. 책의 내용이 명료하게 전달됐기를 바랍니다."

"네, 전체적으로 더할 수 없이 명료하더군요. 그래도 몇 가지 의문은 남지만요."

우리는 창가로 몇 걸음을 옮겼다. 몇 발짝 되지 않았지만 복도의 양끝을 어슬렁거리는 손님들 무리와 거리를 두기에는 충분했다. 십자형 창을 통해 차갑고 하얀 불빛에 잠긴 소르본 예배당—17세기에 리슐리외 총리가 건축하게 했다—의 회랑과 돔이 뚜렷이 보였다. 문득 추기경의 유골이 저곳에 보존돼 있다는 사실이 떠올랐다. "리슐리외도 위대한 국가 지도자였죠……" 거의 무심결에 흘린 내 말을 르디제가 즉시 이어받았다. "네, 저도 동의합니다. 리슐리외가 프랑스를 위해 남긴 업적들은 실로 대단하지요. 프랑스엔 무능한 왕들이 간혹 있었어요, 그들은 어쨌든 태생에 의해 우연히 왕이 된 사람들이니까요. 하지만 위대한 총리는 절대 우연히 될 수 없었죠. 희한한 건 민주사회인 오늘날에도 지도자들 간의 격차가 여전히 엄청나다는 겁니다. 제가 생각하는 벤 아베스의 뛰어난 역량에 대해서는 이미 죄다 말씀드렸습니다. 반면 총리인 프랑수아 바이루는 한마디로 얼간이죠. 그저 어떻게든 언론에 좋은 모습만 비추려 하는, 소신 없는 정치적 동물이라고 할까요. 그나마 벤 아베스가 실권을 모두 쥐고 있어 천만다행이지요. 선생님 생각엔 제가 벤 아베스에게 단단히 경도된 것 같겠지요? 하지만 그건 리슐리외한테도 마찬가집니다. 왜냐하면 벤 아베스가 리슐리외처럼 프랑스어 발전에 지대한 공헌을 하게 될 테니까요. 아랍 국가들이 유럽연합에 합류하게 되면 유럽어의 균형이 프랑스에 유리한 쪽으로 기울게 될 겁니다. 두고보십시오, 이르든 늦든 프랑스어를 영어와 동등한 유럽연합 공식어로 지정한다는 강령이 떨어질 테니. 이런, 그리고 보니 온통 정치 얘기만 했습니다, 죄송합니다…… 그런데 아까 제 책에 의문 사항이 있다고 하셨던가요?"

"그게……" 나는 길어진 침묵 뒤에 말을 이었다. "말씀드리기 다소 민망합니다만, 자연히 일부다처제에 관한 장도 읽게 되었는데, 저로서는 저를 지배적인 수컷으로 간주하기가 영 쉽지 않아서 말입니다. 오늘 저녁 이곳에 와서 루아즐뢰르를 보면서도 다시 한번 같은 생각이 들더라고요. 솔직히 대학교수가……"

"그 점에 관해서라면 제가 분명히 말씀드릴 수 있는데, 선생님 생각이 틀렸습니다. 자연선택은 모든 생명체에 적용되는 보편적인 개념이긴 하나, 그 형태는 천차만별입니다. 심지어 식물한테도 적용되는데, 식물의 경우는 대지와 물과 태양이 제공하는 영양분으로의 접근성과 직결되죠. 인간은, 물론 동물이긴 하나, 들판의 개나 영양이 아니거든요. 자연선택에 의한 인간의 지배적 위치를 결정짓는 건 발톱이나 이빨이나 빨리 달리기 능력이 아니라, 바로 지성이란 얘깁니다. 따라서 지극히 진지하게 말씀드리자면, 대학교수가 지배적 수컷의 위치에 놓이는 건 하등 이상한 일이 아닙니다."

그가 다시 한번 미소를 지어 보였다. "지난번 제 집에 오셨을 때 우리가 형이상학이며 우주 창조에 대한 이야기를 나누지 않았습니까. 하지만 일반적으로 사람들이 관심 있어 하는 것은 그런 것들이 아니라는 걸 잘 알고 있습니다. 진짜 관심사는, 선생님께서도 좀 전에 말씀하셨지만, 꺼내놓기 좀더 민망한 것들이죠. 기왕에 이렇게 자연선택에 대한 이야기가 나왔으니, 우리의 대화 수준을 적정 수위로 좀더 높여볼까요? 네, 당연히 대놓고 묻기 어려운 얘기들입니다. 대우는 어떤 수준인가? 부인은 몇 명이나 얻을 수 있나?"

"대우에 대한 건 이미 대충 알고 있습니다."

"그렇다면 대략 부인의 수 문제만 남는군요. 이슬람법은 부인들을 동등하게 대할 것을 의무화하고 있고, 이것이 사실상의 제

약입니다. 당장 주거 문제만 해도 쉬운 일이 아니니까요. 선생 같은 경우에는 아내를 세 명까지는 어렵지 않게 둘 수 있으리라 생각합니다. 물론 의무는 전혀 아닙니다."

당연히 숙고를 요하는 문제였다. 하지만 더욱 민망한, 또다른 질문이 있었다. 나는 주위를 빠르게 일별하여 아무도 우리의 얘기를 듣지 않고 있음을 확인한 뒤 말을 이었다.

"또다른 문제가 있는데요…… 사실 상당히 민감한 문제입니다…… 이슬람 복장에는 나름의 미덕이 있고, 덕분에 전반적인 사회 분위기도 차분해졌다고 할 수 있는데요, 그럼에도 어쨌든 너무…… 몸을 가린단 말이죠. 그래서야 선택이라도 하게 될 상황에 놓이면 난감한 문제가……"

르디제의 미소가 더욱 환해졌다. "괘념치 마시고 편히 말씀하세요, 정말로요! 이런 유의 문제를 생각하지 않는다면 그건 남자도 아닐 겁니다…… 우선 제가 선생님한테는 놀랍게 생각될 수도 있을 질문을 하나 드리죠, 정말 선택을 하고 싶으세요?"

"아…… 그럼요. 그렇다고 생각합니다."

"선택이라는 것이 따지고 보면 조금은 환상이 아닐까요? 선택의 상황에 놓인 모든 남자들이 정확히 똑같은 선택을 할 테니까 말이죠. 그렇기 때문에 대부분의 문명에는, 무엇보다 이슬람 문명에는 중매쟁이가 생기게 된 겁니다. 경험이 풍부하고 매우 지혜로운 여자들만이 맡는 중요한 직업이지요. 이 중매쟁이들은 여자이니만큼 당연히 젊은 아가씨들의 벌거벗은 몸을 볼 수 있고, 일종의 평가라는 것을 합니다. 여자들의 신체적 조건과 미래의 남편의 사회적 지위가 비례하도록 말입니다. 선생의 경우는 딱히 불만을 가질 일이 없으리라는 것을 제가 보장하죠."

나는 묵묵무언이었다. 사실상 넋을 잃었다는 것이 옳겠다. 르디제가 말을 이었다.

"부수적인 얘깁니다만, 인류가 조금이라도 진전을 보일 소지가 있다면 그건 여성의 지적 유연성 덕분입니다. 남성은 도저히 교육이 불가능하죠. 철학자건 수학자건 작곡가건 할 것 없이 번식을 위한 남성의 선택 기준은 가차없으리만치 한결같이, 전적으로 육체적이거든요. 수천 년에 걸쳐 지속된 불변의 기준이라고 할까요. 물론 여성들도 처음엔 남성들처럼 신체적 조건에 이끌렸습니다. 하지만 적절한 교육을 통해 여성에게 중요한 것은 그것이 아니라고 그들을 설득하기에 이르렀죠. 여성들은 이미 부유한 남성들에게 매력을 느끼게 됐습니다. 부유하려면 어쨌거나 조금은 똑똑하고 수완도 있어야 하지 않겠습니까. 그러니 어떤 의미로는 여자들에게 대학교수들의 섹시한 매력을 주입하는 것도 가능하지요." 그의 미소가 더욱더 환해졌다. 순간 그가 빈

정거리는 것이 아닐까 하는 의문이 일었지만, 아니었다. 그렇게
는 생각되지 않았다. 그가 결론지었다. "그래도 교수들에게 높은
대우를 해주는 것이 가장 좋겠죠, 어쨌든 그것으로 문제가 간단
해지니까요."

그가 내게 일종의 지평을 열어준 셈이었다. 문득 루아즐뢰르
도 중매쟁이의 도움을 받은 것인지 궁금해졌다. 하지만 의문에
이미 답이 있었다. 나의 옛 동료가 여학생에게 '수작을 거는 것'
은 도저히 상상이 되지 않았다. 그의 경우 중매가 유일한 방법이
었음이 자명했다.

연회가 끝이 났다. 밤공기가 놀라우리만치 부드러웠다. 나는
무작정 집까지 걸어갔다. 꿈속을 걷는 기분이었다고 할까. 나의
학문적 삶이 끝났음이 점점 명약관화해졌다. 물론 나는 여전히
이런저런 모호한 학회에 참석할 것이고 저축과 연금으로 생활해
나갈 터였다. 하지만 이것 외에 다른 무언가가 있을 가능성이 매
우 농후하다는 생각이 들기 시작했고, 이것은 내게 완전히 새로
운 것이었다.

그렇게 또 존엄함의 유예기간 같은 몇 주가 흘렀고, 그동안 기
온이 점차 온화해지더니 파리 전역에 완연한 봄이 자리잡았다.
그리고 당연히, 나는 르디제에게 전화를 할 터였다.

그는 조금 과장되게 기쁨을 표하겠지만 특히나 조심스러운 태
도를 취할 것이었다. 왜냐하면 무엇보다 내게 나의 '자유의지'에
의한 선택이라는 기분을 느끼게 해주고 싶을 테니까. 그는 나의
수락을 진심으로 기뻐할 것이고 나도 그것을 알았지만, 실은 이
미 내가 수락할 것을 그는 알고 있었으리라. 틀림없이 벌써 오래
전부터, 어쩌면 내가 아렌 가에 위치한 그의 집을 방문한 그날 오
후 이후로. 당시 나는 아이샤의 육체적 이점과 말리카의 따뜻한
작은 파이들에 깊은 인상을 받은 것을 전혀 숨기려 들지 않았다.

이슬람 여성들은 헌신적이고 순종적이었으며 나는 그것에 기대를 할 수 있을 것이었다. 그들은 그렇게 길러졌을 것이나, 사실 내게는 쾌락을 제공하는 것이면 충분했다. 요리는 크게 상관없었다. 이 부분에 있어서는 위스망스보다 덜 까다롭다고 할까. 어쨌든 그들은 적절한 교육을 받았을 것이고, 적어도 봐줄 만한 수준 이하로 살림을 하는 경우는 극히 드물 터였다.

개종식 자체는 매우 간단할 것이었다. 아마 파리의 대형 이슬람사원에서 거행될 터. 그 편이 모두에게 편리하리라. 내가 몸담을 학과의 학장급 인사나 적어도 그의 가장 가까운 협력자 중 하나가 참석할 것이고, 당연히 르디제도 참석할 것이다. 어쨌든 참석자가 많지는 않을 것인데, 아마 이런 종류의 의식에 열성인 일반인들도 참석하리라. 개종식 시에 사원은 폐쇄되지 않는다. 나는 신 앞에서, 나의 동족인 새로운 무슬림 형제들 앞에서 선서를 하게 되리라.

오전에는 하맘*이 특별히 나를 위해 문을 열 것이다. 하맘은 평상시에는 남자들에게는 폐쇄된다. 나는 목욕 가운을 걸친 채 평

---

* 터키식 전통 목욕탕.

지보다 조금 높은 기나긴 아치형 주랑과 극도로 섬세한 모자이크 타일 벽을 통과하여, 역시나 세밀하고 아름다운 모자이크 타일로 장식된 작은 욕탕으로 들어갈 것이다. 어슴푸레한 푸른 조명에 잠긴 이곳에서 나는 내 몸이 정화될 때까지 몸 위로 미지근한 물을 오래도록, 아주 오래도록 흘려보내고는, 이윽고 나를 위해 준비된 새 옷을 입고서 의식이 거행되는 대강당으로 들어가리라.

침묵이 나를 에워쌀 것이다. 성운과 초신성과 와상성운의 이미지들이 뇌리를 스치고 지나가리라. 샘물과, 광천수가 솟는 아무도 밟지 않은 사막과, 커다란 원시림의 이미지도 떠오를 것이다. 차츰차츰 위대한 우주의 질서 속을 통과한 내가 이윽고, 소리나는 대로 외운 다음의 구절을 경건한 목소리로 읊을 것이다. "아슈하두 안 라 일라하 일라 라후 와 아슈하두 안나 무하마단 라술룰라." 정확히 '오직 알라 외에 신은 없으며, 마호메트는 알라의 예언자이다'라는 뜻이다. 그것으로 끝이리라. 이제부터 나는 무슬림이 될 터였다.

소르본에서 열리는 나를 위한 연회는 더욱 길어질 것이다. 정치적 행보가 점점 두드러지던 로베르 르디제는 외무부 장관으로 임명된 터라 대학 총장직에 헌신할 시간이 많지 않을 것이나, 그럼에도 나를 위한 환영 연설을 직접 하려 들 것이다(그가 틀림없이 훌륭한 연설문을 준비할 것이고 그 연설을 하는 것에 기쁨을 느끼리라는 것을 나는 알고, 확신한다). 나의 동료들이 죄다 참석해 있을 터였다. 새로이 출간된 플레이아드 총서가 학계에 퍼졌고 이제 그들 모두 그 사실을 알고 있으며 나는 분명 소홀히 여길 인맥이 아닐 것이었다. 모두들 기다란 가운을 걸치고 있을 터인데, 사우디아라비아 고위층이 최근에 예복 착용을 의무화했기 때문이리라.

나는 답변 연설(전통에 따라, 매우 간략할 것이다)을 하기 전에 틀림없이 최종적으로 미리암을 떠올릴 것이다. 그녀가 나보다 훨씬 힘든 조건 속에서 살아가리라는 것을 나는 알고 있고, 그녀가 행복하기를(비록 그럴 것이라는 생각은 별로 들지 않지만) 진심으로 바랄 것이다.

칵테일파티 분위기는 유쾌할 것이며 밤늦은 시각까지 이어지리라.

몇 달 뒤에는 수업이 재개될 터였다. 물론 여학생들은 예쁘고 얌전하며 베일을 두를 것이었다. 교수들의 명성에 대한 정보가 어떻게 여학생들 사이를 떠돌게 되는 것인지는 몰라도, 어쨌든 이런 유의 정보는 예전부터 늘 떠돌았고, 그것은 불가피하다. 학교생활은 예전에 비해 뚜렷한 변화가 없으리라. 하나같이 예쁜 여학생들은 내게 선택받은 것을 행복해하고 자랑스러워할 것이며, 나와 잠자리를 나눈 것을 영광스러워할 것이었다. 그들은 사랑받을 만한 가치가 있을 것이며, 나는 나대로, 그들을 사랑하기에 이르리라.

조금은 이런 식으로 몇 년 전에 내 아버지가 혜택을 입었듯, 내게도 새로운 기회가 찾아올 것이었다. 그것은 이전의 삶과는 그다지 상관없는 두번째 삶의 기회가 되리라.

후회할 일이라고는 아무것도 없을 터였다.

감사의 말

나는 대학을 다니지 않았고,* 이 교육기관에 대한 모든 정보는 낭테르 대학(파리10대학)의 부교수인 아가트 노박 르슈발리에 한테서 얻었다. 내가 꾸민 이 이야기들이 거의 그럴싸하다면, 그 것은 오직 그녀의 공이다.

---

* 우엘벡은 대학 학력에 준하는 파리국립농업학교를 졸업했다.

현재의 불안을 극단으로 밀어붙인,
가능성 있는 미래

2015년 1월 7일, 프랑스의 비주류 풍자 주간지 〈샤를리 에브도〉의 마호메트 희화화에 격분한 이슬람 극단주의자들이 〈샤를리 에브도〉 본사를 습격, 총기를 난사하여 편집진 열두 명을 살해했다. 같은 날, 이슬람 정당 출신 대통령이 통치하는 2022년의 프랑스를 묘사한 미셸 우엘벡의 여섯번째 장편소설 『복종』이 출간되었다.

『복종』은, 출간되기도 전에 소설의 파일이 인터넷에 유출된 사상 초유의 사태가 방증하듯, 프랑스인들의 초미의 관심사였고, 그에 걸맞게 출간 일주일 전부터 프랑스 언론이 소설에 대한 이야기로 도배되다시피 했으며, 우엘벡 역시 소설 출간 전날, 즉 〈샤를리 에브도〉 테러 전날, 프랑스 공영방송 프랑스2의 메인 뉴스인 〈8시 뉴스〉에 직접 출연하여 다비드 퓌자다스(퓌자다스는 『복종』에 실명으로 거론되는 무수한 등장인물 중 한 사람이기도 한데, 우엘벡도 퓌자다스도 인터뷰중에 이 내용에 대해서는 전혀 언급하지 않는다)의 인터뷰에 응하는 등 소설 홍보에 적극적으로 임했다. 프랑스의 이슬람화 가능성을 환기하는 소설 출간일에 발생한 이슬람 극단주의자들의 언론 테러라니, 이 기막힌 우연에 〈샤를리 에브도〉 테러가 『복종』 홍보의 일환이라는 저급한 농담마저 흘러나왔고, 『복종』은 (예견된) 단순한 베스트셀러에서 의미심장한 역사적 사건의 일부가 되었다. 테러의 피해자 중에 우엘벡의 친구인 경제학자 베르나르 마리스(그는 대표적 우엘벡 예찬자로 2014년에 『경제학자 우엘벡』을 출간했다)가 포함되어 있었으며, 그 충격으로 우엘벡은 책이 출간된 지 단 하루 만에 카날 플뤼스 채널의 버라이어티 뉴스 〈르 그랑 주르날〉과의 짧은 인터뷰(그는 목멘 소리로 "친구가 테러의 희생자가 되기는 처음"이라며 자신도 '샤를리'임을 자처했다)를 끝으로 일체의 『복종』 홍보 활동을 접고 프랑스를 떠났다. 『복종』은 그야말로 날개 돋친 듯 팔려나가며 출간 이후 수개월 동안, 프랑스는 물론 프랑스와 거의 동시에 출간된 이탈리아 및 독일에서도 베스트셀러 1위 자리를 지켰다.

우엘벡은 일부 전작들에서 공공연하게 이슬람교를 멸시해왔고, 2001년에는 결정적으로 월간 문예지 『리르』와의 인터뷰에서 이슬람을 "가장 멍청한 종교"라고 단정함으로써 이슬람 모독죄로 기나긴 소송에 휘말렸다가 무죄판결을 받기도 했다. 『복종』은 이슬람교가 프랑스를 지배하는 디스토피아를 정면으로 다루는바, 우엘벡의 그 어떤 작품보다 첨예한 논란의 대상이 되었다. 소설가 에마뉘엘 카레르는 20세기의 대표적 미래소설인 조지 오웰의 『1984』나 올더스 헉슬리의 『멋진 신세계』를 거론하며, 『복종』이 미래를 이야기하면서 실은 현재를 극명하게 보여주고 있다는 점에서 이 소설들과 비견되고, 그러면서도 훨씬 강력하다고 상찬했다. 반면 우엘벡의 전작인 『지도와 영토』에도 실명으로 등장하는 소설가 크리스틴 앙고는 "읽는 이를 더럽히는 소설"이라고 공격했으며, 시사 주간지 〈렉스프레스〉의 제롬 뒤쿼는 "그릇된 선동"을 하는 책이라고 비난했다.

우엘벡은 "논쟁을 좋아한다고 말할 수는 없지만 굳이 피하려 하지도 않"기에 그의 소설은 정치적 올바름과 거리가 멀고, 이 때문에 우엘벡 소설의 애독자라 하더라도 그가 묘사하는 것과 등장인물을 통해 말하게 하는 것에 전적으로 동조하기는 어려울 것이다. 『복종』의 경우, 의도적이든 그렇지 않든 이슬람 세계에 대한 프랑스인들의 억눌린 위기의식을 노골적으로 부추긴데다, 앞서 언급한 시사와도 결부되어 여러 가지 쟁점이 불가피하게

한 방향으로 압축되었다. 바로 『복종』이 이슬람 혐오주의 소설인
가와 이슬람 정당이 실제로 프랑스에서 집권할 가능성이 있는가
여부이다. 첫번째 문제 제기에 우엘벡은 우선 아니라고 답한다.
실제로 『복종』에는 이슬람교에 대한 직접적인 비난은 없다. 그러
나 우엘벡은 "(사람들을) 두렵게 만드는 장치로서 (이슬람 정당
의 집권을) 이용"한 것은 인정한다. 또한 테러의 충격이 얼마간
가신 뒤 독일에서 마련된 소설 홍보 행사에서 "『복종』은 이슬람
혐오주의 소설이 아니지만, 원한다면 우리에게는 이슬람 혐오주
의 작품을 쓸 권리가 있다"고 주장한다. 두번째 문제에 대해서는
자신은 "전적으로 거짓이라고 생각하는 것을, 단지 사람들 신경
이나 긁으려고 말하지는 않는다"며 당장은 아니지만 예컨대 수십
년 뒤에는 자신의 소설이 현실이 될 가능성이 있다고 대답한다.

그렇다면 그 가능성은 소설 속에서 어떻게 구현되는가.
2022년 프랑스. 2017년에 좌파 대통령 프랑수아 올랑드가 재
선되어 재앙에 가까운 임기를 마치고 다시 대통령 선거가 실시
된다. 날로 우경화되어가는 프랑스에서 극우파 국민전선이 정
통우파 대중운동연합을 밀어내고 지지율 1위로 독주하는 가운
데, 카리스마와 지력과 친근감을 두루 갖춘 모하메드 벤 아베스
가 이슬람박애당을 창당하여 청년층과 서민층을 공략하면서 세

를 불려나간다. 그리고 마침내 대선 1차 투표에서 좌파 사회당을 박빙의 차로 누르고 극우당인 국민전선과 나란히 결선에 진출한다. 우파와 좌파가 번갈아가며 권력을 차지했던 프랑스의 오랜 정치적 전통이 무너지고 이제 프랑스 국민들은 낯설고 당황스럽기 짝이 없는 선택의 상황에 직면한다. 각각 정체성 운동과 지하디스트라는 극단적이고 폭력적인 단체들과 연관이 있는 두 아마추어 정당, 국민전선과 이슬람박애당 중에서 선택을 해야 하는 것이다. 결국 우파와 좌파, 그리고 중도파가 '거대한 유럽'이라는 공통적 대의를 전제로 연합하여 벤 아베스를 대통령에 당선시킨다. 그로 인해 프랑스에는 경제 중흥기가 도래한다. 여성 노동력의 제한으로 실업률이 감소하고 아랍계 석유강국들의 한계 없는 자금 지원으로 경기가 활성화되면서, 벤 아베스 정권에 대한 거부감이 차츰 사그라진다. 벤 아베스는 나머지 당들과 연합하면서 결코 양보하지 않은 두 가지 조건, 즉 학제의 이슬람화와 일부다처제 허용을 바탕으로 프랑스를 서서히, 부드럽게 이슬람화한다.

한편 19세기 자연주의, 퇴폐주의 소설가 조리스카를 위스망스 전문가로 명망이 높은 사십대 대학교수 프랑수아는 시대와 인간에 대해 지독한 환멸에 빠져 있다. 그는 학기마다 여학생들을 교체하며 잠자리를 갖는데 그중 유대인 여학생 미리암에게 좀더 각별한 감정을 느낀다. 지루하고 무의미하나 안정적인 그의 삶이 대선 결과로 인해 뒤흔들린다. 직업적으로는 강제 퇴직을 당하고(그가 몸담고 있는 대학이 이슬람 학교가 되는 바람에 모든 교육자들에게 이슬람으로의 개종이 필수 사항이 되었다), 애정적으로는 유대인인 미리암이 이민을 떠날 처지로 내몰린다. 한순간에 사회적 삶과 애정적 삶을, 요컨대 모든 삶을 박탈당한 그는 성매매 사이트에서 여자들을 구하는가 하면 위스망스가 가톨릭으로 개종한 뒤 머물던 수도원이며 순례지들을 전전하면서 구원을 찾으려 하나 실패한다. 그런 그에게 새로운 파리-소르본 이슬람 대학의 총장 르디제가 대학으로 복귀할 것을 제안하며 포교의 손길을 뻗친다. 르디제가 정형화된 연설조로 이야기하는 이슬람의 평화적 속성은 그가 익히 알고 있는 내용이지만, 무엇보다 르디제의 결혼생활(집안일은 마흔 살의 아내가, 다른 것은 열다섯 살의 아내가 분담하는), 개종하여 대학교수직을 수락한다면 그의 것이 되기도 할 그 생활이 나쁘지 않게 느껴지기 시작한다. 그는 어떤 선택을 할 것인가?

『복종』은 고독하고 고립되었으며 시대와 인간에 대해 환멸만 남은 지극히 우엘벡적인 화자, 실명으로 풍자되는 숱한 실제 인물들, 역사를 아우르는 백과사전적 지식과 과학자의 시선으로 조목조목 짚어주는 서늘한 현실, 이 섬뜩하고 불편한 현실에 대한 인식을 견딜 수 있게 해주는 블랙 유머 등을 고스란히 장착한 100퍼센트 우엘벡의 소설이다. 형식은 미래를 그린 정치소설이지만 현재의 불안을 극단으로 밀어붙인 미래, 가능성 있는 미래를 묘사함으로써 현재를 이야기하는. "사람들이 점점 신 없이 사는 것을 못 견딘다"고 생각한 우엘벡은 이러한 현상과 서구의 몰락과의 관계를 애초 가톨릭교로의 개종을 통해 묘사하려 했다. 하지만 오랫동안 아일랜드에서 거주하다가 프랑스로 돌아온 그는 모국에서 엄청난 변화의 기운을 감지했고 그의 소설의 주인공이 개종할 종교는 가톨릭교에서 이슬람교가 되었다. 우엘벡은 가톨릭교든 이슬람교든 전통적 가치와 인습을 중시하는 이 성서 중심의 종교들을, 현대 자본주의사회를 살아가는 개인이 필연적으로 겪는 삶의 역경, 특히 고독과 소외와 노화의 문제를 해결하는 실리적 돌파구로서 간주한다(이 점에서는 냉철한 허무주의 지식인들인 위스망스나 프랑수아도 다른 방법을 찾지 못한다). 그리고 천년을 뛰어넘는 세월 동안 반복되어온 가톨릭교와 이슬람교의 지배와 피지배 관계 속에서, 결국 서구 역사의 흐름을 결정한 가톨릭 정서와 정교분리 원칙이 지배하게 된 서구 사회의 오랜 패러다임이 폭력이 아닌 민주주의의 형태로 전복되는 미래상을 모골이 송연하도록 효과적으로 제시한다. 다만 『복종』의 경우, 이 미래상이 이제껏 우엘벡의 소설이 그러했듯 그저 암울하고 비관적이며 탁월한 현실 인식에 그치는 것인지, 복종하지 말아야 한다는 경고인지 모호하기는 하다.

끝으로 직업적 의무 이상의 감동적인 열정으로『복종』이 보다 좋은 한국어 번역본이 될 수 있게 해준 문학동네 편집부 김두리님께 마음 깊이 감사를 전한다.

2015년 여름

장소미

지은이 **미셸 우엘벡**

1958년 프랑스 해외 영토 라 레위니옹에서 태어났다. 스무 살 무렵부터 시를 쓰기 시작했으며, 러브크래프트 전기로 세상에 알려졌다. 이후 두 권의 시집과 다섯 편의 소설 외에도 평론집, 영상 수필집 등을 냈다. 『소립자』로 노방브르상을, 『어느 섬의 가능성』으로 앵테랄리에상을 수상했다. 그 밖의 작품으로 『투쟁 영역의 확장』 『플랫폼』 등이 있다. 2010년 『지도와 영토』로 공쿠르상을 받았다.

옮긴이 **장소미**

숙명여자대학교 불어불문학과와 동대학원을 졸업했고, 파리3대학에서 영화문학 박사과정을 마쳤다. 미셸 우엘벡의 『지도와 영토』 『세로토닌』, 필립 베송의 『이런 사랑』 『10월의 아이』 『포기의 순간』, 마르그리트 뒤라스의 『부영사』, 로맹 가리의 『죽은 자들의 포도주』를 비롯하여 『인생의 맛』 『루거 총을 든 할머니』 『줄과 짐』 『엘르』 『거울이 된 남자』 등을 우리말로 옮겼다.

문학동네 세계문학
복종

1판 1쇄 2015년 7월 17일 | 1판 6쇄 2023년 10월 30일

지은이 미셸 우엘벡 | 옮긴이 장소미
책임편집 김두리 | 편집 김영수 손예린 김이선 | 독자모니터 김봉곤 이수경
디자인 김현우 최미영 | 저작권 박지영 형소진 최은진 서연주 오서영
마케팅 정민호 서지화 한민아 이민경 안남영 왕지경 황승현 김혜원 김하연
브랜딩 함유지 함근아 고보미 박민재 김희숙 정승민 배진성
제작 강신은 김동욱 이순호 | 제작처 한영문화사(인쇄) 경일제책사(제본)

펴낸곳 (주)문학동네 | 펴낸이 김소영
출판등록 1993년 10월 22일 제2003-000045호
주소 10881 경기도 파주시 회동길 210
전자우편 editor@munhak.com | 대표전화 031) 955-8888 | 팩스 031) 955-8855
문의전화 031) 955-1927(마케팅) 031) 955-2684(편집)
문학동네카페 http://cafe.naver.com/mhdn
인스타그램 @munhakdongne | 트위터 @munhakdongne
북클럽문학동네 http://bookclubmunhak.com

ISBN 978-89-546-3676-6 03860

잘못된 책은 구입하신 서점에서 교환해드립니다.
기타 교환 문의 031) 955-2661, 3580

www.munhak.com